On trouve encore dans les bureaux du Siècle

HISTOIRE DES DEUX RESTAURATIONS (DE 1813 A 1830), par M. ACHILLE DE VAULABELLE
Huit volumes in-8°. — Prix : 40 fr., et 20 fr. seulement pour les abonnés du journal le Siècle.
HISTOIRE DE LA RÉVOLUTION DE 1848, PAR M. GARNIER-PAGÈS.
Huit volumes in 8°.—Prix : 40 fr., et 20 fr. seulement pour les abonnés du journal le Siècle.
Ajouter 50 c. par volume pour recevoir franco par la poste.
Afin de faciliter aux abonnés l'acquisition de l'un ou l'autre de ces ouvrages importants, il leur era loisible de se les procurer par parties
de deux volumes chaque, au prix de 5 fr. pris au bureau, et de 6 fr. par la poste

Gustave Chadeuil

LE CURÉ DU PECQ

I

A cette époque, en 18 ., le Pecq n'avait pas acquis cette importance que devaient lui donner plus tard les heureux de la finance, du commerce et de l'industrie. C'était un gros village, sans prétention d'aristocratie. Son église sans flèche dressait sa tour carrée au bas du pavillon Henri IV, l'humble maison de Dieu se tenant ainsi dans des rapports de bon voisinage avec le château démantelé des anciens rois. Il était de granit, elle de pierre; et cependant le marbre de l'un s'était usé sous les pas des sentinelles qui montaient la garde pour essayer de raffermir la fragilité des souverains, tandis que les dalles de l'autre s'étaient conservées sous les genoux des gens en prière.

Cette église ressemble à toutes celles des environs. Je ne connais guère que la Normandie où les monuments religieux affectent en général l'allure fière des cathédrales, avec des cintres surbaissés, de belles ogives, des vitraux pour tamiser la lumière et la mesurer aux couleurs chatoyantes du prisme; avec des renflements, des creux, des saillies, et des gargouilles pour jeter l'eau des dômes en jets abondants.

Son aspect extérieur est triste. Le badigeon n'y passe pas. Elle est couverte de briques, et ses fenêtres ont des barreaux comme s'il s'agissait d'une prison. Une planche coupée d'équerre lui sert de cadran ; de grandes aiguilles à demi rongées indiquent l'heure sur un fond gris, les chiffres en noir. Deux portes ornent sa façade, une grande et une petite, la grande pour les époques de cérémonie, la petite pour le service ordinaire ; des inscriptions latines et françaises ornent son fronton. A l'intérieur, l'élégance est remplacée par la propreté. Le maître-autel est garni de fleurs et de chandeliers, alignés méthodiquement de chaque côté du tabernacle où le saint-sacrement est enfermé. Des chaises brutes, un bénitier à l'entrée, contre un pilier un confessionnal avec un rideau pimpant et gai, un baptistère, deux chapelles latérales, un buffet d'orgue, des tableaux représentant les douze stations de la croix, un battant d'horloge qui remplit le silence de son bruit sec : telle est l'église dedans et dehors, en y comprenant la girouette surmontée d'un coq, qui ne tourne plus à tous les vents depuis que la rouille s'en est emparée.

Sur la place qui la dégage, le ciel envoie son soleil ou sa pluie, brutalement, sans que le passant rencontre un arbre pour s'abriter, un banc pour s'asseoir, un sol uni pour se promener. C'est de là que partent les rues, comme les rayons d'une roue, se divisant dans les directions opposées, rapprochées par le centre, éloignées par la circonférence, les unes qui montent vers Saint-Germain, les autres qui descendent vers la rivière, avec des pavés mal joints et des ruisseaux coulant au milieu. Les maisons semblent avoir horreur de l'alignement ; elles avancent ou reculent, sans caractère spécial ; quelques-unes sont pourvues d'auvents, comme pour permettre aux commères du lieu de s'assembler le soir pour se raconter les choses mesquines de la journée, avec une étonnante volubilité, comme s'il était question d'affaires d'État.

Le cimetière est là sous la main, derrière un petit mur à hauteur d'appui qui laisse dépasser la tête des cyprès et le fût des croix. Il commence au porche de l'église, et s'allonge à gauche, parallèlement aux bas côtés.

Le presbytère lui fait vis-à-vis, au fond d'un jardin dont les bordures sont de buis.

L'aspect du presbytère est tout bourgeois. Des volets verts constituent son luxe de convention. Son marteau de cuivre luit comme l'or, car il est souvent soulevé par les doigts des vieilles filles apportant des confitures et des fruits dont elles ne laissent pas chômer la maison. On les voit arriver le matin, après la première messe, et elles heurtent discrètement, bien embéguinées, tenant leur livre d'heures à tranche dorée et couverture de drap noir ; et, en attendant qu'on vienne ouvrir, elles prennent une prise à la dérobée, comme si elles commettaient une mauvaise action ; elles entrent et marchent droit devant elles, par l'allée principale, regardant les grappes mûres de la tonnelle, jusqu'au perron où le

sanctuaire commence. Pour un rien elles se signeraient en pénétrant dans le corridor, au fond duquel est un escalier de bois ciré.

Laissons à gauche la salle à manger, dont le papier jauni par le temps eut des paysages au siècle dernier, et dont l'ameublement se compose de deux chaises en velours d'Utrecht, d'une vieille table sur des tréteaux, du buffet de noyer traditionnel, et du baromètre à figure de capucin, sur un poêle de faïence à cercles fraîchement fourbis ; laissons aussi la cuisine à droite, où la batterie n'abonde pas, et gravissons les degrés du premier étage. Nous sommes dans la chambre de l'abbé Vincent. Pas de tapis pour assourdir les bruits ; pas de papier le long des murs peints à la chaux. Rien aux croisées, ni nulle part, qu'une madone de plâtre sur la cheminée, deux saints enluminés faisant trumeau, le lit avec sa courtine de serge verte, l'étagère où sont les livres au nombre de vingt, le guéridon, deux autres sièges semblables à ceux du bas, et le prie-Dieu. Les armoires absentes sont représentées par un grand placard. Que trouverait-t-on dans le placard ? C'est ce que nous saurons dans un instant.

Tout le comfortable de cette pièce consiste en un ancien fauteuil à oreillettes, vieux Gobelins qui depuis deux cents ans se transmet de génération en génération dans la famille de l'abbé Vincent.

L'abbé Vincent mérite aussi d'être observé physiquement et moralement.

Il était doué d'une nature où tout procédait par angle aigu. Ses articulations faisaient trou dans les meubles où s'appuyaient leurs aspérités ; quand il remuait ses bras, on apercevait sous sa soutane deux omoplates dont la maigreur ne pouvait être comparée qu'à des battoirs. L'expression générale de sa physionmie était une bienveillance apostolique ; mais il y avait dans ses yeux défoncés, cerclés de noir, une profondeur de sentiment ou de pensée qui trahissait un feu souterrain. Trois rides précoces, allongées horizontalement sur le front, à distance égale, allaient s'éteignant vers des temps plates, au-dessous desquelles se renflaient des pommettes où de petites veines rouges et bleues s'enchevêtraient. La bouche était intelligente et fine. Figurezvous Lamennais voûté, la poitrine creuse, les mains très-pâles et décharnées, mais plus jeune, avec des cheveux blonds qui tombaient droit.

Il faisait sa première cure à vingt-huit ans, déjà mûri par l'étude et la réflexion, ayant beaucoup pensé, beaucoup appris, beaucoup souffert. Ses parents, pauvres, pour s'en faire plus tard un appui, par spéculation, l'avaient lancé dans l'apostolat, sans consulter ses instincts. Et lui capable de tout entreprendre et de tout réussir, s'était éperdument jeté dans la lecture des livres saints, cherchant son modèle parmi les martyrs de leur foi. Souvent il avait rêvé de s'en aller par delà les mers, chez les sauvages du nouveau monde, pour les prêcher et les convertir, au mépris de la fatigue et des dangers. Être missionnaire c'était là son idéal ; mais, malheureusement, si Dieu lui avait donné l'énergie, il lui avait refusé la santé. Il comprenait que, pour se faire apôtre, il fallait pouvoir supporter les longues marches dans les savanes, et les privations, et les grandes nuits sans sommeil dans les forêts vierges, sous un ciel souvent inclément. Et chque fois que cette frénésie de départ le prenait, il sentait une fièvre sourde germer en lui rien que pour avoir voulu partir. Il lui fallut y renoncer. Il serait mort dans la dunette du vaisseau sans que sa mort servît à personne. Il valait donc mieux rester en France, les pieds attachés au sol natal, en quête du bien à faire et des tristesses à consoler, pour faire profiter ses compatriotes des trésors de sensibilité contenus dans un cœur tout pétri d'amour évangélique.

A force de réfléchir, après ses lectures, il s'était fait une religion à lui, mettant à l'écart les préjugés. Son esprit était libéral. Ses supérieurs, sachant qu'il serait difficile de le maintenir dans une discipline trop étroite, l'avaient enterré vivant à la campagne, dans l'espoir que bientôt il y laisserait ses hardiesses, au milieu des petites misères qu'il aurait à subir incessamment.

Maintenant, pour faire mieux apprécier de quelle façon il comprenait les devoirs de son sacerdoce, nous raconterons de petits faits qui s'étaient accomplis tout récemment.

Un jour, deux mendiants, un jeune et un vieux, s'étaient arrêtés à la porte de son presbytère. Le vieux simulait une infirmité qu'il n'avait pas ; il feignait de boiter sur une jambe ligaturée, et grimaçait horriblement à mesure que son pied portait. Il avait les cheveux roux, le poil roux, le teint roux.

L'autre, le jeune, étalait une plaie peinte sur son avant-bras.

— La charité ! — demandèrent-ils d'une voix larmoyante.

Le prêtre ému s'approcha d'eux ; il dit, s'adressant d'abord au plus âgé :

— Vous êtes donc blessé, mon ami ?

— Eh ! bon saint bon Dieu ! — fit l'homme en passant ses mains sur ses chevilles qu'il caressa ; — ça n'a rien que de naturel. Mes souliers vermoulus ne tiennen plus, et chaque caillou me blesse le long des chemins.

Le curé ne fit qu'un bond jusqu'à sa chambre.

Il ouvrit le fameux placard, dont les étagères mal garnies étaient envahies par la moisissure. Une paire de souliers s'étalait pompeusement sur un rayon, seule dans cette thébaïde où les araignées filaient leur toile fort tranquillement. Le curé la prit, pour la comparer à celle qu'il portait eu ce moment. Vérification faite, il se trouva que c'était la meilleure, ornée de boucles, pour les époques de cérémonie.

Il descendit tout triomphant.

— Tenez, mon ami, — dit-il au nécessiteux. — Ils doivent aller à votre pied.

Le mendiant fit un signe caractéristique à son compère.

Ce signe voulait dire, à propos des boucles : Elles sont d'argent.

Et il cligna d'un œil, en se reculant

— Moi, — fit le second, en s'avançant à son tour, — je n'ai pas de bas, monsieur le curé, et, comme mes pantalons sont mûrs, je montre mes jambes par la déchirure, ce qui me fait éviter les villes, où l'on me traiterait de vagabond.

L'abbé Vincent reprit la route de sa chambre. Il ouvrit encore le même placard. Plus rien ! il avait tout donné. Quelques rats se promenaient philosophiquement dans les recoins, rongeant les planches, faute de mieux.

— Cependant, — murmura le prêtre, — il lui faut des bas. On ne peut pas aller sans bas !

Une idée lui vint, dans la détresse de sa charité.

Il ôta ses bas, qu'il lavait le soir, tous les huit jours, dans sa cuvette, et qu'il faisait sécher la nuit, sous lui, entre la paillasse et le matelas. Puis il décrocha le bout lié de sa soutane, qu'il fit retomber sur ses talons, et, fier d'une bonne œuvre qui lui promettait des jouissances ineffables, il donna ses bas au petit mendiant, qui les reçut avec maussaderie quand il en eut vérifié le mauvais état.

Le vieux cligna cette fois de son autre œil.

Son camarade était peu chanceux.

Et ils disparurent, en se disputant à qui s'attribuerait la part du lion.

Le prêtre, pour regagner sa chambre, eut à passer devant la cuisine. Sur le seuil il trouva Marguerite, la gouvernante de sa maison.

— Comment ! monsieur le curé, —lui dit-elle, — vous osez sortir ainsi ?

Elle venait de s'apercevoir que sa jambe était nue.

— Je vais en mettre, — dit-il.

Il rougit du regard que lui lança Marguerite et dans

lequel il y avait tout à la fois du reproche et de la colère.

Marguerite avait cinq pieds huit pouces environ ; elle était haute en couleur, carrée par la base, avec de petits yeux gris et de grosses joues vermillonnées. Ce colosse féminin possédait un vice (qui n'a pas le sien ?), mais poussé jusqu'à sa dernière puissance : elle buvait comme elle mangeait, relevant chaque bouchée d'une rasade, et chaque rasade d'une bouchée. Agée de cinquante ans, elle prétendait avoir successivement mérité tous les prix Montyon, ce qui n'étonnait pas les voisins, vu sa laideur. Du reste, c'était une femme comme toutes celles de sa condition, bavarde et curieuse, ce qui faisait dire à madame Giboux, la fruitière, que ses défauts, pour être exagérés à ce point, devaient être, comme son estomac, envahis par un ver solitaire.

Elle laissait passer ces propos du haut de sa taille de carabinier, se disant que toutes ces commères ne la valaient pas, et qu'elle les ferait taire quand elle voudrait, d'un seul revers de sa large main.

On conçoit, d'après ce qui précède, que l'abbé Vincent ne se souciait pas d'entrer en explications suivies avec sa gouvernante, qui ne se gênait guère avec lui, l'ayant nourri. Ajoutons qu'elle tenait les clefs de la caisse, pour éviter des prodigalités d'aumônes qu'elle prévoyait.

Il passa donc à l'autre bout du corridor pour réfléchir à la situation. Puisque Marguerite s'était aperçue qu'il était sans bas, cela dans l'ombre d'un vestibule mal éclairé, d'autres certainement ne manqueraient pas de faire la même observation, dans la rue, en plein jour, aux endroits surtout où le soleil pénètre dans tous les plis. En y songeant, il maniait une plume trempée d'encre. L'encre, comme une larme teinte, tremblait au bout de la plume. La gouttelette tomba sur sa main ; il essuya la tache, qui resta noire.

Alors il pensa qu'il pourrait faire volontairement sur sa jambe ce que le hasard avait fait sur sa main. Fort de sa conviction, il la peignit avec les barbes de la plume souvent mouillées. Puis ce fut le tour de l'autre, à deux couches, pour éviter la détrempe, car il faisait chaud.

Son front rayonna.

Il avait l'air d'avoir des bas.

Une autre fois, deux granges brûlaient en haut du Pecq. Ne pouvant se rendre maîtres du feu, les pompiers disaient qu'il fallait se borner à circonscrire l'incendie, en lui laissant dévorer les aliments dont il s'était emparé déjà. Il s'agissait de sauver les maisons voisines, très-exposées. Mais les travailleurs volontaires hésitaient à se risquer sur les toitures, où la flamme courait sous forme de serpents de feu. Encore cinq minutes d'hésitation et cette immense fournaise, nouveau volcan, s'en allait à droite, à gauche, pour envahir un plus grand terrain.

L'abbé Vincent se tourna vers un groupe :

— Courage, — dit-il, — mes amis ! votre église est là, près de nous ; ses murs commencent à se chauffer et ses charpentes à noircir.

Ses yeux avaient un éclat inaccoutumé.

Un homme qui fumait sa pipe, les pieds dans le ruisseau, lui répondit avec ironie :

— Vous pourriez subséquemment vous munir de votre goupillon, monsieur l'abbé ; puis, élevant le bras, le manche au bout, vous feriez pleuvoir vos gouttes d'eau bénite sur le brasier ; ça l'éteindrait. — L'abbé Vincent feignit de ne pas remarquer cette hérésie. Alors l'homme à la pipe, changeant de tactique, ajouta, pour tourner les rieurs de son côté : — Donnez l'exemple, alors peut-être on vous suivra.

Et il mit le menton dans sa cravate, en envoyant par l'atmosphère quelques abondantes bouffées de fumée.

Le prêtre trouva sans doute l'observation juste. Il ramassa sa soutane, qu'il lia très-étroitement à la ceinture pour ne pas être gêné dans ses mouvements ; puis, sans forfanterie, il s'élança vers une échelle. Un instant après, on le vit debout sur la crête fumeuse d'un mur. Quel-

ques audacieux voulurent le suivre ; arrivés en haut, ils descendirent, les cheveux brûlés.

Et lui, au lieu de prier, se servait d'une hache trop lourde pour sa frêle main, frappant des coups multipliés sur les poutres chaudes, abattant les tuiles, sans rien voir autre chose que le but qu'il voulait atteindre.

Comme la clef d'une voûte, une cheville maintenait seule l'échafaudage du toit. C'est là que se concentraient ses efforts.

Bientôt on entendit un grand fracas : tout s'affaissait à la fois. Lorsque le vent eut couché cette poussière et cette fumée, les yeux se portèrent anxieusement vers l'endroit où tout à l'heure l'abbé Vincent s'escrimait si fort : il était là toujours, miraculeusement, en équilibre sur un chevron qui n'attendait, pour aller rejoindre la masse, qu'un dernier ébranlement dans ses attaches déjà rongées.

L'homme à la pipe avait six pieds de haut.

Jusqu'alors il s'était contenté de regarder cet effroyable spectacle sans que rien trahît en lui l'émotion. Mais quand il vit cette scène dont les péripéties étaient si promptes, il courut à l'échelle, traversa ce foyer de mort et saisit l'imprudent, qui fermait déjà les yeux pour se laisser tomber dans la fournaise qui l'asphyxiait.

— Tiens ! — dit l'homme à la pipe en déposant son fardeau dans les bras d'un gros paysan ; — personne ne m'a vu, tu diras que c'est toi qui l'as sauvé. Porte ce corps à Marguerite.

Le paysan, enchanté de se donner le mérite gratuit d'une bonne œuvre, ce qui doublerait son importance dans le pays, se prit à courir dans la direction du presbytère. Sur le seuil, il trouva Marguerite, qui ne fit qu'un bond jusqu'à lui. Quand elle eut compris l'étendue du mal, elle repoussa le paysan, s'empara du prêtre et l'emporta, suant et courant, sur un matelas préparé d'avance pour les blessés. Elle se pencha vers lui pour écouter son souffle, appuya sa main sur sa poitrine, à l'endroit du cœur, et, comme battement et respiration étaient insensibles, elle s'écria :

— Un médecin, un médecin ! au nom du ciel !

Une voix répondit derrière elle ; c'était celle du docteur, déjà prévenu :

— Rassurez-vous, nourrice, il est seulement évanoui. — Il tâta le pouls du malade. — Dans cinq minutes, — ajouta-t-il, — presque rien n'y paraîtra plus.

Marguerite eut un soupir de soulagement.

— Sûr, bien sûr ? — demanda-t-elle avant d'abandonner la main qu'elle pressait dans les siennes pour la réchauffer.

— Oui, je suis un des témoins de l'accident. Sans un trait de dévouement héroïque, monsieur le curé n'existerait plus à l'heure qu'il est. Je ne sais pas encore qui s'est honoré d'un si beau trait ; mais dans la nuit, au milieu d'un nuage épais de fumée, on a tout à coup aperçu deux silhouettes au lieu d'une, là-haut, sur le faîte, et votre enfant était sauvé.

A ces mots, le gros paysan sortit de son ombre et s'avança, le bonnet à la main.

— C'est pas pour me vanter, — dit-il, — mais c'est moi qui l'a sauvé.

Une flammèche, de loin, était tombée en travers de ses vêtements, légèrement endommagés. Des débris de paille ramassés par lui, fumant encore, pour en faire litière à son cochon, avaient noirci ses mains et ses joues. Il pouvait être pris pour un héros.

Marguerite l'embrassa violemment.

Il se garda bien de se débarrasser de cette étreinte, supputant par avance ce que la situation pourrait un jour lui rapporter.

Enfin, tout danger ayant disparu, le prêtre remis, les feux éteints, tous les enfants du pays alignés derrière le paysan qui regagnait son domicile, crièrent à tue-tête par les chemins :

— Vive Pierre ! il a sauvé monsieur le curé.

L'homme à la pipe, au lieu d'être jaloux d'un triomphe

qui lui revenait, s'assit sur un banc devant sa porte, et regarda passer le tout philosophiquement, à travers la fumée de son tabac.

Il était bien aimé, le curé du Pecq ! aimé pour sa tolérance, aimé pour sa charité. Les paroissiens ne devaient pas oublier non plus son courage. Et son église regorgeait le dimanche, quand de sa chaire il laissait tomber la parole sainte.

Il ne manquait rien à son bonheur.

Si fait, je me trompe, il lui manquait une chose :

Il avait oublié ses aspirations de voyage à travers les déserts pour réformer la fausse foi ; il se contentait du peu de bien qu'il pouvait faire dans une pauvre commune, livrée tout entière aux saints enseignements de son pasteur ; mais il y avait là, près de lui, dans le troupeau, certaine brebis égarée qui faisait son chagrin et son désespoir ; celle-là narguait l'Église et niait Dieu. Pour avoir tenté de la ramener dans le bon chemin, il avait subi mille brutalités et mille douleurs.

Le capitaine Lelong lui résistait.

Qu'était-ce donc que ce capitaine ?

II

Autrefois, il y avait bien longtemps, une vieille femme mourait dans une cabane, sur la lisière d'une grande ville. Elle ne laissait rien qu'une botte de paille sur laquelle elle couchait, une cruche d'eau où sa soif se désaltérait, un tabouret d'osier tout défoncé. Lorsqu'on vint, on trouva dans un coin de la chambre un enfant de huit ou dix ans qui pleurait.

Les porteurs chargèrent le corps sur une civière.

L'enfant se mit derrière eux.

Au bout de quelques pas, il sembla se réveiller de l'engourdissement dans lequel il était plongé.

— Et le prêtre ? — demanda-t-il.

— As-tu de quoi ?

— Depuis deux jours je suis sans pain.

— Alors, en route, mon garçon ! Nous n'aurons ni le sacristain ni son curé. Faut être riche pour ça.

L'enfant supplia tant qu'on rentra le cercueil dans la cabane. Il demandait cinq minutes pour courir à l'église et ramener un vicaire porteur d'une croix. Sa démarche fut inutile. Il n'avait pas les moyens de payer la cérémonie.

— On s'en passera ! — dit-il avec un éclair fauve dans le regard.

Et l'enterrement suivit sa route vers le cimetière avec ses porteurs qui se relayaient.

Depuis cette époque, l'enfant avait grandi dans la haine de tout ce qui, de près ou de loin, touchait aux choses du clergé. A quinze ans il s'était engagé. Comme il possédait une souplesse de corps que les habitudes vagabondes de son enfance avaient beaucoup développée, il acquit bientôt une grande réputation pour l'escrime.

S'étant pris de querelle avec deux soldats de son régiment, il les provoqua, leur disant qu'il leur tiendrait tête à la fois, une épée dans chaque main. Ce duel étrange eut lieu. Ses adversaires reçurent chacun un coup de pointe qui les troua ; peu s'en fallut qu'ils n'en mourussent. L'affaire s'ébruita ; le trait fut trouvé superbe.

Il devint prévôt de salle.

Après trente années de service, il avait pris sa retraite, avec une croix gagnée sur un champ de bataille et un petit avoir grossi des leçons d'armes données par lui dans toutes les villes de ses garnisons.

A cause de sa croix, sans doute, on l'appelait « le capitaine. »

Mais, qu'il fût en Algérie, dans le nord ou dans le midi de la France, toujours on l'avait entendu s'exprimer avec véhémence contre ceux qu'il appelait les calotins. Il s'était fait une religion de sa rancune, et quand, par hasard, il faiblissait dans sa colère, il n'avait qu'à se souvenir pour sentir un redoublement de séve haineuse lui monter du cœur à la tête. Dans ce cas, pour se punir de son hésitation, il ne se contentait plus de sa situation passive, et cherchait toutes les occasions de se faire enfin agressif.

Au moment où nous le présentons au lecteur, il a quarante-huit ans, sonnés de la veille.

Il possède une tête carrée, qu'il porte bien sur un faux col de crin bordé de blanc.

Ses cheveux grisonnants sont taillés en brosse.

Il a la moustache longue et l'impériale courte.

Toujours boutonné droit dans une redingote bleue qui lui descend jusqu'aux talons, avec un ruban large et fané, pincé à la taille, il marche en se dandinant comme un tambour-major dans l'exercice de ses fonctions, les bras pliés, le coudes battant, la pointe du pied en dehors vers le pavé.

Il fume du matin au soir, et presque du soir au matin, se couchant tard, se levant tôt. Pour que cette opération s'accomplisse sans solution de continuité, il a deux pipes sur lui, l'une à sa bouche, l'autre dans sa poche, la première allumée, l'autre prête à le devenir. Ces pipes sont de bois, courtes, brunes, recourbées. Il y porte souvent la main, à hauteur de menton, pour faire disparaître la cheminée sous la pression de ses doigts, comme s'il craignait qu'on la lui prît, en réalité pour concentrer son arome, les yeux fermés, dans une demi-somnolence qui trahit chez lui des jouissances formidables. Dans ces moments d'extase, il ne ferait pas bon le déranger... il vous appellerait *pékin*. Du reste, le tuyau tient ferme entre ses lèvres, au milieu du lit profond qu'il s'est creusé des deux côtés, en haut et en bas, dans l'émail noirci de ses dents.

Quand il parle, il n'oublie jamais d'enfoncer des adverbes, comme des coins, entre les interstices de ses phrases, à tort et à travers, sans se soucier de leur signification précise ou de leur portée. « Les discours, » dit-il, « prennent ainsi plus de montant. »

En arrivant au Pecq, il y avait environ huit mois, il s'était informé d'abord d'une chose, la plus importante pour lui :

Pouvait-il se loger près du curé ?

Or, touchant le presbytère, il y avait une vieille masure abandonnée depuis longtemps. Les chambres en étaient délabrées, avec des croisées sans vitres qui fermaient mal. Un terrain vague côtoyait le jardin propret du curé. Les ronces et les orties se le disputaient. Dans un renfoncement du mur mitoyen, une ouverture était pratiquée pour loger un puits avec deux seaux, un pour le prêtre, à gauche, un pour le locataire voisin, à droite, avec jouissance partagée.

M. Lelong était allé trouver le propriétaire de cette bicoque, vieillard rusé, qui lui dit, soupçonnant son envie féroce de l'acquérir :

— Monsieur, mon immeuble n'est pas à vendre.

— Alors, subsidiairement, louez-le-moi.

— Il n'est pas plus à louer qu'à vendre.

— Et si je vous en offrais un bon prix ?

Le vieillard demanda la nuit pour réfléchir. Sa cassine valait à peine mille francs, y compris le prunier, seul arbre, qui jamais n'avait montré le bout du nez de ses fruits. Le lendemain, quand son visiteur reparut, il lui dit sans autres précautions oratoires :

— Monsieur, cet immeuble vient de ma pauvre défunte ; c'était sa dot, et j'y tiens. Cependant, si vous me faisiez une offre raisonnable, peut-être me déciderais-je à m'en dessaisir. Qu'en donnez-vous ?

— Quinze cents francs.

Ici le vieillard se redressa tant qu'il put. Il fit valoir les splendeurs de la vue, les délices de l'air, les agréments du voisinage, toutes choses qui n'étaient pas sa propriété. Il parla du cadran de l'église qui sonnait l'heure, de la musique du parc qu'on entendait, les jeudis et les dimanches, sans se déranger, et de bien d'autres choses encore qui faisaient de sa maison un Eldorado.

Après une entrevue de six heures, et même plus, le capitaine Lelong acheta cela huit mille francs, sans compter les frais du contrat et le pot-de-vin. A Saint-Germain, rue des Coches, il fit emplète de meubles, et s'installa tant bien que mal dans son domicile, dont il avait hâte de s'emparer.

. . . .

En se couchant le soir, le capitaine se dit:

— Demain nous commencerons les premiers feux.

Or voici en quoi consistaient les premiers feux :

Au point du jour, monté sur un tas de pierre, il se mit en observation, la pipe aux dents, sa tête dépassant le mur mitoyen. Le jardin du curé s'allongeait parallèlement, avec ses allées régulières bordées de buis. Il couvait le tout du regard. Il était cinq heures. A six heures, il vit une ombre noire qui descendait les marches d'un perron. C'était l'abbé Vincent, qui, selon ses habitudes en se levant, allait lire son bréviaire sous une tonnelle dégarnie.

Le capitaine toussa pour troubler son recueillement.

Pour comprendre la cause de ce bruit inaccoutumé, l'abbé Vincent quitta son livre des yeux. Il aperçut la tête roide du nouveau voisin.

Il ôta son tricorne pour saluer.

La tête ne bougea pas, continuant à le regarder.

L'abbé, honteux, reprit sa lecture à petits coups, pour la savourer.

Lelong se mit à chanter un refrain grivois, rapporté du camp, où l'on voyait une vivandière embrassée par trois fantassins. C'était un scandale calculé.

Monsieur Vincent rentra chez lui.

Le lendemain, ce fut même scène, avec variantes, bien entendu, car le capitaine avait une imagination toujours fertile en expédients.

Marguerite, avertie, voulut un jour parlementer.

Je ne sais pas ce qui lui fut répondu ; mais ce que je peux affirmer c'est qu'elle se retira le rouge au front, les traits cachés sous son tablier. Il fallait que la riposte eût été bien formidable pour désarçonner le courage de la gouvernante !

Un soir, après une chaleur accablante, comme les iris de son jardin mouraient de soif, l'abbé Vincent vint vers le puits. Il avait à peine saisi la corde pour remplir son seau qu'il sentit une résistance insurmontable. Le capitaine était là, tirant à lui vigoureusement de l'autre côté.

— Pardon, monsieur, — dit le prêtre ; — je ne savais pas que vous fussiez là. J'attendrai.

Et vainement il attendit.

Le capitaine vida le puits dans ses orties. Ce fut une mare dans son terrain, vers le bas, où les pentes rudes portaient les eaux.

Les iris poussèrent leur dernier soupir pendant la nuit.

Dehors, le curé ne manquait jamais de voir la silhouette de son tourmenteur, à chaque détour du chemin, impassible comme une statue, ne riant pas, ne parlant pas, regardant sans voir. Aux processions, chacun s'empressait de tendre au devant de sa porte un grand drap blanc, avec des roses aux quatre coins. Non-seulement monsieur Lelong ne se conformait pas à cet usage, mais encore il fermait avec soin ses volets, et s'asseyait sur la place, le dos tourné constamment au reposoir.

On devine que ces constantes taquineries ne passaient pas inaperçues. Deux camps distincts s'étaient formés dans le Pecq, l'un composé des faibles, l'autre des forts. Les premiers admiraient tout haut cet homme si ferme dans son idée ; les seconds l'accusaient tout bas d'athéisme, confondant volontiers dans leur esprit la religion et son ministre, l'Église et Dieu.

Le percepteur, l'adjoint au maire et les jeunes gens de vingt à trente ans se racontaient entre eux, avec force commentaires et des rires à l'avenant, toutes les prouesses du capitaine, qu'ils trouvaient crâne.

Madame Giboux, la fruitière ; madame Mangin, qui vend de l'eau de puits pour de l'eau de Seine ; madame Potard, qui tient du fil, se montraient fort scandalisées des procédés inqualifiables de ce grand monsieur, nouveau venu dans la commune, qui, sans respect pour le clergé, s'avisait d'inventer chaque jour de nouvelles « turpitudes de sacripan. »

Le curé, trop clairvoyant pour ne pas remarquer la désaffection de quelques uns de ses paroissiens, passait ses journées à réfléchir. Les agressions du capitaine, quand elles ne s'adressaient qu'à sa personne, ne faisaient qu'effleurer son amour-propre ; c'était une coupe d'amertume qu'il savait vider ; mais lorsque ces faits publics menaçaient de porter le trouble dans les esprits, alors ils prenaient une proportion plus grande. Il fallait, à tout prix, arrêter ce torrent d'impiétés. La faiblesse n'était plus permise.

Il crut trouver une digue à ce flot.

Il alla trouver son archevêque, auquel il exposa la situation.

— Que puis-je y faire, monsieur l'abbé ? — demanda le supérieur avec des sourcils en accent circonflexe.

— Monseigneur, — risqua Vincent, — il faudrait aller voir le ministre de la guerre et lui demander une bonne place dans ses bureaux pour un protégé.

— Et vous en seriez débarrassé ?

— Nous lui rendrions le bien pour le mal, selon les préceptes de l'Évangile.

L'archevêque sourit.

Il commanda sa voiture et se rendit au ministère.

Une heure après, il revenait avec une charge prête et les appointements de trois mille francs. Un bourgeois de Paris qui ne manquait pas un seul dîner de l'archevêché fut mis dans la confidence de ce secret. Il accepta les fonctions d'ambassadeur. En conséquence, il partit aussitôt pour le Pecq. Il devait rapporter la réponse dans la soirée. Fier de ses fonctions diplomatiques, il fit diligence, et reparut beaucoup plus tôt qu'on ne l'espérait.

— Eh bien ? — questionna l'abbé Vincent.

Le négociateur s'assit méthodiquement et raconta sans rien omettre les moindres détails de cette entrevue. Il s'était annoncé comme un envoyé du ministre, qui recherchait les mérites et récompensait toutes les vertus ; puis, avec des précautions oratoires, il avait risqué sa proposition, en faisant miroiter les avantages d'un emploi magnifiquement rétribué, qui pouvait devenir une sinécure.

Le capitaine l'avait écouté jusqu'au bout sans l'interrompre, aspirant d'abondantes gorgées de fumée, qu'il expirait ensuite avec un bruit sec ; puis, avec flegme, il avait dit :

— Je me trouve heureux comme je suis.

— Cependant...

Alors monsieur Lelong s'était levé, se dirigeant vers l'escalier, pour faire comprendre au visiteur que cette audience était terminée.

— Allons, — fit ironiquement l'archevêque, — il faudra chercher un moyen plus ingénieux, monsieur l'abbé.

L'abbé Vincent dormit mal. Il fit des rêves affreux ; il vit le capitaine qui révolutionnait la commune. Son autorité de prêtre était méconnue ; on le conspuait quand il passait.

— Seigneur, Seigneur, — dit-il en s'éveillant, — posez votre doigt sur ce front pour l'animer de votre pensée divine ! — Tout à coup une idée lui vint. — Pauvre missionnaire ! — s'écria-t-il en s'interpellant ; — tu voulais prêcher ta croisade chez les Indiens, eux qui ont le fanatisme ; et tu ne sais pas faire pénétrer ta foi dans le cœur d'un catholique endurci, lui qui n'a que l'égarement. Fais tes preuves, où tu n'es rien, moins que rien, pas même digne de porter l'habit ecclésiastique que ta défaite déshonorerait !

Et de ce jour il résolut de travailler à cette œuvre par tous les moyens en son pouvoir.

III

Non loin de l'église, rue de la Murie, sur l'emplacement de la maison qui porte aujourd'hui le n° 8, il y avait alors une propriété dont les jardins descendaient vers la Seine, à travers les ombres de ses arbres verts.

Elle avait une mine qui réjouissait l'œil. Séparée de la rue par un parterre de huit pieds carrés clos d'une grille, l'habitation faisait tous les ans sa toilette neuve grâce au coup de pinceau des badigeonneurs. On devinait, en le voyant, que les locataires avaient les mœurs douces. Tout y était en ordre, selon les usages de la bourgeoisie, comme dans le nord de la France, où les moindres recoins invitent le regard à se reposer. Le grand jardin qui lui faisait suite avait deux arpents ; ses déclivités permettaient la division par terrasses à l'italienne, et les bosquets n'y manquaient pas.

C'était la demeure du maire, monsieur Jotard, Parisien retraité qui, pendant vingt ans, avait vendu du sucre à faux poids, rue des Lombards. Il avait beaucoup intrigué pour obtenir les fonctions municipales, qu'il remplissait du reste avec un zèle que ses administrés n'hésitaient pas à proclamer. Gros et court, front chauve, il aimait se promener, la tête nue, les mains derrière le dos sous les pans soulevés de son habit. Sur sa figure on lisait toutes les satisfactions d'un cœur content. Chemin faisant, il s'arrêtait dans les boutiques, consultant chacun sur ceci, sur cela, parlant avec emphase de son conseil municipal et des embellissements qu'il projetait. Il avait l'air de porter sa dignité comme une relique. Bon homme au fond, il étouffait parfois ses meilleurs instincts sous l'importance qu'il essayait de se donner.

Quand il avait dit, en hochant la tête : « C'est bien, j'aviserai, » il fermait à demi les yeux, comme absorbé par ses réflexions.

De temps en temps il décrochait ses mains de son dos, pour tirer la boîte ronde où son tabac était enfermé. Il promenait ses doigts sur le couvercle, qu'il frappait ensuite trois fois ; puis il faisait passer le couvercle dessous, pétrissait la poudre entre le pouce et l'index, absorbait sa prise des deux narines, l'une après l'autre, refermait sa tabatière, et secouait avec grâce son jabot. Pour mettre les plis bouffants du jabot à l'abri des maculatures, il plaçait entre ses dents un des bouts de son foulard à grandes rosaces jaunes et bleues, et se mouchait à plusieurs reprises, très-bruyamment, ce qui faisait dire à la ronde :

— Voilà monsieur le maire qui passe.

A le voir circuler dans les rues, front découvert, dans une pose qu'il affectait de rendre napoléonienne, on devinait qu'il considérait comme sienne la chose publique. S'il le voulait, il ferait raser les maisons quand elles dépassaient l'alignement, il ferait condamner les jours de souffrance, balayer les trottoirs par les habitants pour cause de salubrité, récrépir les murs, enlever les fleurs des croisées ! Le garde venait prendre ses ordres tous les matins, et son adjoint, d'après les instructions reçues, ne lui parlait jamais que chapeau bas.

— Ce n'est pas pour moi, certainement, — avait dit monsieur Jotard au début ; — je ne suis qu'un simple citoyen ; c'est pour la dignité des fonctions dont je suis investi. Quand on a l'honneur de tenir une des rênes du vaisseau de l'État, on doit faire respecter sa position.

. . . .

Il croyait fermement à tous les canards des faits divers, qu'il allait raconter ensuite avec un accent pénétré, fier de l'attention de ses auditeurs.

Il n'ignorait pas les mauvaises plaisanteries du capitaine Lelong à l'endroit de l'abbé Vincent ; mais, comme le prêtre ne s'en plaignait pas, il préférait se taire à ce sujet que de se trouver dans l'embarras, ne pouvant sévir.

L'abbé, chaque soir, faisait avec lui sa partie d'échecs, dans le salon bleu. Après chaque partie, on entendait le maire s'écrier en battant des mains :

— Vous n'êtes pas fort, mon pauvre abbé !

Et il plaisantait son adversaire avec de grands éclats de voix, redisant les mêmes phrases sur le même ton, de l'air de quelqu'un qui vient de lancer des pièces d'artifice.

Monsieur Vincent recevait cette bourrasque de la meilleure grâce du monde. De temps en temps il envoyait un regard dans un coin de l'appartement où l'on voyait une enfant de seize ans à peine qui brodait. Il souriait à ce tableau. La tête de la jeune fille s'estompait délicatement en blond sur un fond obscur, à la lueur d'une bougie. Oh ! la belle figure que c'était : tout esprit, toute sensibilité, toute candeur ! Jamais on n'aurait pu croire que, dans la même maison, se trouvaient deux êtres de nature si différente, le père avec les boursouflures de sa vanité, la fille avec la poésie de ses regards et de son maintien.

Elle s'appelait Louise.

Depuis quelques mois, son enjouement avait disparu. Elle restait souvent dans une contemplation sans but, ou poussant son aiguille machinalement, sans aucune conscience de son travail, qu'elle défaisait ensuite, comme Pénélope, quand elle s'apercevait de ses distractions.

L'abbé Vincent, trop clairvoyant pour laisser passer ces tristesses inaperçues, avait plusieurs fois tenté d'éveiller la sollicitude de monsieur Jotard, en lui disant que, peut-être, sous cette langueur inaccoutumée se dissimulait une affection.

— Oh ! je m'y connais, — répondait le maire en se rengorgeant ; — vous vous trompez, monsieur l'abbé. D'ailleurs qui Louise pourrait-elle aimer ? elle ne voit que vous et moi.

— Et le fils du maître d'école ?

— Monsieur Roudier ! — Par la façon dont il prononçait ce nom, on devinait le profond dédain que le maire professait pour celui qui le portait, non point qu'il le méprisât personnellement, mais parce qu'il avait jeté ses vues plus haut. — Avec la position que j'ai, — disait-il, — maire à quarante-sept ans, aimé dans ma commune, après une carrière commerciale durant laquelle, j'ose le dire, j'ai rendu de grands services à mon pays, il m'est permis d'espérer, monsieur l'abbé, que le gouvernement saura reconnaître enfin mes capacités, ou mes aptitudes, si vous aimez mieux ; j'espère bien, le sort aidant, entrer un jour à la chambre autrement qu'en simple curieux. — Et comme l'abbé Vincent souriait : — Qu'y voyez-vous d'impossible ? — ajoutait-il en s'animant. — Prenez-les tous, et vous verrez que mon origine vaut la leur. Quelques-uns se sont d'abord illustrés comme moi dans le commerce, et tous ne sont point devenus, à mon âge, première autorité d'une commune riche et considérée. Quelques autres se sont fait connaître dans le barreau, dans les lettres, etc. ; mais moi aussi je sais parler ma langue et même l'écrire. Si le hasard n'a point voulu que je défendisse la noble cause de la veuve et de l'orphelin, si je n'ai point écrit l'histoire de mon pays, c'est que mes aspirations m'appelaient ailleurs. — Monsieur Jotard, dans ses discours, ne disait jamais *pas* ; il disait *point*, ainsi qu'on a pu s'en apercevoir. — Et vous voudriez, — achevait-il, — que ma Louise épousât le fils de votre instituteur ? Mais qui est-il ? d'où vient-il, pour afficher de telles prétentions ? Il ne sait donc point, le malheureux ! qu'il faut se présenter autrement qu'avec des promesses d'avenir, et posséder une caisse remplie d'autre chose que d'espérances ? car notre caisse à nous contient autre chose que des espérances vagues ; je m'en flatte ; j'en suis fier, ayant gagné ma fortune à la sueur de mon front.

— Certainement, monsieur Jotard…

— Appelez-moi monsieur le maire, si cela ne vous fait rien.

— Certainement, monsieur le maire ; mais la jeunesse, vous le savez, ne calcule pas toujours ainsi. Il arrive souvent que des regards échangés on ne sait où, à la promenade ou ailleurs…

— Alors, — interrompit aigrement monsieur Jotard, — je n'ai plus qu'à donner mon consentement ! C'est cela ? je vais appeler à moi cet ingénieur en herbe ; je lui ferai place dans mon intérieur ; il viendra s'asseoir à notre table, et je me dépouillerai pour l'enrichir ! Vous êtes curieux, ma parole d'honneur ! avec votre désintéressement évangélique, vous autres qui n'avez ni patrimoine, ni position, ni famille ! Non, monsieur l'abbé, nous ne pouvons voir les choses de la même façon, n'employant point la même lorgnette.

Et il marchait à grands pas, une main derrière son dos, l'autre dans l'écharpe de son gilet.

On s'étonnera peut-être de l'insistance que mettait l'abbé Vincent à s'occuper d'un sujet qui, par le fait, ne le regardait aucunement. Nous devons à ce propos une explication d'ordre philosophique à nos lecteurs.

Monsieur Vincent avait été très-longtemps le professeur de Louise ; il lui donnait des leçons d'histoire, de musique et de théologie, interrompant parfois ses leçons pour se promener avec elle dans les jardins ; mais depuis un mois leur situation était changée. Il s'était aperçu tout d'un coup, à son grand regret, que l'enfant avait des préoccupations subites. De ce jour il s'observa davantage avec elle. Par un restant d'habitude insurmontable, il se prit bien encore à la plaisanter, mais ce ne fut plus que doucement.

Il dit au père que l'élève en savait autant que le maître.

Et il ralentit ses visites.

Monsieur Jotard, qui n'entendait pas que ses parties d'échecs fussent interrompues, se précipita vers la demeure du curé, qu'il ramena chez lui triomphalement.

Le soir de ce retour aux habitudes du passé, la grande Marguerite remarqua que le prêtre se couchait plus tard qu'à l'ordinaire et priait avec une ferveur redoublée. Elle pensa que cette longue veillée pourrait nuire à sa santé. Pour l'abréger, elle lui frappa sur l'épaule :

— Il est minuit, — lui dit-elle.

Il se tourna dans le saisissement de sa surprise.

Il avait les yeux rouges et les pommettes en feu.

Il alla se coucher dans sa chambre nue, qu'une Vierge de plâtre seule ornait.

Et le lendemain il fit des remarques chez monsieur Jotard.

Quand il eut mieux compris les causes qui faisaient à Louise ses abattements, il crut devoir insister auprès du père pour l'éclairer.

Il n'eut plus pour la jeune fille que des regards remplis d'onction.

Elle avait besoin de son appui.

Mais reprenons notre récit à l'endroit où nous l'avons si brusquement interrompu.

Le maire et le curé font marcher les pions sur l'échiquier. Louise brode au plumetis, dans l'angle opposé de la pièce, abîmée dans les capricieux méandres de sa pensée.

— Échec à la dame ! — cria Jotard joyeusement. En ce moment on annonça monsieur Roudier fils. Un froncement de sourcils vite réprimé plissa le front du curé.

— Ah ! c'est vous, — dit le maire sans se déranger. Et, profitant d'une nouvelle étourderie de son partenaire, il s'écria. — Échec et mat ! — Monsieur Roudier fils salua Louise, qui tressaillit. Il était mis avec goût et modestement. Sa distinction naturelle pouvait aisément le faire prendre pour

un fils de famille auquel les usages du monde sont familiers. Lorsque monsieur le maire eut, comme toujours, gagné la partie, il risqua ces exclamations de joie et ces plaisanteries surannées que vous savez ; puis, son hilarité satisfaite, il dit à sa fille, en lui passant une de ses grosses mains sous le menton : — Nous avons à causer, retire-toi. Louise prit son flambeau, fit une révérence et disparut. — Môssieu, — commença Jotard, qui prononçait ce mot de deux façons différentes, selon qu'il voulait abaisser son interlocuteur ou l'élever jusqu'à lui, — môssieu, j'ai l'honneur de vous prévenir que désormais ma porte vous sera fermée. J'ai pour habitude de ne recevoir que des amis.

— Ai-je donc démérité ? — demanda le jeune homme décontenancé.

— Il me semble que la différence de nos âges ne vous permet point de me questionner.

L'abbé Vincent voulut s'interposer, pour adoucir l'amertume de cette parole, qui tombait enduite de fiel sur un cœur justement ému.

— Assez, monsieur l'abbé, — dit le maire, en effaçant sa poitrine pour se donner les apparences de l'orgueil froissé. — Môssieu doit me comprendre. J'ajouterai pourtant, dans cette dernière entrevue, qu'il se méprend beaucoup s'il croit avoir mérité *chez nous* autre chose que de l'indifférence. Môssieu doit me comprendre suffisamment.

Le prêtre avait toutes les délicatesses du cœur. Il souffrait des brutalités d'un langage qui le blessait dans ses habitudes. Pour ne pas rester plus longtemps témoin d'une scène si pénible, il se dirigea vers la porte, en envoyant à Roudier fils la marque d'un sympathique encouragement. Il respira dans la rue à pleins poumons. Chaque jour, presque chaque heure, dans ce village, il éprouvait des désappointements d'âme qui rapetissaient l'humanité. Autour de lui l'on ne discutait que des questions d'intérêt matériel. Ceux qui par leur éducation devaient le mieux savoir vivre étaient les premiers à le froisser dans sa sensibilité féminine.

Il en était là de ses réflexions lorsqu'il se sentit tiré par la manche.

— Heu ! — fit une voix sotte, grosse dans le silence de la nuit, — c'est moi, Pierre !

— Qui, Pierre ?

— C'est pas pour me vanter, mais c'est moi qui vous a sauvé. — Et le gros paysan, dont nous connaissons la prouesse, se mit à lui conter son embarras. Son cochon était mort ; il n'avait pas de quoi le remplacer. — Ah ! monsieur le curé, — s'écria-t-il avec une expression de grande douleur, — c'était pour moi plus qu'un ami !

L'abbé Vincent tira sa montre et la lui donna

Plus loin, devant une porte, il y avait trois femmes assises qui prenaient le frais.

Elles devisaient entre elles sur la maigreur extraordinaire du curé.

— Faut que cet homme-là soit poitrinaire, n'y a pas à dire, — faisaient-elles. C'étaient madame Giboux la fruitière, et madame Mangin qui vend de l'eau de puits pour de l'eau de Seine, et madame Potard qui tient du fil. Quand monsieur Vincent les eut dépassées, il les entendit qui murmuraient : — Il tournera de l'œil avant longtemps. Qué dommage ! un si bon homme, et si charitable !

L'abbé Vincent pressa le pas.

Une ombre le précédait, marchant à droite quand il allait à droite, à gauche quand il allait à gauche, avec l'intention manifeste de l'attarder. Cette ombre était longue, avec une redingote boutonnée comme la lévite d'un rabbin. Elle fumait à l'instar de ces cheminées qui dominent fièrement les hauts fourneaux.

L'abbé toussait, incommodé par l'odeur âcre du tabac.

— Avale, mon petit ! — disait l'ombre en multipliant ses abondantes bouffées.

Par timidité, le prêtre n'osa pas protester contre cette

inqualifiable taquinerie. Il avala sa honte avec la fumée du capitaine Lelong.

Arrivé chez lui, tout bouleversé de ces incidents, il trouva la grande Marguerite qui l'attendait, une tartine dans chaque main. Il fut blâmé d'un retard qui pouvait lui valoir un rhume. Pour se soustraire aux observations, il alla dans sa chambre, où il s'enferma.

IV

Il entendit bientôt des pas prompts et lourds dans l'escalier. C'était Marguerite, qui faisait craquer les marches sous son poids. Elle ouvrit la porte de la pièce où l'abbé Vincent cherchait une solitude pour ses tristesses et un refuge contre ses douleurs.

— Quelle heure est-il donc? — demanda-t-elle à peine entrée. — Cette patraque d'horloge s'est arrêtée.

L'abbé se troubla.

— Je vous demande l'heure! — reprit la gouvernante sans s'émouvoir.

— Huit heures un quart, — risqua l'abbé.

— Regardez au moins votre montre pour me répondre d'une façon plus précise.

— Je viens de passer devant l'église, dont j'ai consulté le cadran.

— Encore un fameux cadran, celui-là, qui marque au hasard tout ce qu'il veut, avance ou retarde comme cela lui plaît, grâce à la rouille de ses vieux ressorts. Quelle heure avez-vous? Je demande l'heure!

Poussé dans ses derniers retranchements, l'abbé Vincent hésita. Dirait-il que sa montre était en réparation chez l'horloger? Mais c'était mentir, et le mensonge soulevait les énergiques protestations de sa conscience. Puis Marguerite n'eût pas laissé passer cet acte d'affranchissement sans le relever. Elle voulait bien qu'on réparât les montres, mais il fallait qu'on la consultât d'avance, puisqu'elle tenait les cordons du sac.

— Eh bien! — balbutia l'abbé Vincent, — je vais vous dire, ma bonne, je ne l'ai plus. Ne vous fâchez pas. Quand vous vous fâchez, j'en suis tout sens dessus dessous. Ce n'est pas ma faute: il était si malheureux!

— Qui?

— Pierre.

— Alors c'est à Pierre que vous l'avez donnée?

— Je l'avoue, à ma confusion, notre main gauche devant ignorer ce que donne notre main droite, d'après la volonté des Écritures.

— Les Écritures? je me moque pas mal des Écritures! est-ce qu'elles vous commandent aussi de vous dépouiller? Quand on est riche, on prête aux pauvres; quand on est pauvre soi-même, on se contente de faire des prières pour ceux qui sont plus pauvres que vous. Vous n'y croyez donc pas à vos prières? Ah! vous l'avez donnée, votre montre! donnez votre soutane, donnez tout. Ça sera bien plus beau d'aller ainsi! Vous recevez une pension qui suffit à peine à nous nourrir. Vous mariez les gens gratis, vous les baptisez gratis, vous les enterrez gratis. Je n'y comprends plus rien! Et quand le sacristain apporte sa note, souvent gonflée; quand ceux que vous employez présentent leurs réclamations au bout du mois; quand tous cherchent à tromper votre étonnante crédulité, vous ne voulez pas que je les réduise, sous le prétexte qu'ils ont de la famille et des besoins; mais comment espérez-vous donc que ça marchera? Tenez, voilà votre bourse. Il y a vingt francs encore dedans. Courez vite à la rencontre d'une autre misère, jetez-lui ça dans les mains, et n'en parlons plus! Allez, allez! moi, j'y renonce. Nos embarras, à nous, ne vous touchent donc pas? — L'abbé lui prit les mains, et l'appela « Marguerite, ma bonne Marguerite, » comme un enfant qui veut se faire pardonner une espièglerie. Et, pour la toucher, il lui rappela que Pierre

l'avait sauvé du feu, lors de l'incendie. Elle pleura. C'était vrai. Il avait raison. La montre acquittait une grosse dette. Dans sa joie d'être pardonné, le pauvre abbé chercha ses aises dans le grand fauteuil à dos renversé, dont il se servait très rarement pour ne pas être trop bien assis lorsque tant d'autres avaient une pierre pour oreiller. Il croisa ses jambes, en dandinant celle de dessus. — Allons, bon! — s'écria Marguerite, ils sont usés!

L'abbé comprit instinctivement qu'il s'agissait de ses souliers. En conséquence, il se hâta de ramener ses pieds l'un contre l'autre, et de les couvrir avec sa soutane. Et il raconta quelque chose, nous ne savons quoi, pour intéresser la gouvernante, qui n'y comprit rien. Mais elle n'était pas femme à perdre sitôt son idée de vue. Elle avait remarqué que la chaussure en question bâillait par les bouts. Il fallait la quitter et en mettre une autre sur-le-champ.

— Oh! tu te trompes, — essaya de dire l'abbé Vincent; — ils peuvent aller encore quelques jours. Il ne pleut pas, et les chemins ont des trottoirs.

Marguerite se précipita vers le placard.

Rien, rien, rien!

Alors elle devint rouge, pas de confusion, mais de colère, et elle apostropha l'abbé Vincent si vivement que nous regretterions de répéter ici ses paroles, qu'elle devait désavouer un quart d'heure après, quand la réflexion lui serait venue. Nous en rapporterons seulement le sens. Il n'était pas bon, mais prodigue, mais étourdi, mais fou. Elle allait le quitter pour ne pas assister au spectacle de sa confusion, quand, ne pouvant payer ses propres dettes, il verrait arriver chez lui les huissiers venant saisir les fruits du jardin, derniers restes de sa position ainsi gaspillée. Les gens malhonnêtes ont seuls le droit de dépasser leurs forces, par vanité de cœur, etc., etc.

Il reçut la bourrasque en pleine poitrine, et ses paupières allaient et venaient, comme ses lèvres, comme ses pouces. Et les veines de son front étaient grossies, et ses tempes battaient, ainsi que les artères de son poignet et de son cou.

— Mais répondez donc! — lui criait-elle en le secouant. Il ne bougeait pas. Tout son mal était en dedans. Elle revenait vers le placard vide, et poussait de nouvelles exclamations de stupeur à chaque objet dont elle constatait l'absence encore ignorée. Son état à elle faisait frayeur; son état à lui faisait pitié. Enfin, n'y tenant plus, comme elle suffoquait, elle alla vers la croisée pour chercher de l'air, moyen de calmer un peu l'effervescence de sa pensée. Dans son fauteuil, il paraissait frappé d'atonie. — Je m'en vais, — dit-elle au comble de l'exaltation.

Il ne fit rien pour la retenir. Deux larmes s'étaient accrochées à ses cils, comme des gouttes de rosée au bout des buissons. Devenues trop lourdes pour y rester, elles descendirent de leur propre poids, et s'allèrent perdre sur son rabat.

Marguerite rejeta la porte derrière elle, et descendit l'escalier plus vite encore qu'elle ne l'avait monté. Un instant après, on l'entendit courir dehors sous la croisée.

Quand elle reparut, un moment plus tard, elle retrouva l'abbé comme elle l'avait laissé, regardant la tête d'un clou qui faisait saillie sur le plancher. Elle apportait des souliers neufs et des bas, de beaux bas noir imitant la soie. Puis elle embrassa l'abbé Vincent avec l'effusion d'un cœur maternel.

Elle avait vendu son collier d'or pour ne pas appauvrir la communauté.

V

Pendant ce temps, monsieur Roudier fils, ne pouvant se résoudre à son échec, essayait vainement de plaider sa cause. Depuis le départ du curé, le maire, qui n'était courageux que devant témoins, avait sensiblement amendé la brutalité de sa diction. Il persistait dans ses idées, mais il essayait d'y mettre des formes ; il sucrait le poison.

— Lorsque je vous ai fait accueil, — répétait-il, — je ne me doutais point, monsieur, que vous abuseriez ainsi de la confiance que j'avais en vous. De mon temps, on avait plus de scrupules que cela. Peste ! nous nous serions bien gardé de jouer un rôle ridicule de Don Juan ! Nous tenions à justifier la bonne opinion que notre conduite irréprochable inspirait. Maintenant on jette son bonnet par-dessus les moulins ; on fait son possible pour faire entrer le deuil dans les familles ; on ne recule devant rien pour l'assouvissement de ses mauvaises passions. Ne pouvant être honnête, on se fait bourreau de l'honneur d'autrui !

Monsieur Jotard, qui ne laissait pas échapper une occasion de se préparer au difficile métier d'orateur, se trouvait superbe de lyrisme.

— Monsieur, — tentait de répondre Roudier fils, — j'avoue ne rien comprendre à ces reproches immérités. Votre affection paternelle vous égare.

— Ta, ta, ta ! vous ne ferez point que je sois aveugle. Je m'y connais. — Et, scandant ses mots, il ajouta : —Vous venez ici pour séduire, non pas ma fille, mais sa dot.

La fin de cette phrase tomba sur le cœur du jeune homme comme une gouttelette de plomb fondu.

Il ne dit rien pour sa justification, et sortit en se heurtant contre la porte, dans un désordre d'idées impossible à rendre. Sa tête brûlait et fermentait. Il s'en alla machinalement, tâtonnant aux murs, comme un homme ivre, incapable de raisonner la situation. On l'avait soupçonné de cupidité, il n'oserait plus persévérer dans ses intentions. Que serait donc la vie désormais pour lui sans son amour, qui la soutenait? Ses idées devenaient de plus en plus incohérentes ; des bourdonnements se mêlaient avec confusion dans ses oreilles ; des scintillements passaient comme des éclairs devant ses yeux.

Sans le savoir, il avait marché vers la Seine et se trouvait au milieu du pont.

— C'est la main de Dieu qui me conduit, — murmura-t-il en enjambant le parapet.

Et son corps, tombant à plat sur l'eau, produisit un son sec et mou, suivi d'un bruit de cascade lorsque le flot soulevé revint en pluie.

Ce dénoûment lugubre avait eu son témoin.

Ce témoin, qui marchait l'amble, était joufflu.

Il jugea prudent de rester neutre.

Tout à coup un gros chien apparut parmi les herbes de la rive. Il s'élança vers l'endroit où le drame s'était accompli. Il plongea plusieurs fois dans l'obscurité, jusqu'à ce qu'il eût ramené le noyé sur la berge. Un faible rayon de lune s'était fait jour à travers les crevés d'une nuée.

Le témoin alors chassa le chien, qui se roulait tranquillement sur le pré pour essuyer ses longues soies qui ruisselaient. Il entra dans l'eau jusqu'au cou, de biais, sondant avec précaution le terrain de son pied droit ; il se mouilla la poitrine et les cheveux, et, quand cette toilette préparatoire fut achevée, il sortit du bain en poussant des cris à réveiller les habitants de Bougival et de Chatou. On accourut avec des flambeaux.

On vit un homme tout haletant, qui tenait un autre homme dans ses bras. Il fallut employer la force pour les séparer.

Le plus gros, celui qui pressait l'autre, se laissa choir comme une masse. Il resta quelques secondes sans bouger, malgré les tentatives acharnées d'un vieux bonhomme qui lui chatouillait le nez avec une paille. Enfin il ouvrit un œil, puis l'autre, et se leva sur son séant.

— C'est pas pour me vanter, — dit-il, — mais c'est moi qui l'a sauvé.

Pierre prenait goût décidément à ce métier commode de sauveteur.

Monsieur Roudier fils, revenu de son asphyxie, confirma la déclaration du gros paysan, auquel il attribuait sa résurrection.

C'était la seconde action héroïque de maître Pierre. Il fut chargé sur les épaules et porté triomphalement jusque chez lui.

Le noyé, soutenu par les bras, fut reconduit chez ses parents. En le voyant en si triste état, monsieur Roudier père ameuta tout le quartier. Et, comme il bégayait dans ses moments d'émotion violente, on l'entendit qui s'écriait :

— Mon pau... pau... pauvre fils. C'est... c'est.. c'est donc que... que... tu es tombé, là-bas, par a... a... a... accident ?

L'enfant, la nuit, eut le délire. Dans sa fièvre il raconta les événements de sa soirée, répétant les accusations du maire avec des efforts de voix déchirants qui devaient emporter quelque chose de son âme. On crut qu'il allait mourir.

On envoya chercher l'abbé Vincent. Le prêtre accourut avec l'empressement qu'il avait l'habitude de mettre aux choses de son ministère.

— Cela ne sera rien, — dit-il. — Laissez-nous seuls.

On obéit. Alors l'abbé prit les mains du malade dans les siennes, attachant sur lui ses yeux profonds chargés de feu. — Maintenant, — lui dit-il, — je vous crois en état de m'écouter. Oh ! ne vous effrayez pas de ma présence ; je ne viens pas vous reprocher la seule mauvaise action de votre vie, n'ayant point à vous confesser : je viens vous apporter une promesse et mon amitié. Vous ferez ce que vous voudrez de mon amitié ; je ferai ce que je pourrai de la promesse. Vous aimez, n'est-ce pas ? mais avec toute la fougue de vos vingt ans, comme on aime une fois seulement, passion qui s'accroît habituellement de la grandeur des obstacles qu'on a rencontrés. Trop jeune encore pour la lutte, vous vous laissez abattre sur le bord du chemin, à peine lancé dans votre voie. C'est une faiblesse. Marchez, mon fils, sûr de vous-même, sans buter contre un mot risqué dans une colère ou dans un oubli. Allez, allez sans cesse, fort de votre conscience et de la pureté de vos intentions. Je vous aiderai.

— Mais j'ignore si je serai soutenu par *elle*.

— Oui, — bégaya le prêtre. Le malade se dressa sur sa couche et se jeta dans les bras de celui qui lui rendait l'existence en faisant taire sa douleur. Monsieur Vincent était ému. Son émotion se traduisait par de petits soulèvements de poitrine saccadés. — Tenez, — dit-il aux parents, — qu'il rappela, — je vous disais bien que je le guérirais. Il est raisonnable à présent et demande lui même sa guérison.

Et, prenant le père à part, il lui conseilla d'aller faire visite à monsieur Jotard, pour profiter de ces tristes événements, qui lui serviraient d'auxiliaires.

Le jour était venu.

Roudier le père fit sa barbe avec un soin minutieux, et décapuchonna certain pot de pommade à la rose qui, depuis quinze ans, faisait figure sur la maîtresse étagère de son cabinet ; il brossa ses cheveux et ses favoris en côtelettes ; puis il passa son gilet jaune à revers si courts, son habit vert à basques si longues, secoua vigoureusement sa jambe pour ramener sur sa botte son pantalon récalcitrant, qui s'obstinait à s'amasser en plis à mi-côte, déplia ses gants marrons, et assujettit obliquement son chapeau, qui s'évasait au faîte avec des bords très-recourbés.

— Artémise ! — appela-t-il ensuite, en se regardant une dernière fois dans un miroir. Sa femme vint. — Suis-je présentable ? — lui demanda-t-il.

— Tu as l'air d'un ministre.

— Pauvres ministres !

Monsieur Roudier père se dirigea vers la rue de la Murie.

Le maire ne crut pas un mot de ce qu'il lui dit.

— Vous avez manqué votre vocation, monsieur l'instituteur, — fit-il avec un sourire qu'il essayait de rendre fin. — Quand on possède une imagination si féconde, on est déplacé dans votre milieu. Vous n'êtes point né pour apprendre l'abécédaire aux marmots de ce voisinage. Croyez-moi, faites des livres. Vous vous entendez aux péripéties du drame. Votre fils, affirmez-vous, a manqué tout à l'heure de se noyer, et, pour lui éviter un autre accident, vous me proposez de lui donner ma fille en mariage. A ce compte-là, je devrais donc la lancer à la tête de tous les fous ? J'ai bien l'honneur de vous saluer !

Monsieur Roudier en fut pour ses frais de toilette. Redoutant les questions que son fils ne manquerait pas de lui poser, il fit un long détour, pour allonger sa route et retarder les explications. Mais il finit pourtant par arriver. L'abbé Vincent comprit, au seul examen de sa physionomie, que les résultats de sa visite étaient mauvais.

— A mon tour d'essayer, — dit-il ; — mais surtout ne vous montrez pas à votre fils avant mon retour : cette déception l'anéantirait.

— Oh ! monsieur le curé, — fit madame Roudier, joignant les mains, — rendez-nous la vie de notre enfant !

Devenu courageux à cette prière, il alla frapper chez monsieur Jotard.

— Je devine le but de votre visite, — fit ce dernier, un moment flatté de l'importance qu'on attachait à sa décision ; — mais, mon cher abbé, je vous l'ai dit, j'ai des visées plus hautes pour Louise. Il faut que son mariage fasse honneur à notre maison. Ma parole, d'ailleurs, est engagée. Je l'ai promise à monsieur d'Harfleur.

— Mais c'est un homme de cinquante ans !

— Allons, bon ! vous allez me prouver à présent que cinquante ans c'est le bout du monde. Mais je les ai, moi ; c'est-à-dire je les aurai bientôt, et je n'ai point encore donné tout à fait ma démission, je suppose.

— Monsieur Jotard...

— Appelez-moi monsieur le maire, si cela ne vous fait rien.

— Eh bien ! monsieur le maire, — commença le curé avec des audaces de langage inaccoutumées, — je vous sais bon et généreux. Vous ne voudriez pas compromettre l'avenir de votre enfant. Consultez d'abord mademoiselle Louise, la première intéressée à votre acceptation ou à votre refus ; vous prendrez ensuite conseil de votre cœur, en oubliant votre raison.

— Mais quand je vous dis que je suis engagé déjà ! Faut-il vous le corner aux oreilles jusqu'à demain ?

— Oh ! ce n'est pas sérieux, tout cela. Que serait une union pareille, sinon le mélange des biens terrestres sans la fusion intime des âmes, une association commerciale dans laquelle la partie morale serait sacrifiée ! L'homme, lui, dans un cas pareil, trouve ailleurs des distractions à ses regrets ; mais la femme, monsieur, la femme, qui dans ses rêves a rencontré la jeunesse et la beauté ; la femme, cet être tout sentiment, tout imagination, tout amour ! que voulez-vous qu'elle devienne entre son époux trop vieux et ses chimères envolées ? La voyez-vous voulant aimer et ne le pouvant pas ; luttant nuit et jour contre les violences de sa pensée qui ne s'arrête jamais, et comparant, pour son malheur, l'homme que les convenances imposent à son dévoûment avec cet autre, tout idéal, que son cœur de jeune fille avait choisi ? Tenez ! si vous hésitez davantage, je ne trouverais qu'un blâme sévère.

— Brisons là, monsieur l'abbé. Vous saurez que ma fille est trop vertueuse pour avoir donné le moindre essor à ses illusions : elle fera ce que je voudrai.

— Oui, mais au prix de son repos. Et un jour, lasse du sacrifice, elle se dira que son père égoïste ne l'aimait pas. Oh ! ce serait un grand malheur !

Monsieur Jotard était ébranlé.

Il allait peut-être céder, lorsque l'adjoint vint le prévenir que le capitaine Lelong voulait lui parler.

— Qu'il attende ! — dit le maire, qui ne détestait pas qu'on fît antichambre.

La porte était de sapin.

On entendait tousser en aval le capitaine.

Donc le capitaine devait entendre ce qu'on disait en amont.

L'abbé Vincent perdit sa contenance assurée. Cet homme lui confisquait son aplomb. Il balbutia quelques paroles annonçant que bientôt il reviendrait. Puis il sortit, traversant la pièce où le visiteur attendait son tour. Sa soutane traînait. En se levant, le capitaine y mit le pied. Une grande déchirure s'ensuivit jusqu'à la ceinture, la trame du drap était usée.

Marguerite fit reproche au curé de l'état dans lequel il se trouvait, et lui recommanda d'aller mettre l'autre sur-le-champ.

L'autre, malheureusement, n'existait plus : monsieu Vincent l'avait donnée aux deux mendiants, le faux boiteux et le faux manchot, auxquels il faisait aumône de temps en temps.

Elle était donc bue.

Le capitaine Lelong se tira d'affaire avec un prétexte ; il avait dérouté cette entrevue matinale, dont il ignorait la cause, mais qu'il voulait surtout empêcher : son but était atteint. Il alla reprendre son poste d'observation sur la crête du mur mitoyen. Pour la première fois, depuis trois semaines, l'abbé Vincent était sous sa tonnelle, faisant une reprise à sa soutane. Il allait à grandes enjambées d'aiguille, la sueur au front, de crainte que Marguerite l'aperçût.

Il entendit quelques plâtras qui dégringolaient de la muraille. Il aperçut la tête impassible du capitaine, une pipe aux dents. Elle le bombardait avec ses deux yeux. Il rougit, comme s'il était en train de commettre une mauvaise action ; mais il n'en continua pas moins son ouvrage en se disant :

—Oh ! je le convertirai, je le convertirai !

VI

Huit jours s'écoulèrent sans incidents à rapporter.

Monsieur Roudier fils était guéri ; Louise paraissait plus triste que jamais ; le maire entrait dans toutes les boutiques pour dépeindre les serpents de mer que signalait le *Constitutionnel* ; madame Giboux, madame Potard et madame Mangin débitaient à la fois leurs marchandises et leurs cancans ; le gros Pierre devenait une des curiosités notoires du pays, avec sa bravoure deux fois prouvée. La grande Marguerite buvait et mangeait toujours, et l'abbé Vincent continuait à se dépouiller au profit de tous les bohémiens qui l'abordaient avec les infirmités qu'ils n'avaient pas.

Le neuvième jour, comme le curé passait rue de la Murie, il vit une figure blonde et pâle qui lui fit un signe à travers l'écartement des volets. C'était Louise qui l'appelait. Il se rendit à l'invitation.

— Monsieur l'abbé, — lui dit-elle, honteuse de la démarche qu'elle tentait, — j'ai su l'acte de désespoir de monsieur Roudier. Je ne voudrais pas qu'il crût à mon indifférence. Exprimez-lui tous mes regrets pour une folie que rien ne pouvait laisser pressentir. Et elle tremblait de tous ses membres ; elle sentait bien qu'elle commettait une énormité. Le curé voulut l'instruire des paroles prononcées par monsieur Jotard. — Oh ! je sais tout, — répondit Louise.

— Vous avez donc été consultée, mademoiselle ?

Louise fit un violent effort pour surmonter son trouble et sa honte.

— J'écoutais, — dit-elle ; — c'est mal, je le sais ; mais une force supérieure à ma volonté me poussait à commettre cette indiscrétion. Tenez, monsieur le curé, je serai franche avec vous qui savez lire au fond de nos cœurs : je l'aime davantage encore depuis le jour où mon père s'est mis à le détester. Je suis ainsi faite que je cherche toujours, par tempérament, à venir au secours des infortunes imméritées. J'étais la cause indirecte de son malheur, et mes sympathies doivent avoir à présent un autre nom. Il me semble que tout ce qui n'est pas lui m'est indifférent. Il est constamment devant ma pensée. Pardonnez cette faiblesse de jeune fille. S'il apprenait de vous ce que j'éprouve ?... Oh ! monsieur le curé, dites-le-lui, pour le sauver d'un nouvel accès de folie. Votre mission est de prévenir le mal. — Monsieur Vincent songeait. A quoi ? nous ne savons pas ; mais les taches rouges de ses joues avaient des teintes énergiques, et ses lèvres avaient des contractions nerveuses qu'il tentait vainement de maîtriser. Il interrompit brusquement cet entretien. — Oh !—pensa Louise, — mes aveux l'ont scandalisé. J'aurais dû mettre moins de hâte dans mon expansion.

Le curé courait dans la rue, pour étourdir par la fatigue les terribles préoccupations de son esprit.

Il rencontra Roudier fils, qui, l'œil fixe sur le bord de la Seine, regardait tristement l'eau couler.

— Bonjour, mon ami, — lui dit-il en affectant un air dégagé. — J'ai cru d'abord que vous pêchiez. A quoi songez-vous ?

— Vous le savez bien.

— Le temps pourra modifier les intentions de monsieur Jotard. Louise vous aime.

Le jeune homme, d'un bond, fut sur ses pieds.

— Monsieur le curé, — dit-il, — ne me donnez pas des assurances qu'un avenir prochain pourrait détruire. Prenez garde de me promettre plus que les événements ne pourraient tenir. Pour empêcher un homme de périr, je vous crois capable de raviver ses illusions ; mais si, par une charité chrétienne mal comprise, vous m'encouragiez dans mes espérances, pour me dire après, quand je serais guéri du corps, qu'il faut renoncer aux plus beaux rêves de ma jeunesse... oh ! monsieur le curé, ce serait un mensonge impie ; ce serait un sacrilège, une offense à mes sentiments. Vous m'avez trompé par affection.

— Je vous ai dit la vérité.

— La preuve, la preuve, je veux une preuve ! sans quoi, je vous le dis sans menaces, ce soir même je n'existerai plus.

L'abbé Vincent essaya de calmer cette exaltation rétive ; il n'y put parvenir. Il parla de Dieu, qui, nous ayant donné l'existence, a seul le droit de la retirer ; il prêcha la résignation aux décrets de la Providence, qui ne fait rien inutilement ; il fut éloquent et persuasif. Mais rien ne peut pénétrer dans le cœur égoïste d'un homme épris. Roudier conclut par le droit qu'a toute créature de disposer de son corps, l'âme seule étant à Dieu.

— Mais, — dit l'abbé, — la situation n'est pas encore désespérée, puisque vous avez obtenu l'aveu d'une affection partagée.

VII

Pour échapper aux tribulations imposées à sa résignation chrétienne par l'humeur frondeuse du capitaine, monsieur Vincent, souvent, après dîner, prenait son bréviaire, qu'il allait lire chez monsieur Jotard. Le soir, il se rendit donc au jardin du maire ; il y surprit Louise en compagnie de Roudier fils.

Le maire, à cette heure, faisait sa cinquième tournée dans la commune, passant sa main sur la tête des petits enfants, prenant le menton des filles, auxquelles il disait : « A quand la noce ? » pérorant et dissertant à tort et à travers sur tous les sujets, quand il savait pouvoir divaguer à son aise devant un auditoire d'ignorants sans redouter la contradiction. Il avait même fini par prendre au sérieux ses cours d'histoire. Comme quelqu'un lui demandait l'époque de la mort de Henri IV :

— Ce bon roi, répondait-il, mourut d'apoplexie foudroyante en 1214, au retour d'une chasse à l'ours, dans les montagnes des Pyrénées. Ah ! celui-là, c'était un fameux ! Il avait promis la poule au pot à son peuple, qu'il idolâtrait. Peu s'en fallut qu'il ne lui donnât du chevreuil. On dit bien qu'il eut quelques liaisons secrètes avec madame de Maintenon ; mais qui n'a point ses faiblesses ! nous-mêmes, monsieur Bluteau, si nous faisions notre acte de contrition, croyez-vous que nous serions parfaitement purs de tout péché ?

Et il citait les capitaines du règne avec un imperturbable aplomb d'erreurs, et il les nommait tous : Turenne, le grand Turenne, qui gagna la bataille des Thermopyles ; Jean Bart, le grand Jean Bart, qui fit cette réponse au roi lui demandant ses lettres de noblesse : « Sire ! ils étaient trois frères dans l'arche ; je ne sais pas bien duquel je suis né. »

Ainsi de suite, trois heures durant.

Son auditeur, le nez en l'air, ouvrait ses oreilles à plusieurs battants, et ses yeux à les faire sortir de leur alvéole.

Donc, pendant que le maire professait ce genre d'histoire en plein vent, sa fille Louise était assise sur un banc rustique, séparée de Roudier fils par le curé, qui s'était mis en tiers dans leur causerie. Ils ne s'entretenaient, eux, ni des frères Noé, ni de Jean Bart, ni de Turenne, ni du bon roi : ils faisaient litière de leurs sensations. A mesure que la conversation suivait sa pente, l'abbé Vincent s'apercevait que des gouttes de sueur froide parcouraient son front perpendiculairement, en vertu de la loi qui régit les corps ; il les faisait tomber avec l'annulaire de sa main droite, à la dérobée ; mais la source était sans doute intarissable, car un filon n'attendait pas l'autre, et, pour peu qu'il mît de négligence à s'essuyer, les cours d'eau parallèles se confondaient et tombaient sur sa soutane en petits ruisseaux. Sur sa poitrine, un travail de même nature se perpétrait. Il était à craindre, si cette opération se prolongeait, qu'il se trouvât bientôt assis dans une mare.

Il se leva.

— Assez, — dit-il ; — monsieur le maire va rentrer. Il n'avait rien à craindre de ce côté-là.

Monsieur Jotard était en train d'expliquer à monsieur Bluteau que le soleil tournait autour de la terre en vingt-quatre heures, de droite à gauche, en partant du nord, et que la lune était son reflet.

— Prenez une bougie, — disait-il pour ouvrir l'intelligence de son auditeur, — placez-la sur un puits, à hauteur de margelle. Que voyez-vous au fond du puits ? l'image qui flotte. Eh bien ! figurez-vous une boule ronde aux deux tiers de la profondeur. Cette boule, c'est nous ; là bougie, c'est le soleil ; l'image, c'est la lune. Si nos astronomes, au lieu de se perdre dans les nuages de leurs démonstrations techniques, employaient mon moyen si simple de démonstration, ils se feraient mieux comprendre de ceux qui, comme vous, n'ont aucune notion des phénomènes célestes. Mais non, ces messieurs préfèrent n'être point saisis, pour se donner des airs de savants parlant hébreu. Ça les pose dans l'imagination des ignorants.

— Louise, — disait Roudier fils avec une chaleur communicative, — de quoi me plaindrais-je maintenant ? vous me regardez avec tendresse, vous me parlez avec confiance, vous me souriez avec bonté. Tout à l'heure encore, je n'avais devant moi qu'un précipice où tout allait s'engloutir, désirs, jeunesse, illusions, et maintenant voilà que les pentes du gouffre se sont aplanies, voilà que l'amour devient religion. Vous êtes mon ange sauveur.

— Je ne sais pas ce que décidera mon père, mais je ne serai jamais à d'autre qu'à vous.

Le curé s'était légèrement éloigné.

Ses gouttes de sueur ne coulaient plus : elles paraissaient être figées.

Le moment de la séparation arriva pourtant.

Monsieur Vincent avait cru, par sa présence, produire l'effet de l'eau sur le feu. Le feu, plus fort, s'était révolté. Imprudent !

Le pauvre prêtre s'alla jeter, dans son alcôve, aux pieds de son crucifix. A deux heures du matin il priait encore. On sonna chez lui.

— Qui est là ? — questionna Marguerite, qui mit sa tête à la croisée, chandelle en main.

— Vite, vite, — dit un enfant tout essoufflé ; — que monsieur le curé vienne ; papa se meurt.

— Qui est ton père ?

— Le batelier de l'île Croissic.

— C'est bien, — fit Marguerite ; — on ira là-bas demain matin.

— Le médecin dit comme ça que dans un instant il sera mort.

Monsieur Vincent avait entendu ce colloque. Une occasion s'offrait à lui de rendre service à son prochain, il descendit.

— J'y vais, j'y vais, — dit-il à l'enfant, qui faisait de vains efforts pour sangloter.

L'enfant s'assit sur une pierre pour l'attendre.

— J'espère bien, — dit Marguerite, — que vous n'irez pas là-bas cette nuit, avec ce brouillard ?

L'abbé Vincent ne répondit pas.

La nourrice connaissait la nature du prêtre, toujours emportée vers le bien. Comme elle se méfiait, elle ferma la porte à double tour et prit le manteau du curé, qu'elle emporta. A peine eut-elle fait retraite dans sa chambre, qu'on entendit un ronflement sonore dans les corridors. Elle dormait déjà profondément.

L'abbé prêta l'oreille. Puis, à pas sourds, il se dirigea vers la pièce du rez-de-chaussée, dont il ouvrit la fenêtre avec des précautions intraduisibles pour que l'espagnolette ne grinçât pas.

— En route ! — dit-il à l'enfant sans être muni de cet appareil si redouté des moribonds.

Ils furent bientôt sur le bord de la Seine, qu'ils côtoyèrent à travers champs. L'herbe était mouillée ; on y disparaissait jusqu'aux genoux Le curé grelottait de froid et d'humidité. Il allait toujours, suivi de son guide.

— C'est là, — dit l'enfant en descendant sur la berge.

Il chercha son batelet, en tâtonnant dans l'obscurité.

— Bon ! v'là le courant qui l'entraîne, — s'écria-t-il, — j'avais oublié de l'amarrer.

— Appelons ! — fit le curé.

— Oh ! ça ne ferait rien. N'y a pas d'habitation par ici, et le vent est du nord. On n'entendrait pas dans l'île.

— Alors, comment faire, mon petit ami ?

Un brouillard condensé les enveloppait, légèrement vêtus tous les deux, l'enfant avec sa blouse déchirée, le prêtre avec sa soutane mûre dont la bordure s'effilait.

— Je sais un gué, — dit l'enfant.

— Où ?

— Là ousque vous voyez ce saule.

— Allons ! — dit l'abbé résolûment ; car il calculait que chaque minute perdue emportait un lambeau d'existence au moribond.

L'enfant se risqua le premier.

— Suivez-moi bien, — disait-il ; — ça n'est pas profond.

Il eut bientôt de l'eau jusqu'à la ceinture.

Un instant après, ils étaient au chevet du mourant, qui déclara se sentir très-mal. Le prêtre le réconforta avec de ces bonnes paroles qu'il savait trouver dans son cœur tout imprégné de charité. Quand le malade eut reçu l'extrême-onction, le saint homme reprit la route du fleuve, conduit par l'enfant, sans qu'il eût trouvé nécessaire de mentionner leur accident. Il entra dans la rivière, tout moite encore des impressions faites sur lui par la figure décomposée du batelier ; et il regagna son domicile en tâtonnant dans l'herbe, en se trompant deux fois de route, en faisant des chutes dans les fossés.

A peine couché, la fièvre le prit, la toux aussi.

VIII

Il y avait alors au Pecq deux vieilles filles qui ne manquaient pas un office. On les voyait, le dimanche, entre leurs chaises, dont une basse, sur le devant, pour s'agenouiller, et une plus haute pour s'asseoir, de l'autre côté. Leurs noms étaient marqués sur les dossiers avec des fers chauds. Pourvues de sacs vulgairement appelés ridicules, qu'elles suspendaient à la traverse supérieure du prie-Dieu, elles marmottaient automatiquement leurs oraisons, en ouvrant la page du livre d'heures à l'endroit indiqué par un signet bleu, pour ne s'arrêter qu'au signet vert, avec une multitude d'images saintes qu'elles embrassaient le long du parcours.

La messe finie, pendant que la foule se dispersait en bon ordre et que la loueuse de chaises remettait les choses en leur état, elles restaient encore un moment pour réciter leur chapelet.

Le chapelet dit, elles se signaient, faisaient la révérence au maître-autel, et se rencontraient invariablement en face du chœur.

L'une disait à demi-voix :

— Bonjour, madame Baduel !

L'autre répondait :

— Comment allez-vous, madame Caron ?

Alors venait une longue conversation, dans laquelle figuraient en première ligne les observations mutuelles sur la manière générale ou particulière de se tenir : le maire avait oublié de baisser la tête durant le sermon, au moment voulu ; la petite Foucauld ne s'était pas levée pendant l'évangile. Les yeux de la femme Fernier, mariée d'hier, étaient battus. Le pain bénit datait de l'autre semaine au moins. Ceux-ci n'avaient pas donné pour les pauvres de la paroisse ; ceux-là n'étaient pas rasés. Il y en avait de mal habillés ; il y en avait de bavards, de distraits, d'avares, de menteurs, de borgnes, toutes les infirmités du corps et de l'âme, y compris celles du gros bedeau, menacé d'apoplexie et de combustion, par-dessus le marché, quand il serait mort, pour avoir trop aimé l'esprit-de-vin.

Ces indulgences marmottées après les patenôtres, madame Baduel prenait le bras de madame Caron, et elles s'en allaient en trottinant vers la sacristie, où elles trouvaient monsieur le curé en train de coordonner les objets épars du service.

Elles restaient debout à le contempler, retenant leur respiration autant que possible, pour qu'on ne s'aperçût pas de leur présence. De temps en temps, lorsque les battants de la grande armoire étaient ouverts, elles se levaient sur leurs pointes, appuyées l'une contre l'autre, et elles allaient chercher des yeux un saint de bois, couché tout de son long sur une étagère, entre un encensoir de rebut et des burettes démantibulées.

L'abbé Vincent, qui connaissait leurs habitudes, refermait les portes de l'armoire avec une certaine hésitation, pour ne pas brutaliser leur admirative curiosité ; puis, comme il avait fini ses arrangements, il les saluait pour se retirer.

— Quel saint homme ! — disait madame Caron.

— Il fait tout par lui-même, pour économiser l'argent des pauvres, — répliquait madame Baduel.

Et madame Baduel remorquait madame Caron jusqu'au presbytère, derrière les talons de l'abbé Vincent. Toutefois, leur départ de la sacristie ne s'effectuait jamais sans qu'elles eussent embrassé plusieurs fois le christ démonté de la croix qui servait aux enterrements.

Elles assistaient silencieusement au frugal déjeuner de l'abbé Vincent. C'est tout au plus si elles se permettaient une prise sournoise, après s'être mouchées en tapinois.

Le prêtre ne leur parlait pas, non par fausse dignité de caractère, mais parce que ces deux femmes indiscrètes gênaient sa vie. Il les trouvait partout sur son chemin. Il les savait confusionnées quand elles n'avaient pas été saluées par lui, et, par bonté d'âme, il laissait faire, ne voulant pas leur supprimer un bonheur secret. Lui ou un autre, il savait bien qu'il en serait de même ; c'était l'habit. Voilà pourquoi il y mettait cette complaisance et supportait patiemment cette tyrannie.

Il ne faudrait pas croire pourtant que madame Baduel aimât madame Caron, et que madame Caron portât dans son cœur madame Baduel.

Elles s'étaient rencontrées sur la même route, et, au lieu de se disputer le haut du pavé, leur diplomatie naturelle avait préféré se tendre la main.

Quand madame Baduel disait, le soir, à madame Caron :

— Je l'ai rencontré cinq fois : et vous, ma chère ?

— Trois fois.

Celle qui l'avait rencontré trois fois prenait un air confit, et celle qui l'avait rencontré cinq fois mettait des éclairs d'orgueil dans ses petits yeux noirs encavés.

Il va de soi que, le lendemain, madame Caron guettait au passage l'abbé Vincent pour récupérer son arriéré de salutations et pouvoir écraser madame Baduel du récit des bonnes fortunes de sa journée.

Leur rivalité s'étendait à tout.

Si elles s'apercevaient, dans la semaine, aux deux extrémités de l'église, hors des heures officielles de la prière, elles multipliaient les coups sourds sur leur poitrine creuse, et la défilade de leurs *Pater* et de leurs *Ave* n'avait plus de fin. C'était à qui ne se lèverait pas la première, malgré l'envie qu'elles pouvaient avoir de s'en aller. Une fois, notamment, elles entrèrent dans le temple par les portes latérales opposées. Il était dix heures du matin. C'était avant déjeuner. Elles feignirent de ne pas se voir, selon leur tactique ordinaire en pareil lieu. A midi, elles se regardèrent à la dérobée, pendant que leurs dents longues étaient mises en branle par la faim. Deux heures plus tard, leur situation respective n'était pas changée, en apparence du moins ; il n'y avait en plus qu'un double appétit toujours croissant.

— Elle ne partira donc pas ! — murmura l'une.

— Ne croirait-on point qu'elle est clouée ! — grommela l'autre.

— Je veux voir jusqu'où ça ira, — dirent-elles simultanément.

A cinq heures, madame Baduel se trouva mal, juste au moment où madame Caron perdait connaissance.

Le sacristain les releva, et il fut convenu dans le pays qu'elles auraient droit au canonicat.

Le lendemain, la scène se renouvela, mais en sens inverse.

Elles levèrent le siège au bout de cinq minutes, tant elles avaient peur de se laisser entraîner aux mêmes abus.

A partir de ce moment, comme par un pacte tacite, elles n'eurent plus que trois séances par jour, de vingt-cinq minutes chacune : le matin, à midi, le soir. Elles passaient les intervalles de la prière aux soins de leur ménage réciproque, pour ne se parler que le dimanche, on a vu comment.

Il y avait trente ans que cela durait.

Par exemple, la concurrence des deux vieilles filles trouvait souvent à s'exercer dans le menu détail des gâteries.

Les gâteries consistaient à combler les desservants, quels qu'ils fussent, de petits cadeaux. On brodait des surplis pour eux et des chiffres d'or pour leurs reposoirs.

L'abbé Vincent toussait-il au prône, vite elles envoyaient les pâtes pectorales, les sirops et les jujubes pour arrêter le rhume dans son développement progressif. Elles lui tricotaient des bas qu'il donnait aux pauvres, et lui confectionnaient des bonnets de nuit avec des mèches, qu'il ne portait pas.

Quand il leur disait :

— Vous n'êtes pas riches ; gardez votre temps pour vous,

Elles ripostaient hypocritement pour se tromper toutes les deux, chacune espérant qu'elle persévérerait seule dans ses intentions :

— J'obéirai, monsieur le curé.

Elles appelaient obéir se dépêcher davantage à pousser l'aiguille, et se rencontrer plus que jamais à la porte du prêtre avec des paquets d'un volume double.

Leurs rentes, qui se valaient, se consommaient à ce métier, jusqu'à concurrence des trois quarts, en y comprenant les luttes de la charité.

A l'intérieur, chez elles, tout était symétriquement arrangé. Les vases se faisaient pendant sur les cheminées. Les saints et saintes du calendrier, en bois, en plâtre, en images, garnissaient les commodes et les murailles, avec des buis anciens et nouveaux jamais dérangés des cadres en travers desquels ils étaient placés. Les bénitiers abondaient. Il faut croire que leur contenu s'épuisait vite, car elles allaient chercher souvent l'eau bénite à pleine bouteille, que le bedeau vendait deux sous le litre. Des fleurs postiches, recueillies après les processions, s'étalaient complaisamment dans les recoins.

Les planchers luisaient.

Les fauteuils s'alignaient, à distance égale, successivement visités par les chats blancs.

Les perroquets répétaient stupidement leurs phrases du matin au soir, au bout des perchoirs.

Madame Baduel et madame Caron étaient toujours vêtues pareillement, comme des sœurs : robes cannelles, bonnets tuyautés, châles à fond blanc avec des rosaces multicolores, et tabliers noirs qui faisaient le tour de leurs jupons effilanqués. Les poches des tabliers portaient d'un côté le livre d'heures, de l'autre la longue kyrielle des chapelets dont on entendait le sourd cliquetis.

Quant à ce qu'on voyait d'elles, par la figure et par les mains, on était parfois tenté de croire qu'un parchemin remplaçait leur peau.

Dans les heures d'expansion qui n'étaient pas employées à médire du prochain avec la meilleure foi du monde, madame Caron et madame Baduel s'entretenaient de leurs projets pour l'avenir.

— Je possède un neveu, — disait la première ; — il n'est pas riche, et ma succession lui ferait du bien, mais il y compte trop. Je me fais une fête de le déshériter.

— Et à qui laisserez-vous ça ? — questionnait la seconde.

— Aux nécessiteux, madame Baduel.

— C'est comme moi, madame Caron. Je ne donnerai rien à mes parents ; qu'ils se tirent d'affaire comme ils pourront. Ce sont des impies !

A force de broder des surplis pour le prêtre et des chiffres d'or pour les reposoirs, et de faire des aumônes par ostentation, les deux vieilles filles s'aperçurent enfin que leur capital s'amoindrissait, les intérêts ne suffisant plus.

Alors il leur vint l'idée qu'en mêlant leur avoir en un

fonds commun tout serait profit. Elles n'auraient qu'un seul loyer; leurs générosités se dédoubleraient, puisqu'elles seraient faites en nom collectif; les dépenses du ménage diminueraient dans une proportion équivalente. Tout bénéfice pour la société.

En conséquence, elles se réunirent au même local.

Pendant un mois la chose alla bien.

Le mois après, la chose alla mal.

Elle alla pire les mois suivants.

On se sépara d'un commun accord, pour continuer, comme autrefois, à se parler le dimanche seulement, après la messe, à se prendre le bras dans la grande allée du maître-autel, à visiter la sacristie, à voir déjeuner l'abbé Vincent.

A l'époque où se passent les événements qui font le sujet de notre livre, madame Baduel et madame Caron ont conservé le genre de relations, moitié amical, moitié hostile, que nous connaissons.

Donc madame Baduel entra, certain soir, au presbytère, ce qui ne lui arrivait que les grands jours

— Monsieur le curé est-il là ? — demanda-t-elle mystérieusement à la gouvernante.

— Vous savez, madame Baduel, qu'il a la fièvre depuis quelques jours, pour être allé, la nuit, porter le viatique à ce pêcheur de l'île Croissic ? Néanmoins je vais l'avertir ; mais asseyez-vous donc, madame Baduel.—La gouvernante la choyait pour toutes les bonnes choses qu'on lui devait. — Monsieur, — dit-elle à l'abbé Vincent, qui cherchait vainement le sommeil sur son oreiller, — il y a madame Baduel qui voudrait vous voir.

—Bien, Marguerite, je vais me lever.—Quand madame Baduel entra, l'abbé s'était mis sur son fauteuil. Elle eut une gêne. C'était la première fois qu'elle pénétrait dans cette chambre, sanctuaire hors de sa portée. Dans la timidité de sa démarche, elle se heurta contre une chaise, qui pirouetta. N'osant plus bouger parce qu'elle y voyait trouble, elle se contenta de balbutier, comme s'il s'agissait d'une situation pénible pour sa pudeur ou dangereuse pour sa modestie. — Que désirez-vous, madame ?—demanda le prêtre avec indulgence, quoiqu'il se sentît dérangé dans le repos si nécessaire à sa santé.

— Je désire vous soumettre un cas de conscience.

— Je vous écoute, madame.

Elle rapprocha sa chaise du guéridon qui les séparait, en ramenant avec soin ses pieds sous sa robe, genoux rapprochés, les mains dessus; elle baissa les yeux comme à quinze ans; elle était émue de plus en plus.

—L'autre jour,—débuta-t-elle sans détacher ses regards des lames disjointes du plancher, — vous m'avez commandé pour pénitence de dire sept fois les litanies de la sainte Vierge. Fallait-il les réciter à la suite, monsieur le curé, ou en plusieurs fois?

— Oh ! en plusieurs fois.

— Eh bien ! je les ai récitées sans m'arrêter. Je me disais bien que c'était peut-être mal; d'ailleurs je ne suis même pas bien sûre de ne l'avoir pas fait ainsi pour n'y plus penser. Que faut-il en croire, monsieur le curé?

— Que vous vous êtes un peu hâtée, madame.

— J'ose vous le répéter, monsieur le curé, je suppose que je ne songeais guère à l'acte pieux que j'accomplissais.

— Vous recommencerez, en y portant plus d'attention.

— Maintenant, je voudrais vous demander autre chose, monsieur le curé.

—Faites, madame.

— Pour ce qui est du maigre, je me suis servi, par paresse, d'une casserole mal lavée, dans laquelle il restait peut-être bien un peu de beurre de la veille, vers les petits coins. Je n'ai mangé qu'un brin du plat. Était-ce pécher?

— On ne pèche jamais qu'en y mettant de l'intention.

Madame Baduel eut un soupir de soulagement.

— Et se tenir assise pour finir sa prière, quand on se sent bien fatiguée?

— Il n'est pas nécessaire de se rendre malade pour être agréable à Dieu.

Après ces questions futiles, d'autres suivirent pendant longtemps, sans que madame Baduel osât regarder le prêtre autrement que par éclaircies. Il s'efforça de répondre, en appliquant sa patience à cet enfantillage du cerveau, mais il se répétait souvent, au dedans de lui, que son intelligence n'était pas faite pour ces détails mesquins. Il sentait qu'il avait une autre mission en ce monde que de rassurer les craintes timorées d'une vieille fille qui tenait surtout à rester en bons termes avec le bon Dieu.

Ici madame Baduel changea de langage par gradations. Nous ferons grâce à nos lecteurs des nuances intermédiaires, pour arriver à la conclusion.

— J'ai fait hier mon petit budget,—reprit-elle timidement ;—savez-vous, monsieur le curé, que je vous donne un peu moins qu'aux pauvres? Est-ce bien ou mal?

Il rougit.

— C'est mal, — fit-il.

— Je ferai le contraire désormais.

Il rougit encore plus fort.

— Vous m'avez mal compris, madame Baduel. J'ai voulu dire par là que tout devait revenir aux pauvres, rien à moi.

L'abbé Vincent venait de manger des confitures dont l'étiquette indiquait en grosses capitales que le cadeau venait de la visiteuse.

Elles tournèrent sur son estomac.

Madame Baduel se retira.

Elle fut remplacée par madame Caron, car il entrait dans la destinée de ces deux femmes d'avoir toujours les mêmes idées.

—J'ai mal dormi la nuit dernière,—dit-elle en occupant la chaise de sa devancière, pendant que ses paupières s'appesantissaient.

— Il faut dormir, madame Baduel... Pardon, je me trompe, madame Caron.

Il les confondait. Pour lui, elles ne représentaient qu'une seule personne. Elles faisaient unité.

—J'ai mal dormi, monsieur le curé, parce que j'étais préoccupée, très-préoccupée.

—Ah!

— Oui ; je me demandais si l'on peut prendre de l'eau bénite avec sa main gauche pour la passer à sa main droite sans offenser Dieu.

— Il vaut mieux simplifier le travail et se servir de la droite seulement.

— C'est bien ce que je me disais, monsieur le curé ; mais je suppose que j'aie mal à la bonne main?

Madame Caron s'imagina dans sa candeur d'âme qu'elle venait de soulever un cas grave. Elle fit mouvoir cette fois ses paupières de bas en haut pour chercher l'encouragement qu'elle espérait.

— En ce cas, madame, il est évident que vous ne pourriez faire usage que de la gauche.

— Oui ; mais si j'ai la liberté de mon petit doigt, par exemple? Je m'entends, le petit doigt de la main droite ?

—Ce serait presque embarrassant,—essaya de dire l'abbé Vincent, qui portait son esprit ailleurs.

— Car enfin, — insista madame Caron, qui triomphait d'aise, — ce petit doigt prendrait peut-être mal l'eau, n'ayant pas l'habitude de s'en servir. Il s'en mettrait trop ou pas assez. D'ailleurs il me paraît qu'il ne saurait pas se prêter au signe de la croix. — L'abbé n'y était plus. Elle crut l'avoir vivement intéressé. —Je n'ai pas dormi de la nuit, — répéta-t-elle en redressant son buste sec, tout encombré d'angles rentrants. L'abbé Vincent ne répondit pas. — C'est cela, — fit-elle ; — veuillez y penser, monsieur le curé. Au besoin, si la chose vous en semblait digne, vous pourriez la soumettre au prochain concile. On dit concile? Nommez-moi à leurs saintetés, si vous voulez, pour leur faire savoir qu'on s'occupe de pratiques religieuses au Pecq. Parlez-en au prochain concile. On dit concile, n'est-ce pas, monsieur le curé ?

. — Oui, madame, on dit concile.

— Car enfin, — insista-t-elle, — il peut m'arriver une paralysie des quatre doigts. Le pouce même, s'il me restait, ça peut être le pouce, serait-il bon pour l'eau bénite? La main gauche peut-elle remplacer la main droite? Ce qu'il y a de mieux, c'est le... le... Comment appellent-ils ça, les savants?

— Quoi donc, madame?

— Le doigt du milieu?

— Le médium.

— C'est cela même; je l'avais au bout de la langue. Ça me démangeait, je l'avais là. — Jamais madame Caron, ni madame Baduel, ni les deux réunies n'avaient regardé l'abbé Vincent avec une pareille obstination. Madame Caron aurait sacrifié bien des choses pour que madame Baduel pût recueillir les moindres bribes de ce dialogue, qui soulevait une controverse toute palpitante d'intérêt. À défaut d'auditoire actuel, elle se promit d'en créer un après coup, auquel elle raconterait fidèlement le tout, par demandes et par réponses, en expliquant les positions qu'on occupait au milieu de la chambre, lui devant elle l'écoutant pour étudier le problème et l'approfondir. L'abbé Vincent se réveilla pourtant de sa léthargie morale. Pendant le temps qui s'écoula entre ces derniers mots et ceux qu'elle s'apprêtait à commencer, la verve accidentelle de la dévote avait suivi des phases tellement diverses qu'il s'agit bientôt d'un autre sujet. — Certainement, — dit-elle les yeux baissés, — je n'ignore pas, monsieur le curé, que je fais peu de chose pour vous, relativement à ce que je voudrais pouvoir faire. Mais j'y mets les trois quarts de mon revenu, en y comprenant les pauvres. — Il rougit, comme il avait rougi tout à l'heure lorsque madame Baduel lui parlait. Madame Caron ajouta: — Comment avez-vous trouvé mon dernier vin?

Il venait d'en boire deux gouttes après avoir goûté aux confitures de la Baduel.

Il sentit qu'il digérait mal ce qu'il avait bu, comme il digérait mal ce qu'il avait mangé.

La vieille fille sortit, l'abbé Vincent dit à sa gouvernante:

— Désormais, Marguerite, quand on apportera quelque objet pour moi, je vous prie de trouver un prétexte pour le refuser.

— Ah! et pourquoi cela, sans vous commander?

— Parce que sans doute ces friandises ne sont pas pour ceux qui ont fait vœu de tempérance et de pauvreté.

Marguerite riposta d'un ton bourru:

— Vous n'y toucherez pas si vous voulez; moi je n'ai pas fait les mêmes vœux.

Il lui expliqua ses raisons, qu'elle ne comprit pas.

Elle alla jusqu'à lui dire qu'il y mettait beaucoup d'orgueil.

Il se promit de ne plus manger les confitures de madame Baduel et de ne plus boire le vin de madame Caron.

Il n'avait pas meilleure chance avec les dévotes qu'avec les athées. Sa délicatesse était mal placée entre ces êtres grossiers ou sots qui la lui écartelaient à petits coups.

— Ah!, — murmura-t-il, — je savais bien qu'il fallait souffrir; mais j'ignorais que notre faiblesse résistât si mal aux petits coups, quand notre force peut faire tête aux grands malheurs. — Et, avec un soupir, il ajouta: — La plainte déshonore mon caractère. Je tâcherai de m'aguerrir.

À

En ce temps-là les Parisiens aimaient beaucoup à se déplacer. Coucous, omnibus et charrettes en emportaient, le dimanche, par milliers, dans toutes les directions, sur un parcours de plusieurs lieues.

— Ah! — disaient les boutiquiers, enfin délivrés de la tyrannie de leurs pratiques, — ici l'on respire de la bonne air!

Quelques-uns allaient au hasard sur un chemin, se poursuivant sur les talus, avec des cris dont le principal but était de faire croire à des extravagances de gaieté qu'ils n'éprouvaient pas. D'autres se rendaient à leur maison de campagne, porteurs de grands paniers où les provisions étaient entassées, pour se faire une journée de villégiature, accroupis en famille autour d'un arbre pelé qui représentait toute la verdure de leur jardin. D'autres, sans attendre une invitation, allaient s'asseoir d'eux-mêmes à la table de leurs soi-disant amis, qu'ils ne fréquentaient pas à la ville, et pour lesquels ils éprouvaient un redoublement de tendresse depuis qu'ils les savaient installés dans une villa.

Les trains de plaisir n'étaient pas encore inventés; mais l'idée germait déjà dans le cerveau de spéculateurs qui faisaient afficher leur industrie, consistant à réunir une procession de badauds qu'ils brouettaient dans les environs, leur expliquant toutes les merveilles de la route avec ce ton froid et cette parole pressée qu'on leur connaît.

On les voyait partir dans des véhicules qui se suivaient comme des canards.

Durant la route, ils se liaient.

Quand ils arrivaient à destination, ils ne formaient plus qu'un troupeau, sous la conduite du même berger.

Ce jour-là, le soleil s'était levé splendidement, après une pluie qui avait lavé les feuilles et les cailloux. Trois omnibus venaient de verser leurs voyageurs dans Saint-Germain.

Nous ne nous occuperons pas du menu fretin, ni de madame Aréthuse, femme Coquelin, épouse de cet épicier de l'ancienne rue des Lombards qui fait constamment le décompte des dépenses du voyage par sous et deniers; ni de ce marchand de cirage qui n'a d'autre préoccupation que de conserver à ses bottes tout leur brillant, pour faire croire qu'elles sont vernies; ni des commis en nouveautés, *article très-avantageux;* ni de celui-ci, figure insignifiante; ni de celui-là, figure nulle au fond d'un tableau. Nous parlerons seulement des officiers supérieurs de la colonne. En tête on remarquait d'abord quatre Anglais: le père, homme long, qui se tenait roide comme s'il était traversé d'un pal; la mère, femme longue, qui se drapait dans son tartan comme un pain de sucre, et les fils, deux enfants au long col rabattu, chapeau dans le cou et veste ronde à collet large; le tout avait les bras ballants, et marchait vite, avide de voir. Derrière ces chefs de file venait la cohorte des simples soldats en fait de curiosité: c'étaient des clercs d'huissier, avec leur patron qui leur payait cette fête; et des marchands de la rue Saint-Denis poussant le coude de leurs femmes pour signaler les ridicules de leurs voisins au lieu de regarder un peu les leurs.

Le cicerone ne laissait pas passer une pierre sans dire son origine, son âge, son but. Les restes du vieux château passèrent au crible de son éloquence. Arrivé sur la terrasse du parc, il montra les grandes murailles du château neuf, avec commentaires à l'appui. Sur la plateforme, il fit arrêter toute la colonne, et frappa le sol de son bâton.

— C'est ici, — dit-il avec volubilité, — que s'accomplit le dernier des combats en champ clos, sous Henri II. — On ne perdait pas la terre de vue. — Jarnac, — reprit-il, — eut un jour querelle avec la Châtaigneraie. Ils demandèrent à François Iᵉʳ l'autorisation de se battre à outrance. Cette permission fut refusée. Plus tard, sous Henri II, le 10 juillet 1547, les deux champions obtinrent enfin cette faveur. C'est ici même que le combat eut lieu, en présence du roi, du connétable de Montmorency et d'une foule d'autres seigneurs. — Et il frappait le sol de plus en plus avec son bâton; l'auditoire ne cessait de suivre le bâton en ses rapides paraboles. — La lutte dura plusieurs heures sans résultat décisif.

— Des six ifs ! — interrompit le second clerc d'huissier, en cherchant un encouragement à la ronde.

— Enfin, après des coups portés et reçus par les champions, la Châtaigneraie tomba par terre, à l'endroit que vous voyez ; il était blessé légèrement. « Veux-tu ta grâce ? » lui demanda Jarnac en lui tendant une main, car il était aussi généreux que brave. « — Non ; frappe, frappe ! j'attends la mort. » Jarnac se tourna vers le roi : « — Sire, » dit-il, » il me répugne de le tuer, ma parole d'honneur ! Votre Majesté devrait le prier d'accepter merci. — Debout, mon ami ! » fit le roi, s'adressant à l'homme couché. Et comme la Châtaigneraie persistait dans son refus, Henri II ordonna qu'on l'emportât au château sur une civière. Mais la honte d'avoir été vaincu jeta le malheureux dans un tel désespoir qu'il déchira les appareils posés sur sa blessure, dont il mourut peu de temps après. Le coup de Jarnac a fait proverbe, signifiant un retour imprévu de la part d'un adversaire. Tenez, messieurs et mesdames, voilà la place même où la chute s'est accomplie.

— A complies, — risqua le clerc d'huissier ; — dernière partie de l'office divin.

— Je vote pour que tu te taises ! — hasarda timidemen le premier clerc.

— Maintenant, messieurs et mesdames, — reprit le guide, — nous allons visiter la forêt, dont la superficie est de quatre mille cinq cents hectares, et dont les allées forment un parcours de quatre cents lieues ; puis nous verrons la Faisanderie, et le pavillon du Val, et celui de la Muette, et celui des Loges, qui servit d'exil à la du Barry. En passant, arrêtons-nous sur la terrasse, construite par Le Nôtre en 1676. Louis XIV en traça lui-même le plan. C'est la plus belle de l'univers ; elle a vingt-neuf mètres de large sur deux mille trois cents trente-huit mètres de long, n'ayant rien de comparable en Europe, et d'où l'on jouit de la plus belle vue du monde. Voici là-bas le château de Maisons, et l'aqueduc de Marly, et Louveciennes, et le Calvaire, et le Vésinet, et Paris, et Saint-Denis, et Montmorency. C'est d'une grande beauté.

L'Anglais montra des maisons au-dessous d'eux, arrangées en groupes serrés.

Il dit avec un accent britannique très-prononcé :

— Hô ! je demandé moâ comment s'appelait cette villaige.

— C'est le Pecq, — fit le cornac en pressant son débit ; — sa population est de douze cents habitants. Au IXe siècle, son territoire fournissait annuellement trois cent cinquante muids de vin au monastère dont il dépendait. L'église, dédiée à saint Vandrille, a été rebâtie plusieurs fois. Celle qui existe actuellement fut reconstruite vers le milieu du XVIIIe siècle.

— Hô ! — dit l'Anglais, — je volé promener moâ dans cette villaige.

— Qu'y a-t-il à voir ? — demanda d'une seule voix toute la bande.

— Il y a le brave des braves.

— Ney ? — questionna sérieusement quelqu'un que ce nom affriandait.

— Non, Pierre.

— J'avais cru d'abord que c'était Ney.

— Né Pierre ! — fit le clerc d'huissier, se frottant les mains.

L'Anglais dit, les yeux attachés sur le narrateur :

— Hô ! je ne connaissé pas cette nom-là. Je volé moâ savoir ce que cette Pierre avait fait.

Sa femme avec son châle, et ses enfants avec leur veste, s'étaient ralliés à lui pour questionner. Ils enveloppaient étroitement le guide, qui, sans hésitation, leur répondit :

— Dans un incendie, il a sauvé des flammes le curé du Pecq, au péril de sa vie, sans vouloir accepter un remercîment, prélude d'autres actes de dévouement qui devaient bientôt le signaler à l'attention publique. Qu'un étourdi tombe à la rivière, Pierre est encore là pour l'arracher à la fureur des flots, quoiqu'il ne sache pas nager... C'est un héros !

Les quatre Anglais s'étaient élancés vers l'escalier, de l'autre côté du pavillon Henri IV, se dirigeant à toute volée vers le Pecq. Derrière eux venaient les deux clercs d'huissier, en ligne avec leur patron ; puis les gros marchands essoufflés ; puis le cicerone, qui courait de l'un à l'autre, comme la mouche du coche, tout important et tout affairé. Chemin faisant, il n'oubliait pas de mentionner les vicissitudes de chaque épave tombée d'un mur, et les catastrophes, et les transformations, et les ressources de ce beau pays.

Comme des grues, sur deux rangs, conducteur en tête pour faire triangle, ils traversèrent les rues du Pecq, sur un pavé dont les brusques déclivités donnaient à leur marche quelque similitude avec un vol d'oiseaux voyageurs. On était sur les portes pour les regarder. Madame Giboux, madame Mangin et madame Potard venaient de faire cette phrase en collaboration :

— C'est des flâneux !

Et comme le second clerc d'huissier les regardait en disant à son confrère :

— Arthur, observons-nous, voilà du sexe ! — les trois femmes fermèrent leur porte derrière leurs talons.

— C'est égal, — reprit le second clerc, — je t'ai rendu service en te prévenant, puisque je t'ai débarrassé de ces trois vertus. En les regardant, on nierait Dieu. C'est un service.

— Je ne dis pas non.

— C'est même un service athée.

— Oh ! fameux ! — appuya l'autre, — fier cette fois d'avoir compris. Un service à thé, fameux, fameux !

— Je t'en dirai bien d'autres avant la fin de la journée ; mon sac est plein.

Le premier clerc regarda le second clerc avec un sentiment de frayeur mêlé d'intérêt. Cette verve l'épouvantait et l'étonnait. Il craignait que son subordonné ne fût à la veille d'une maladie.

Plus loin, la troupe nomade fit la rencontre d'un monsieur chauve, tête nue, les mains derrière son dos.

Le monsieur ralentit sa marche, le sourire aux lèvres, et, pour que l'on sût bien ce qu'il était, il s'écria, s'adressant à deux pauvres diables qui passaient au bord opposé :

— N'est-ce point vous qu'attend mon adjoint ?

Et il fit bouffer le dernier mot.

— Non, monsieur le maire.

— Ah ! pardon, je croyais.

Le premier clerc dit au second, en lui montrant monsieur Jotard :

— Cet homme me produit l'effet d'un poisson ; devine lequel ?

— Je ne sais pas.

— Un merlan (maire lent), sa marche de maire n'étant pas pressée.

Quant ils passèrent devant l'école tenue par Rodier le père, les marmots levèrent le nez, ce qui fit dire à leur professeur :

— Toute la classe est en retenue !

Et le professeur prit une prise de tabac.

— Tu vois bien ce magister ? — demanda le clerc qui se sentait en fonds de calembours.

— Oui, je le vois.

— Eh bien ! il fait comme les cailles.

— Je ne comprends pas.

— Tu n'as donc jamais vu les tabatières d'écaille (des cailles) ?

L'Anglais allait toujours, pressé d'arriver à la maison du brave des braves. Sa femme emboîtait le pas, et les deux enfants suivaient par derrière, à l'alignement. Enfin, après des marches et des contre-marches, le conducteur, prenant les devants, alla frapper au contrevent d'une sorte d'étable, et risqua quelques mots dans un langage inconnu qui devait être de l'argot.

Et le gros Pierre vint ouvrir.

Le gros Pierre était court, osseux, trapu. Sa tête carrée manquait de cou. Ses jambes rentraient en dedans vers les genoux, et ses pieds larges avaient l'air palmés. L'ensemble rappelait les noirs de Saint-Domingue avant l'émancipation. Il pouvait être pris pour un nègre blanc. Mais, sous ses traits grossiers, il avait cette expression de ruse que l'on retrouve encore chez les paysans. Jours de semaine et jours fériés, il portait un vieux chapeau défoncé qui montrait son écorce grasse et brune, pauvre victime ayant essayé toutes les averses du département. Sous sa chemise en toile écrue jamais fermée, on apercevait quelques fragments de sa poitrine. Ses culottes, dont le fond descendait six pouces trop bas, avec une pièce d'une couleur, étaient tenues par des lisières d'inégale longueur, et lui remontaient au milieu des reins. Ses chevilles sortaient de gros sabots garnis de foin. Il allait à demi plié, les bras trop longs.

Quant à son étable, elle était sordide. Elle se composait d'une seule pièce, en contre-bas avec le sol ; l'ameublement consistait en une table boiteuse et grasse, deux bancs autour. Une marmite laissait échapper sa fumée par les interstices de son couvercle, et, comme la fumée était sollicitée par tous les vents, elle vagabondait dans une atmosphère empoisonnée. Le seul jour de souffrance chargé d'éclairer le tout était garni de feuilles de papier huilé, dans les endroits où la vitre avait des cassures. La paille débordait du lit, dont les couvertures s'effrangeaient.

Ne dépeignons pas la cour, où le porc avait fait sa bauge ; c'était un amas de fumier infect.

— Messieurs et mesdames, — dit le meneur, — voilà le brave dont je vous entretenais tout à l'heure. Vous connaissez ses actions héroïques : vous pouvez le questionner, il vous répondra.

L'insulaire se planta devant lui, plongeant ses yeux dans les siens, comme s'il voulait pomper du courage ; sa femme arbora son binocle de vermeil, qui du bout de sa chaîne battait ses jambes habituellement, et les deux petits Anglais ouvrirent leur bouche à demi, dans l'extase de leur curiosité satisfaite. Le notaire tournait autour de maître Pierre, centre du cercle, qui ne changeait rien à son affaissement habituel.

— J'en suis saisi ! — risqua l'huissier plein d'étonnement à la vue de tant de bravoure sous une enveloppe si peu martiale.

Le second clerc se pencha vers l'oreille du premier clerc.

— Le patron est saisi, — dit-il ; — chacun son tour !

— Ah ! tu me scies ! — répondit l'autre maussadement, en se reculant vers la cheminée, dont il fit tomber la pelle sans le vouloir.

Le second clerc se rapprocha, plaçant sa main ouverte parallèlement à sa joue, pour que sa voix ne fût entendue que de son confrère ; et il ajouta :

— Oui, saisi, nonobstant appel (ta pelle). Il y avait un chat sur le toit voisin, qui se livrait aux soins de sa toilette, après sa maraude. — Je te présente ton frère, — dit le second clerc parlant encore au premier.

— Comment cela ?

— Ne fait-il pas sa toilette ?

— Certainement.

— Alors, c'est qu'il se nettoie.

— Après ?

— S'il se nettoie (si ce n'est toi), c'est donc ton frère !

Et il revint vers le groupe, au dernier rang, s'élevant sur ses pointes pour rattrapper le temps perdu.

— Hô ? demandait l'Anglais, — vô n'être point riche du tout ?

Pierre raconta sa misère. C'était le troisième cochon qui lui mourait, sans qu'il eût les moyens de le remplacer.

— *Oh ! it is pity full. Can you give him any thing, madam,* — dit l'Anglais s'adressant à sa femme.

La femme vida le contenu de son sac sur la table. L'un

des enfants, entraîné par cet élan généreux, décrocha l'épingle sa cravate et la jeta dans le tas ; l'autre, non moins ému, donna l'épingle pareille. Chacun fit son aumône sans marchander, moins les deux clercs et leur patron ; ceux-là, sans doute, n'étaient pas en fonds de sensibilité.

Et le troupeau se remit en marche vers un autre point.

Il va sans dire que le cicérone, qui valait, si bonne aubaine à maître Pierre, revint plus tard, pour le partage du magot. On devine que le brave des braves lui fit la part étroite, jurant ses grands dieux qu'il n'avait reçu que peu de pièces blanches et beaucoup de sous.

On vit, en passant, une jeune mère suivie d'une nourrice qui portait un petit enfant.

— Sais-tu ce que ça veut dire ? — fit le second clerc parlant au premier, auquel il montra la jeune mère.

— Comment veux-tu que je le sache ?

— Ça veut dire que ce n'est pas la mer à boire.

Et l'autre rit.

L'huissier ne comprenait rien à l'hilarité de ses deux clercs ; supposant qu'ils pouvaient se moquer de sa personne, il se promit de les surmener à l'étude, le lendemain, pour une faute qu'il chercherait. Provisoirement, il se contenta de leur dire, avec un air rébarbativement prétentieux :

— Qui rit aujourd'hui demain pleurera.

Ajoutons que, pour ne pas pleurer le lendemain, il ne riait jamais la veille.

Or, le maire avait vu passer, nous l'avons dit, cette colonne de pèlerins.

Il s'était informé du but de son pèlerinage.

Quand il l'eut appris, il rentra chez lui, dans l'exaltation de son enthousiasme :

— Monsieur Duchêne, — dit-il à l'adjoint, — comme je n'entends point que l'on puisse m'accuser un jour d'être indifférent aux actions d'éclat, vous aurez soin de dresser demain un rapport sur la belle conduite de Pierre. Monsieur le préfet saura qu'ici même est un homme qui fait l'admiration des étrangers. Vous expliquerez cela dans le rapport. Nous avons nos gloires aussi. Tout le sang de la France n'est pas au cœur : c'est utile, du reste ; car, sans cela, croyez-le bien, il y aurait hypertrophie. Il faut que le sang converge vers les extrémités, admirable pondération des choses qui fait équilibre dans les nations. Les peuples...

Mais laissons monsieur Jotard arrondir ses coudes et ses phrases creuses, et revenons au presbytère, chez le prêtre. Que devenait l'abbé Vincent ?

X

Sa fièvre, depuis le matin, était guérie ; mais il toussait toujours de temps en temps, toux sèche, amenant parfois avec elle quelques taches de sang sur ses lèvres vermeilles, qu'il essuyait avec son mouchoir.

— Faut soigner ça ! — disait Marguerite avec une sollicitude qui s'alliait mal avec sa taille et ses façons.

L'abbé sortit pour promener sa convalescence.

Les oiseaux chantaient dans les buissons.

Dans la nature, tout resplendissait.

Il gagna la campagne, appuyé sur une canne pour s'aider dans sa marche mal affermie.

Sous un arbre, il vit le capitaine Lelong, étendu comme un lézard, en plein soleil.

— L'occasion est belle, — pensa le prêtre, — pour commencer sa conversion. — Et courageusement il doubla le pas vers le bastion qu'il voulait emporter. Le bastion fumait. L'abbé, pâle, essaya de la puissance de son regard. Il fixa le point vers lequel il s'avançait, avec une obstination de magnétiseur. Le corps allongé ne bougea pas. Vincent se découvrit et s'arrêta. Son ombre enveloppait le capitaine. — Monsieur, — dit-il, — restant debout, l'autre couché, — voilà bien longtemps que je désire vous rencontrer pour vous demander la cause de petites taquineries indignes de vous et de moi. Je me suis dit que peut-être, sans le vouloir, j'aurais blessé vos sentiments, et j'attendais un moment propice pour provoquer vos aveux et faire moi-même réparation.—Aucune réponse ne lui vint. Le capitaine alla s'établir un peu plus loin, au pied d'une haie, dans l'autre sens, la face tournée vers le talus. — Je vois, — dit le prêtre, — que ma robe est avant tout la chose que vous détestez. Oh ! monsieur, — ajouta-t-il en se rapprochant, — vous avez tort de comprendre tout un parti dans une haine dont j'ignore les causes cachées. Je ne suis qu'un zéro dans le clergé, n'acquérant d'importance que par les chiffres placés devant ma pauvre individualité ; mais je voudrais vous ramener à des convictions meilleures, et vous prouver que notre corporation ne saurait porter la responsabilité d'un acte qui la déshonore sans doute à vos yeux. Soyez assez bon pour me faire une demi-confidence...

— Je n'aime pas la confession ! — grommela le capitaine vers son talus.

— Je ne viens point vous confesser, mais causer avec vous sur le sujet qu'il vous conviendra de choisir.

— Expliquez-moi subséquemment l'utilité du prêtre, — demanda le capitaine sans se déplacer.

— Il y a deux sortes de prêtres, — dit Vincent, — celui qui voit les choses de bas et celui qui les envisage de plus haut. L'un, le premier, ne connaît que le mot d'ordre du supérieur : c'est le soldat d'une armée passive qui va gourmandant sans cesse tous les traînards de la foi. Il ne les convertit pas, il les effraye. Il a de l'intolérance pour toutes les fautes et des punitions pour tous les écarts. Il présente son Dieu comme un être essentiellement bon, et toujours il vous menace de sa colère et du fouet dont son bras vengeur est armé. Et quand il a beaucoup épouvanté les populations ; quand, à force de menaces, avec son maigre et son jeûne, avec son purgatoire et son enfer, il a bien courbé quelques frêles fronts, alors il s'endort tranquille, la tête posée sur son oreiller, croyant avoir interprété son Évangile et fait pénétrer partout les bons principes. Celui-là peut être utile à l'institution, mais il ne représente pas la vérité. — Depuis un instant, le capitaine Lelong activait ses aspirations, repoussant sa fumée, dont les bouffées, confondues dans une longue traînée, s'élevaient en spirale, comme un nuage argenté, vers le ciel. — L'autre, — reprit Vincent, — moins gêné dans sa sphère, plus croyant par cela même qu'il est plus philosophe, l'autre ne parle que de pardon et de mansuétude. Il a des indulgences pour grains à son chapelet. Il dit sa prière avec son cœur, non point comme elle est écrite, mais comme il la veut, plus intime et plus fervente. Et comme il sait que le Créateur doit beaucoup aimer sa créature, comme il sait que le père a de la sollicitude pour ses enfants, il s'abstient d'agir sur les imaginations par la peur ; il préfère les conseils d'adoration, plaignant les résistances, ne les maudissant pas. Sa mission est de persuader, non d'abattre. Celui-là porte un crucifix qui n'est qu'un symbole auquel il s'est rallié par ses penchants les meilleurs. Il va sa route, plutôt entraîné vers les méchants que vers les bons, les bons pouvant se passer de son enseignement, les méchants ayant besoin d'être remis dans la vraie voie. S'il s'abandonne aux pratiques du culte, c'est sans zèle et sans fétichisme ; il n'envoie pas dans les limbes l'enfant qui meurt sans baptême, il n'envoie pas dans le purgatoire la femme qui meurt sans confession, il n'envoie pas dans l'enfer l'homme qui meurt chargé d'un péché. Tous ont des droits égaux à l'éternité, quelque part, il ne sait où, selon les vœux impénétrables de Dieu. Il ne s'est pas fait prêtre pour se poser en mandataire du Christ, mais pour être mieux à même de rectifier quelques erreurs, de soulager quelques infortunes, de consoler quelques pauvres cœurs. Il souffre des souffrances des autres, et, s'il déplore sa pauvreté, c'est qu'elle le met dans l'impuissance de secourir tous les malheureux. Il ne rançonne pas la douleur sur une tombe, marchandant son office, avec des catégories selon les cas. Le même pour tous, il suit le mort au cimetière, et s'en retourne le dernier, tout attristé.—Le capitaine s'agitait dans la longue ravine qu'avait creusée sur le gazon son corps de haute futaie. Ses gorgées de fumée se suivaient en quelque sorte en un seul bloc. Était-il furieux ou bien ému ? — Maintenant que j'ai dit ce que le prêtre vaut, — poursuivit chaleureusement monsieur Vincent, — je vais vous dire à quoi le prêtre sert. Il sert à donner des croyances aux gens assez malheureux pour n'en pas avoir ; il rattache à l'existence tous les délaissés du sort ; il apprend à bien vivre et surtout à bien mourir. Dans l'Évangile sont les préceptes humanitaires qu'il conseille ; et si quelques mains égarées osent creuser la mine sous sa religion, il démontre que la religion est basée sur la morale, et que ceux qui la suivent trouvent dans leur conscience des jouissances incalculables. Quand les fléaux frappent les peuples, épidémies, disettes, inondations, c'est le prêtre qui donne la résignation aux masses ignorantes, c'est encore lui qui trompe leur faim. Sans le prêtre, ou plutôt sans le livre sublime qu'il interprète, on se révolterait souvent, dans l'ordre physique comme dans l'ordre moral ; on se traînerait comme la bête, avec ses appétits pour seuls instincts ; on marcherait à la satisfaction de ses désirs, froissant ses voisins à droite et à gauche, sans se soucier de tous leurs cris. La force brutale mènerait à tout.—Le capitaine écoutait. — Vous me demandez à quoi sert le prêtre, — insista Vincent au comble de l'exaltation ;—je vais continuer à vous le dire. Tenez, voilà cet homme qui, pour avoir souffert toute sa vie, montre le poing au ciel, le défi aux yeux ; il écume et blasphème au moment suprême de la mort, niant une Providence qu'il ne voit pas ; après de patientes exhortations, nous parvenons souvent à dominer cette nature rebelle ; ce corps garde les plaies mais l'âme se transfigure. Tout à l'heure il maudissait ; à présent il bénit son épreuve et se montre fort contre la douleur. Et ce condamné qu'on mène au supplice pour punir le crime de l'égarement, qui lui fait son courage et son repentir ? et cet autre en rébellion contre la société, qui lui dirige sa raison et lui rectifie son jugement ? c'est le prêtre, monsieur, toujours le prêtre, humble avec les petits, fier avec les grands. Vous pouvez lui reprocher quelques ridicules qui l'amoindrissent, et ses étoles d'or et la pompe de ses offices ; mais il faut qu'il agisse avec cet appareil de théâtre pour dominer les imaginations avides surtout d'étonnement. Vous pouvez lui reprocher sa confession, inventée en un siècle où l'on voulait sonder les familles et tenir le secret de tous les cœurs; mais il faut qu'il continue cette œuvre sans calcul, bien des fautes y trouvant leur empêchement ; pour n'avoir plus à rougir d'un aveu pénible, on évite souvent d'écraser une vérité.

Lelong s'agita de nouveau dans son lit de mousse.

— Dieu, — fit-il, — expliquez-le-moi subséquemment.

— Dieu ne s'explique pas, — fit Vincent ; —pour l'expliquer il faudrait avoir son intelligence et sa grandeur, il faudrait être son égal ; alors il n'existerait plus, puisqu'il serait en partage dans sa majesté. Ceux qui veulent le regarder sont éblouis de ses rayons; ils deviennent aveugles pour avoir tenté de le voir. Mais si l'on ne peut pas analyser son essence, on peut du moins démontrer qu'il est. Ces mondes qui garnissent le ciel comme des clous d'or, cet air qui nous enveloppe avec ses vapeurs et ses parfums, ce brin d'herbe qui pousse sous l'action féconde de ce soleil, tout chante l'hymne perpétuel du Créateur. Ce qui existe ne peut naturellement exister qu'en vertu d'une direction unique et suprême. Les saisons ont des retours périodiques, la feuille pousse chaque printemps, la fleur s'épanouit chaque été, le fruit mûrit chaque automne, la végétation s'endort chaque hiver, depuis l'origine du monde, sans que rien ait entravé cette sève. Non, cela ne s'est pas créé tout seul. Des lois immuables régissent la nature, il n'y a pas de lois sans législateur. Nous-mêmes, monsieur, que sommes-nous ? Un peu de matière, beaucoup d'esprit : la matière est sujette aux infirmités, cause incessante de recherches, de travail, d'améliorations ; l'esprit poursuit ces améliorations, ce travail, ces recherches. Chaque découverte est un pas de plus vers le progrès. Notre corps, ce pauvre morceau d'argile, naît, grandit et se développe. Il a ses principes ; regardez-les à l'œil nu, la main armée d'une lame pour le disséquer. Les veines décrivent des réseaux et charrient le sang du cœur aux extrémités. Nous voulons marcher, nous marchons ; la tête pense. Oh ! la pensée, monsieur, c'est la démonstration de cette grande énigme qui s'appelle Dieu. Penser, c'est-à-dire s'élever au-dessus de la brute, se rapprocher de celui qui pense le plus, puisqu'il a voulu que la pensée fût. En accompagnant un grand poëte à sa dernière demeure, vous avez dû vous dire, en présence de sa tombe ouverte, que tout n'était pas mort en lui. La chair s'était refroidie, mais l'âme existait encore. N'est-ce pas, vous l'avez compris ? Eh bien ! c'était encore prouver Dieu, cela. Puisque cette âme existe toujours, il faut qu'elle retourne quelque part ; il faut qu'un conducteur la conduise ; car elle s'égarerait dans l'espace pour s'enfoncer dans le néant. Tout marche vers un but, mené par une seule volonté. Appelez cette volonté comme vous voudrez, ce n'est pas le nom que je défends. Ce soir, en fermant les yeux, avant le sommeil, passez en revue les splendeurs de la création et le génie de l'homme ; cherchez les causes, remontez aux sources, et, pour vous être endormi penseur, vous vous réveillerez ferme croyant. — Le capitaine Lelong venait d'achever sa pipe. Sans rallumer l'autre, il se leva, la face toujours tournée vers son talus. Alors, soit colère, soit tout autre sentiment, sans dire un mot il se jeta dans le chemin, et se dirigea vers le Pecq, raide dans sa marche, faisant effort pour cacher ses traits. — Il est ému, — murmura le prêtre.

Le capitaine allait toujours, aidé d'ailleurs dans sa marche par les pentes abruptes du sol. Il tourna la route, et s'enfonça dans les rues, entre les maisons. Quand il fut sur la place de l'Église, après avoir décrit de long circuits il sortit une clef de sa poche et pénétra brusquement chez lui.

La porte fermée, on eût pu l'entendre pousser un soupir ; son émotion l'étouffait. Hors de la vue des témoins, il s'arrêta dans son corridor et passa ses mains à plat sur ses yeux, non pas pour les essuyer (ils étaient secs), mais pour chasser la préoccupation gênante qui l'obsédait. Revenu de sa première impression, il se rendit dans sa chambre, ouvrit son secrétaire, dont il abattit bruyamment la tablette, et fouilla dans un tiroir qui contenait quelques louis. Il en prit quatre qu'il enveloppa dans un papier ; puis, ayant remis les choses en leur état, il reprit les rues qu'il avait suivies précédemment.

Il dit au premier gamin qu'il rencontra :

— Me connais-tu ?

— Pardine ! vous êtes monsieur Lelong.

— C'est bien.

Et il continua sa promenade vers le pont.

Il aperçut un autre enfant qui roulait du fumier dans une brouette.

— Me connais-tu ? — lui demanda-t-il.

— C'te farce ! — fit l'enfant ; — vous êtes le capitaine.

Plus loin, il renouvela sa question, pour obtenir la même réponse.

Au huitième il dit :

— Me connais-tu ?

L'interpellé quitta sa ligne qu'il était en train d'amorcer.

— Que non point ! — dit-il en enfonçant l'hameçon dans l'asticot.

— Eh bien ! mon petit homme, tu vas aller porter subséquemment ce bout de paquet au curé. Tu lui diras que c'est de la part d'un gros paysan. Pour les pauvres, entends-

tu bien ? Voilà pour toi ; prends ces dix sous, et pars du pied gauche.

Le petit homme partit du pied droit et s'en alla, clopin clopant, vers le presbytère.

Sur le seuil, il aperçut l'abbé Vincent.

Alors, comme la vue d'un prêtre l'intimidait, il se contenta de se fourrer un doigt dans une narine.

— Que me veux-tu, mon ami ? — demanda l'abbé, qui lui sourit pour l'encourager. Il mit un autre doigt dans l'autre narine. — Voyons, mon ami parle sans crainte.

— Ses narines étaient pleines ; il fit le gros dos. A force d'insistance, le petit homme finit par accomplir sa commission, tant bien que mal. Et, comme il suait à grosses gouttes pour en avoir tant dit, il prit sa course, comme un malfaiteur. Le curé le suivit de l'œil. — Je voudrais bien, — pensa-t-il, — connaître l'auteur de cette bonne œuvre, pour l'en remercier. La discrétion de l'offrande en double le prix.

Il consulta Marguerite.

Marguerite réfléchit d'abord un moment ; puis elle dit :

— Ça n'est pas malin à deviner.

— Qui donc alors ?

Elle se pencha vers son oreille pour lui dire bien bas un nom que nous déclarons n'avoir pas saisi.

— J'y vais ! — dit l'abbé.

Il entra bientôt dans une espèce d'étable, dont les contrevents mal assujettis battaient contre les murs à tous les vents.

Pierre était là, dans sa cour, pétrissant des pommes de terre et du son. A côté de lui, son cochon grognait d'impatience et plongeait son grouin dans l'auge, désireux de commencer un si bon repas.

— Veux-tu t'en aller ! — disait Pierre en frappant du pied.

Sans tenir compte de l'avis, le descendant du compagnon de saint Antoine avalait gloutonnement quelques bouchées surprises à la dérobée.

— Bonjour ! — dit l'abbé.

— Ah ! tiens, c'est vous ? monsieur le curé.

— Je viens te remercier au nom de mes pauvres. — Pierre ne comprenait plus. Vincent reprit : — Quand tu m'as envoyé, tout à l'heure, ces quatre-vingts francs pour être distribués en aumônes, ne faisais-tu pas un sacrifice bien au-dessus de tes forces ?

— C'est pas pour dire, mais j'avoue que j'en donnais moitié de trop. Au lieu de faire ce qu'on peut, on fait souvent plus qu'on ne peut. Faut excuser ça, monsieur le curé.

— Tiens, mon ami, je te rends la part qui dépasse tes ressources. Dimanche, au prône, je parlerai de ta belle action et des misères qu'elle doit m'aider à secourir.

— Non, non, — se hâta de dire Pierre ; — faut taire ça. C'est pas pour la gloriole que je vous ai communiqué c'te somme. Si vous deviez le dire, j'aimerais mieux reprendre tout.

Et il souhaitait ardemment que le prêtre insistât dans le sens d'une divulgation.

Le silence, hélas ! lui fut promis.

XI

A partir de ce jour, quand monsieur Vincent s'approchait de la grande pierre creuse près du puits, pour la remplir, afin d'arroser ensuite plus commodément les fleurs desséchées de son jardin, il s'apercevait, à sa surprise, que l'eau dégouttait de la margelle.

Il se disait :

— Cette pauvre Marguerite ! sans marchander avec la fatigue, elle se lève la première tous les matins, et m'adoucit ainsi mon travail. Ce dévouement lui fait honneur !

Quand Marguerite s'apprêtait à remplir la grande pierre creuse pour y puiser tout le long du jour, elle voyait avec étonnement que l'eau débordait.

Elle se disait :

— Ce cher enfant ! il fait ses délicatesses à la sourdine. Cet exercice lui fait du bien.

Le capitaine Lelong réparait ses torts.

XII

Monsieur Jotard était en train de parcourir le salon bleu. Quand il l'avait arpenté dans un sens, de la porte à la fenêtre, il le reprenait dans le sens contraire, du divan à la cheminée. S'il s'était trouvé par hasard un guéridon au milieu de la pièce, au point d'intersection de ses allées et de ses venues, il l'eût renversé, comme au passage d'un ouragan.

— Petite sotte ! — s'écria-t-il en entrecoupant sa marche d'arrêts subits. — Elle refuse monsieur d'Harfleur, qui peut prétendre à tout par sa position. Et sous quel prétexte, je vous le demande ? Sous le prétexte que ses affections sont déjà placées. Comme si le cœur avait à voir quelque chose en tout ceci ! Moi, quand j'épousai madame Jotard (que Dieu ait son âme !), je ne m'occupai guère de la couleur de ses yeux et de son teint. Cela ne fait point vivre. Et, reprenant sa locomotion, il ajoutait : — Un monsieur Roudier, le fils d'un maître d'école, qui se donne les allures d'un grand seigneur parce que ses parents l'ont mis au collège, à Paris, institution Charlemagne. Les voilà bien avancés avec leur grec et leur latin ! Ce beau monsieur est provisoirement ingénieur civil, sans travaux à faire. Son métier consiste à battre le pavé du Pecq, en attendant l'occasion d'un pont à bâtir. Non, monsieur, nous ne sommes point créés et mis au monde pour vivre, avec notre pédantisme, dans l'oisiveté. Vous feriez mieux d'aider vos pères et mères dans l'exercice de leurs fonctions. Ils payent un professeur de supplément, pourquoi ne seriez-vous point ce professeur ? — Il gesticulait, avançant un bras, comme s'il interpellait un personnage absent avec lequel il renouvelait la comédie du prédicateur qui s'adressait à son bonnet. Il n'avait pas même le bonnet. — Ah ! c'est plus commode, je le sais, — poursuivait-il, — de se procurer une fortune faite. Mais moi, môssieu, je l'ai lentement et laborieusement amassée cette fortune, et je n'en souffrirai point le partage sans compensation. Il oubliait qu'il venait de dire dans quel but philanthropique il avait demandé la main de madame Jotard (que Dieu ait son âme !) Fatigué de gymnastique, il se laissa tomber dans un fauteuil et croisa ses jambes, qu'il agita. Il avait l'air de provoquer l'apoplexie. — Il ne sera point dit, — acheva-t-il en frappant son genou de son poing fermé, — que cette petite sotte aura le dessus. Noémi !... Il faut que je secoue sa volonté pour en faire tomber les entêtements. Noémi !... Elle croit, sans doute, que je faiblirai, que j'encouragerai ses faiblesses de pensionnaire, sauf à les regretter dans quelque temps. Noémi ! Noémi !! Qu'on avertisse mademoiselle que je désire lui parler.

Ce triple appel fut entendu, la commission faite. Louise vint, pleine de soumission et de respect. Sans attendre la seconde bourrasque qui la menaçait, elle alla s'asseoir sur les genoux de son père.

— Je l'aime, je l'aime ! — dit-elle avec ce courage qui appartient essentiellement à la femme quand il s'agit d'avouer hautement ses impressions. — Il a voulu mourir pour moi. Mon père, vous êtes bon ; ne contrarier pas nos intentions !

— C'est de l'enfantillage.

— Tenez, mon père, pour vous prouver que j'ai raisonné la situation, je vais renouveler ici mon aveu. Si vous renoncez à nous unir... regardez-moi bien, vous verrez si j'ai l'audace de ma détermination.

— Eh bien ? questionna monsieur Jotard.

— Eh bien ! mon père, je ne sais trop ce qui se passera ; mais... mais, de loin comme de près, j'aurai toujours pour vous la même affection.

Jusqu'alors Louise avait été fille douce. Jamais elle ne s'était abandonnée à la manifestation du moindre désir. Lorsque son père revenait, trois fois par jour, de sa tournée, si c'était l'hiver, il trouvait ses pantoufles chaudes, parallèlement au tronc des chenets ; si c'était l'été, il apercevait sur une table un verre de sirop tout apprêté. Elle lui brodait ses jabots et ses cravates ; elle veillait à ce que pas un bouton ne lui manquât.

Il disait souvent, en s'adressant de préférence à ceux qui n'avaient pas d'enfants :

« Elle me met dans du coton. Je suis heureux comme un coq en pâte. C'est une bonne chose que la paternité, n'est-ce point, monsieur Bluteau ?... Ah ! pardon, j'oubliais que la Providence vous a refusé cette immense joie. »

Et il penchait sa tête de gauche à droite, montrant le blanc de ses yeux, pour prouver qu'il était navré des jouissances refusées à monsieur Bluteau.

La menace de sa fille le confondit, puis il essaya de se fâcher.

Elle ne lui répondit que par son silence. Il parla de son autorité méconnue, de son cœur froissé, et de bien d'autres choses encore ; son discours fut fait en trois points, selon les lois de la rhétorique, et, sa mauvaise humeur, comme son discours, alla toujours s'échauffant jusqu'à la fin. Elle ne trouva que des larmes pour essayer d'adoucir cette colère exagérée.

— Allez dans votre chambre, mademoiselle, — dit monsieur Jotard, oubliant de la tutoyer. Quand il fut seul, il s'écria : — Bon ! voilà que ce soir je ne pourrai plus faire ma partie d'échecs, pour conserver le décorum de ma position. Cependant, — ajouta-t-il en se ravisant, — il me semble au contraire, que, en ne changeant rien à mes habitudes, je serai plus digne et plus convenable. C'est cela, je ferai ma partie comme à l'ordinaire.

Et il entreprit un nouveau voyage autour du salon.

En ce moment le garde de la commune se présenta. C'était un vieux bonhomme qui, toute sa vie, avait aimé les commandements, hormis ceux de l'Église. Jusqu'à vingt ans, il avait été le subordonné de ses parents ; de vingt à cinquante ans, il avait été soumis à ses supérieurs dans l'armée, n'ayant jamais eu de galons. Pour le moment il prenait les avis de monsieur le maire, pour s'y conformer sans réflexion. Sous sa blouse on devinait la silhouette de son sabre, dont l'extrémité sortait par le bas du bout usé de son fourreau. A son bras gauche, plus haut que la saignée, il portait une plaque de cuivre retenue par une lanière de cuir. On y lisait son numéro matricule, sa profession et le nom de la commune à laquelle il avait l'honneur d'appartenir. Son feutre était vieux et fort évasé ; sa tête le portait de travers, comme en bandoulière.

— Monsieur le maire, — dit-il, — on vient de m'apprendre que, la nuit, un homme s'introduisait chez vous pour voler des fruits.

— En es-tu sûr ?

— Plus de dix personnes me l'ont affirmé.

Le maire trouva dans ce fait l'occasion naturelle d'une de ces tirades qu'il faisait si bien. Il parla de la démoralisation des masses, et conclut ainsi :

— Il faut lui donner une leçon ; tu as un fusil ?

— Oui, monsieur le maire.

— En bon état ?

— Hum ! la rouille le mord un peu, par-ci, par-là.

— Il faut le nettoyer.

— Oui, monsieur le maire.

— Et le charger de menu plomb.

— Oui, monsieur le maire.

— Et te cacher, ce soir, dans le jardin.

— Oui, monsieur le maire.

— Ton tir est juste. Tu prendras tes dispositions pour

blesser légèrement, en tirant aux jambes ; entends-tu, Jean-Paul ?

— Oui, monsieur le maire.

Jean-Paul, automatiquement, fit ce que son chef lui commandait. Il frotta d'huile son fusil, fit jouer plusieurs fois la batterie pour s'assurer qu'elle allait bien, mit soixante grammes de poudre dans le canon, une bourre, de la grenaille, une autre bourre, replaça la baguette dans sa gaîne, et se dissimula, le soir venu, dans un fourré, sous le grand noyer.

A neuf heures, l'abbé Vincent ouvrit la porte du fond avec la clef qu'il portait sur lui. Il allait faire la partie d'échecs de monsieur Jotard. Il passa près du garde, qui ne bougea pas.

A dix heures, les ombres étant descendues sur la terre, Jean-Paul crut entendre un tesson de bouteille tomber du mur. Il rabattit son fusil en trois temps, trois mouvements, les genoux pliés, dans la position traditionnelle. C'était une fausse alerte.

Une chauve-souris faisait frétiller ses ailes membraneuses à travers les feuilles de l'arbre. Une grenouille chantait son antienne près du jet d'eau.

Jean-Paul écoutait sans voir, la respiration en suspens. Son attention se concentrait vers un point où l'on voyait une brèche, de l'autre côté de laquelle, sur le chemin, était un petit tas de pierres provenant de l'éboulement. Le malfaiteur, sans aucun doute, viendrait par là. Le garde entendit un frôlement dans les avoines folles qui garnissaient la crête du mur. Il mit en joue, le doigt appuyé sur la détente. C'était un loir qui commençait sa maraude, et qui, fier de sa liberté, folâtrait et gambadait sur l'entablement. Jean-Paul se promit de relever avec soin ses pas pour le dénicher dans sa retraite, le lendemain.

Et la chauve-souris faisait frétiller ses ailes membraneuses à travers les feuilles de l'arbre, et la grenouille chantait son antienne près du jet d'eau.

Minuit venait de sonner ; rien n'apparaissait.

Quelques mauvais plaisants s'étaient peut-être moqués de la crédulité de Jean-Paul. Lui, pressé de faire du zèle, avait mis peut-être trop d'empressement à prévenir monsieur Jotard. Les renseignements étaient peut-être vrais, peut-être faux ; doute affreux qui le tourmentait. En ce moment il eût donné volontiers sa part de vin, au cabaret, le dimanche, pour que son affirmation se réalisât. Supposez que personne ne vînt, il était joué ; on dirai dans le village qu'il avait passé la nuit à la belle étoile, l'arme au poing, prêt à mitrailler un ennemi qui n'existait que dans son cerveau. Quelques-uns, plus hardis, ajouteraient même qu'il s'était fait des retranchements et des forteresses de terre, avec des canons sur leurs affûts, mèche allumée, pour bombarder on ne sait quoi. La moquerie était d'autant plus probable qu'il avait rencontré le soir madame Mangin et madame Giboux, et madame Potard. Les trois commères, en le voyant tout affairé, l'avaient enveloppé, lui barrant sa route et lui disant :

— Plus que ça de fusil ! Y a-t-il donc du grabuge quelque part ?

Alors Jean-Paul leur avait raconté, sous le sceau du plus grand secret, qu'il allait loger quelques menus grains de plomb dans les mollets d'un voleur de fruits.

— C'est ça, — répondirent en commun les trois femmes ; — faut le marquer. Le fruit d'un chacun est sacré.

Elles prêchaient pour leur saint, ayant été souvent victimes de la gourmandise de petits drôles qui dévalisaient leurs cerises bien avant la maturité. Or madame Giboux, madame Mangin et madame Potard n'étaient pas des tombes où les paroles s'ensevelissaient. Tout le pays devait savoir, à l'heure qu'il est, que le garde était à l'affût sous son noyer.

Chut ! on distingue des pas sourds et des mains qui tâtent le mur ! Les pierres du tas sont ébranlées ; elles roulent avec fracas dans le fossé. Jean-Paul a de la peine à contenir son cœur qui se hâte.

Il tient sa preuve ! On ne rira pas de sa bonne foi. Malgré la nuit noire, ses yeux se sont habitués insensiblement à l'obscurité. Il voit une tête à l'endroit où tout à l'heure était le loir. Il conserve son silence et son immobilité. Ce n'est pas là qu'il faut tirer. La tête s'élève. Cette fois, c'est la poitrine qu'il aperçoit. Encore un instant, et la flamme de sa poudre va traverser l'atmosphère en l'éclairant, et la détonation suivra la flamme, et le criminel sera surpris dans son escalade, avant la retraite.

La chauve-souris fait toujours frétiller ses ailes membraneuses à travers les feuilles de l'arbre, et la grenouille chante encore son antienne près du jet d'eau.

Le coup part.

Et l'on entend la chute d'un corps lourd dans le chemin, sur les plâtras.

Jean-Paul s'élance et ne trouve rien. Seulement il aperçoit un homme qui fuit. Quand il revient au jardin, il est abordé par Louise, qui se jette au-devant de lui :

— Malheureux ! — dit-elle, — qu'avez-vous fait ?

— Pardine ! j'ai fait feu sur lui ! — Louise se précipita vers l'endroit qu'on lui désignait. La porte du fond était encore ouverte. Elle se lança sur la route pour plonger ses bras dans les grandes herbes, et crier un nom qu'on ne pouvait reconnaître au milieu de ses terreurs et de ses sanglots. — Oh ! — dit le garde, — il s'est enfui, traînant mon plomb. Et, sans qu'on lui répondît, il frotta vivement une allumette contre la crosse de son fusil. — Tenez, fit-il, voici du sang.

Louise se redressa.

— Assassin ! — dit-elle, en fixant Jean-Paul dans les yeux. Il ne comprit pas, et se mit à suivre les traces de sang, pas à pas, le corps penché, son allumette à la main. — Qui vous commandait ce crime ? — questionna Louise, qui comprima sa poitrine sous l'étreinte de ses bras en croix.

— Pardine ! c'est monsieur le maire !

— Mon père ?

— Oui.

— Monsieur Jotard ?

— Certainement.

Louise courut jusqu'à sa chambre. Son lit n'était pas défait. Il y avait du papier qui traînait sur une table, avec une plume. Elle mouilla la plume, qu'elle fit grincer fiévreusement sur le papier. Son état faisait mal à voir. A chaque ligne qu'elle écrivait, elle essuyait ses yeux, dont les larmes tombaient en pluie, puis elle passait sa main gauche dans les bandeaux de ses cheveux, qu'elle repoussait en arrière avec une une exaltation fébrile. La lettre achevée, elle la plia. Pour suscription elle y mit : « A mon père. »

Et elle s'agenouilla sur son prie-Dieu, en face d'une sainte Vierge dans un cadre d'or, et elle pria, toujours pleurant. Après avoir promené ses regards autour d'elle, successivement arrêtés sur tous les objets qui faisaient ses joies de jeune fille, elle se leva, l'œil chargé de résolution, et prit l'escalier, qu'elle descendit à pas pressés. Quand elle eut traversé le jardin, coupant droit à travers les massifs, froissant le gazon, les bordures et les fleurs, elle atteignit la porte qui donnait sur la campagne.

Le garde frottait sa huitième allumette, et supputait, selon les gouttes de sang, combien de plombs avaient porté.

— Il doit y en avoir une vingtaine, — murmurait-il ; — ils ont fait balle.

Louise passa près de lui. Elle allait d'une course folle, n'y voyant pas, guidée par ses seuls instincts. Au tournant de la haie, comme sa vitesse était trop grande, elle se déchira le visage aux branches épineuses du buisson. Sans s'occuper de l'accident, elle continua sa marche forcée, tournant à gauche, forçant les obstacles, jusqu'à ce qu'elle fût parvenue à certaine clôture en planches qu'elle secoua.

— Jules ! Jules ! — appela-t-elle.

Le silence le plus parfait régnait partout. Pas un insecte ne jetait aux échos sa note tardive ; pas un arbuste ne livrait sa végétation aux caresses de la brise absente. La rivière voisine elle-même semblait dormir entre ses rives de sable fin.

Louise appela trois fois, forçant sa voix de plus en plus. Elle eût voulu pouvoir jeter bas ces madriers si bien cloués, et faire tomber cette muraille qui lui dissimulait cet intérieur. Elle prit une pierre pour la jeter dans une vitre ; mais la distance était grande entre la clôture et l'habitation. La pierre atteignit à peine le quart du but. Louise ferma les yeux et s'évanouit.

Jean-Paul était encore à l'endroit où nous l'avons laissé, frottant une autre allumette pour calculer plus nettement la valeur du coup qu'il avait porté.

— Hum ! — grommelait-il, — ça finit là. Il y avait huit gouttes d'abord, puis cinq, puis deux, puis rien. S'il y en avait plus, l'on pourrait suivre les empreintes ; malheureusement la terre est ferme comme un camp battu.

Mais laissons le garde poursuivre ses recherches. Allons voir ce qui se passe en peu partout.

XIII

Lorsque Jean-Paul avait tiré, madame Mangin, madame Giboux et madame Potard, qui veillaient pour attendre debout l'événement, avaient fait chacune un soubresaut sur leur tabouret, en s'écriant :

— Pan ! v'là le voleur volé.

Elles craignaient qu'on ne l'eût manqué.

L'abbé Vincent, brusquement réveillé, s'était dit, en se levant sur son séant :

— Qu'est-ce que ce bruit ? on dirait d'un coup de fusil. Pourvu qu'il ne soit pas arrivé de malheur !

La grande Marguerite avait passé sa tête en dehors de sa couverture, et l'avait reposée bientôt sur l'oreiller pour continuer ses ronflements.

Le capitaine Lelong rêvait que les Bédouins enveloppaient sa tente, lui soldat. Il allongea sa main pour saisir ses armes. Il ne trouva rien que son bonnet de coton, qui flânait sur le traversin. Il remit le bonnet en place, et reprit son somme tranquillement.

Le gros Pierre s'agita sur sa paillasse en se disant que peut-être, s'il eût été dehors en ce moment, il aurait pu feindre de porter secours à quelqu'un.

Dans le Pecq, à la même minute, tous les dormeurs éprouvèrent comme une secousse électrique. Les uns supposèrent qu'il s'agissait d'un tremblement de terre ; les autres qu'il était question de guerre civile ; ceux-ci pensèrent à la fin du monde, et ceux-là se signèrent à tout hasard.

Quant à monsieur Jotard, qui devait pourtant prévoir cet accident, il fut mécontent d'être troublé dans le songe éblouissant qu'il ébauchait. Il était à la chambre, à la tribune, où depuis cinq minutes il avait bu dix verres d'eau.

« Messieurs, » disait-il, « ainsi que j'avais l'honneur de le
» faire remarquer à l'honorable préopinant, la question
» qui s'agite devant cette grande assemblée est digne de
» fixer votre attention. Il ne s'agit plus, en effet, de ces
» choses banales qui n'intéressent qu'une contrée. Notre
» belle France est en jeu. La priverez-vous du plus beau
» fleuron de sa couronne ? la ferez-vous déchoir du rang
» qu'elle a su conquérir parmi les nations ? Non, mes-
» sieurs ; vous voterez tous, comme un seul homme, pour
» le ministère. Il avait vos sympathies, il doit avoir con-
» servé votre estime. »

On allait l'applaudir lorsque le coup était parti.

— Que le diable emporte le garde ! — murmura-t-il. — Sans lui j'allais recueillir tous ces bravos. On s'agi-

tait dans les loges ; les dames cherchaient leurs mouchoirs pour les agiter ; la gauche elle-même était entraînée. — Et il répétait complaisamment sa péroraison. — J'étais superbe ! — ajouta-t-il. — Mes gestes étaient savants, et mon débit était accentué. Un noyau de bons orateurs ferait les majorités. Comment résister à la chaleur d'une parole tombée de haut ? — Provisoirement, monsieur Jotard occupait son lit, à peine éclairé par les rayons vacillants d'une petite veilleuse qui se mourait. Cette veilleuse représentait une tour. Sur la partie renflée de la porcelaine, on avait peint les prouesses de Malek-Adel, y compris la scène de l'enlèvement. Le long des murs, on voyait des portraits lithographiés de Thiers, de Berryer, d'Odilon Barrot, etc., que monsieur Jotard, dans son enthousiasme, appelait « les gloires du pays. » Sur un rayon, à portée de main, étaient tous les rapports de la chambre, avec les procès-verbaux des séances, depuis huit ans. Sa bibliothèque renfermait une collection complète du *Moniteur* avant l'agrandissement de son format. Il couchait sur un lit de sangle, avec un seul matelas, depuis le jour où, visitant les Tuileries, il avait vu que Louis-Philippe se contentait, à l'ordinaire, de ce modeste campement. A ses croisées il y avait de doubles rideaux, un blanc avec bordure rouge, un rouge avec bordure blanche, le tout courant sur un bâton d'or avec une flèche d'un bout, un serpent de l'autre. Les embrasses étaient bleues, la tapisserie était jaune serin. Quant il eut compris que son beau songe s'était envolé comme une chimère, et qu'il chercherait vainement à le rattraper, il récapitula la situation :

— Voyons, il ne s'agit point de se reposer. On vient de tirer sur un malfaiteur. Allons constater d'abord le délit ; nous verrons après. Il mit une jambe en dehors du lit, sur le tapis de lisières, puis l'autre jambe, et s'habilla. Dans une des poches de son habit était une écharpe tricolore, qu'il lia lentement autour de sa taille, les bouts flottants ; et, muni d'une bougie, il se dirigea vers le jardin.

— Jean-Paul ! — appela-t-il, — êtes-vous là ?

— Par ici, monsieur le maire, par ici ! — lui répondit une voix, bien loin, au bas du parc.

Monsieur Jotard alla vers la voix. Il trouva le garde qui frottait la dernière allumette de son paquet pour additionner les gouttes de sang. Il disait :

— En voilà huit, et cinq ça fait treize, et deux ça fait quinze. Ah ! cette autre, ça fait seize.

Et, du bout de son pied, il poussait une feuille de coquelicot tombée de sa fleur, se demandant si cela ne faisait pas dix-sept.

— Eh bien ? — questionna monsieur Jotard.

— Parti.

— Tu l'as donc manqué ?

— Tenez ! voyez si je l'ai manqué.

— Oh ! oh ! nous le retrouverons facilement. Un homme blessé souffre ; il appelle le médecin pour le soigner. Nous saurons ainsi quel est le coupable.

— Il ne sera pas assez bête pour se livrer.

— Alors il restera chez lui pour guérir son mal. En s'informant bien, nous connaîtrons celui qui suspend ainsi ses travaux au moment de la fenaison.

— Il ira tout de même couper les foins.

— On observera quel est le boiteux.

— Ça, c'est différent. J'ai dû le toucher au-dessus de la cheville ; certainement il boitera.

— Rentrons, Jean-Paul ; nous poursuivrons demain nos investigations.

Pour que les taches de sang ne fussent pas nettoyées pendant la nuit, en cas de pluie, le garde les couvrit avec des pierres ; puis il ferma la porte à double tour. Chemin faisant, il disait à monsieur Jotard :

— C'est mademoiselle Louise qui, la première, est accourue.

— Qui ? ma fille ?

— Oui, monsieur le maire.

— Allons donc ! tu plaisantes sans doute.

— Du tout, elle était là n'y a qu'un instant.

Monsieur Jotard tourna ses regards vers la chambre de Louise. Les vitres étaient éclairées.

— Il serait trop tard pour rentrer chez toi, — dit-il au garde ; — ta demeure est loin. Je t'engage à te jeter sur une chaise, dans la cuisine. Tu partiras au point du jour.

— Merci, monsieur le maire. Je n'osais pas vous le demander.

Le garde installé sur la chaise, monsieur Jotard prit l'escalier qui conduisait à la chambre de sa fille. Il frappa d'abord avant d'entrer. L'écho des corridors lui répondit seul.

— Louise !—Rien.—Pauvre fille !—pensa le maire ;—je l'ai peut-être effarouchée avec mes reproches, auxquels j'aurais dû donner moins de verdeur. Elle feint de dormir. Oh ! laissons-la. Rentré dans son cabinet, il se promena comme c'était son habitude en toute crise. A chaque tour, il se rappelait certaine phrase du curé qui, le soir même, en jouant avec sa distraction accoutumée, lui faisait un beau plaidoyer en faveur de monsieur Roudier fils. Monsieur Roudier n'était rien encore ; mais, avec son talent, il ne pouvait manquer d'acquérir une juste célébrité. Il avait des protecteurs puissants, en train d'obtenir pour lui de grands travaux. D'ailleurs ces considérations secondaires ne devaient avoir d'autorité que sur l'esprit de monsieur Jotard. Son cœur, en dehors du préjugé, par sollicitude paternelle, devait se contenter des penchants qui poussaient l'un vers l'autre les deux jeunes gens. Il fallait qu'il approuvât une union qui ferait leur bonheur mutuel. — Certainement, — disait monsieur Jotard en décrivant ses lignes courbes sur le parquet, — je m'y suis mal pris ; j'ai froissé leurs sentiments au lieu de les modifier insensiblement.— Et comme il était seul, et que personne ne pouvait avoir témoignage de sa faiblesse, il arriva progressivement à se taxer de cruauté. — Qu'est-ce que je dois vouloir avant tout ? — murmurait-il : — la félicité de mon enfant. Elle désire ce mariage et je lui refuse mon consentement. Là, voyons, sans parti pris, examinons l'état des choses. Monsieur Roudier père est un brave homme, et monsieur Roudier fils est un bon garçon. Ils ont des parents riches, et l'on assure même que certaine tante, en mourant, leur laissera tout son avoir, évalué, dit-on, à plusieurs centaines de mille francs. Que puis-je désirer de plus ? Je vais aller arranger cela.

Il reprit la direction qu'il avait suivie tout à l'heure. Il frappa du doigt à la porte de sa fille, comme il avait frappé la première fois. Le même écho lui répondit. Il entra. Rien ne traînait sur les meubles. Il écarta les rideaux du lit. Comme le vide existait là comme partout, il porta ses mains à son front, frappé d'un éblouissement passager. Il aperçut la lettre sur une table. Elle était à son adresse.

Ses tempes battirent, et ses jambes tremblèrent sous lui. Il lut :

« Vous me pardonnerez, ô mon père, la mauvaise action
» que je commets dans un moment d'égarement. Dieu
» m'est témoin que j'aurais résisté longtemps encore au
» penchant qui me dominait. Pour vous éviter un grand
» chagrin, je serais resté là, près de vous, attendant une
» manifestation meilleure de votre volonté ; mais vous
» avez su qu'il venait la nuit, à la dérobée, déposer sur
» un banc du jardin le mot affectueux que je lisais cha-
» que matin pour me fortifier dans mon courage, et vous
» avez dit à votre garde de le frapper. »

Monsieur Jotard avait peine à tenir le papier, qui menaçait de quitter ses doigts. Son éblouissement le reprit, mais plus prolongé. Malgré son état d'abattement, il poursuivit :

« Que devais-je faire ? Je suis partie ; je le soignerai
» s'il n'est pas mort ; je me me tuerai si on l'a tué. Oh !
» pardon, pardon, pour tout le mal que je vous fais ! »

Ici monsieur Jotard raidit ses bras. Ses yeux devinrent

fixes. Il était debout ; bientôt il pivota sur un talon, sans parole, sans cri, sans soupir ; puis, d'une seule pièce, il s'abattit.

Il était frappé d'apoplexie.

Le garde, depuis la cuisine, entendit sa chute ; il accourut. Quel ne fut pas son saisissement quand il vit, par la porte ouverte, monsieur Jotard étendu, le teint violacé. Il perdit sa présence d'esprit. Au lieu de courir chez le médecin, il se trompa de porte, allant frapper chez le curé.

— Vite, vite, — dit-il ; — monsieur Jotard est bien malade.

L'abbé Vincent supposa que le médecin était prévenu ; il passa sa soutane le mieux qu'il put, en deux secondes, la boutonnant de travers, et s'élança dehors à demi vêtu, toussant beaucoup par la fraîcheur. Il trouva monsieur Jotard dans la position où Jean-Paul l'avait laissé. Au lieu d'appeler au secours, ce qui dans le cas actuel n'eût point servi, l'abbé coupa l'habit de l'apoplectique avec des ciseaux ; puis, d'un coup de pointe, il perça la veine à la saignée. Le sang ne vint pas. Il agrandit l'ouverture, pas une goutte ne sortit. Alors, bouche à bouche, il envoya son souffle dans les poumons de feu Jotard, qu'il se mit ensuite à secouer, en ramassant ses forces pour cette dernière opération. Un jet de sang s'échappa de la plaie, comme l'eau du crible d'un arrosoir.

— Merci, Seigneur ! — dit Vincent ; — vous m'avez permis d'empêcher un homme de succomber.— Cette fois il lui fallait de l'aide, il appela. Jean-Paul arrivait, acompagné du docteur. Ce dernier approuva les choses faites par le prêtre, si bien conseillé par ses instincts. A partir de ce moment le malade recouvra l'usage de ses sens. Son premier geste fut de montrer à monsieur Vincent la lettre de Louise, qu'il avait foulée dans sa chute sur le parquet. Quand il en eut pris lecture, l'abbé se tourna vers le médecin : — Vous répondez de lui ? — demanda-t-il.

— Je n'ai plus qu'à continuer l'œuvre commencée par vous.

— Je puis donc sortir sans appréhension ?

— Allez, allez, mon cher abbé.

Vincent prit la rue de la Murie et descendit vers le bas du Pecq, à l'endroit où, quelques heures auparavant, Louise perdait connaissance sur le chemin, contre la barrière close de la maison. Il foula les mêmes herbes qu'elle avait foulées sans que son pied rencontrât rien. Il grimpa sur une borne pour atteindre le fil brisé d'une sonnette hors de service ; il s'y suspendit. La vieille cloche, qui depuis dix ans dormait dans sa rouille, rendit un son sourd. Le chien de garde aboya. Monsieur Roudier père montra bientôt sa tête par une croisée.

— Qui est là ? — fit-il avec l'accent d'une excusable maussaderie.

— Moi.

— Qui, vous ?

— L'abbé Vincent.

L'instituteur referma sa vitre et ouvrit sa porte. Il dit alors, se frottant les yeux, mal éveillé :

— Est-il arrivé quelque accident, que vous nous venez à pareille heure, mon pauvre abbé ?

Vincent lui raconta tout, avec des précautions de langage indispensables pour éviter de trop grandes secousses à ce cœur de père. Nous avons dit déjà que monsieur Roudier, quand une émotion forte le prenait, ne prononçait plus les mots qu'en bégayant, comme si la langue se paralysait. Cette fois plus que jamais il eut de la peine à faire ses phrases.

— Je... je... je crains un... un... un... grand ma... ma... malheur, — fit-il, au comble du désespoir. — Mon... mon... mon pau... pau... pauvre fils est peut-être... mo... mort.

Dans toutes les chambres, on fouilla vainement pour trouver Jules.

Monsieur Vincent toussait toujours.

47

XIV

A Saint-Germain, rue de Paris, il y avait une hôtellerie qui sur sa façade avait un long crampon de fer. Au bout du crampon était une plaque de tôle de forme oblongue, placée de façon à ce que l'on pût voir distinctement des deux côtés l'enseigne pittoresque qu'elle portait. On y lisait :

« Ici, on ne loge pas bien ; non, c'est lo... » (suivait un chat peint).

Une porte cochère vermoulue servait d'accès à certaine cour, où l'on apercevait des poules qui picoraient des grains sur un fumier. A droite, à gauche, au fond, partout, étaient des voitures de maraîchers, le long des murs, brancard baissé. Un corridor passablement graisseux, avec un escalier de pierre à pans coupés, conduisait aux appartements du premier étage, sans numéros indicateurs. Toutes les chambres se ressemblaient. Chaque chambre avait invariablement son lit sans rideaux, sa table, ses deux chaises de paille, sa cheminée nue, son plafond traversé d'une poutre avec des poutrelles en travers, et des images sous verre qui figuraient le Juif Errant. La bonne, une grosse fille jouffue, oubliait la poussière et les araignées dans les recoins. Elle était seule pour suffire à tout, et les voyageurs s'en plaignaient fort.

Ce jour-là, 15 juillet, elle courait d'une pièce à l'autre, ayant à servir quinze rouliers, neuf marchands de bestiaux et sept individus sans profession. Tous l'appelaient à la fois, voulant être servis au même instant.

— Chien de métier ! — disait-elle ; — avec ça que les gages sont fameux ! Dix-huit francs par mois et la casse à mon compte. Un de ces matins, je vas décamper.

En ce moment deux étrangers se présentèrent, jeunes l'un et l'autre, le frère et la sœur.

— Avez-vous deux pièces qui communiquent entre elles ? demanda le frère, qui boitait.

— On les trouvera.

La servante eut le temps de remarquer qu'ils étaient pâles tous les deux, et que la sœur, tête nue, s'appuyait au bras du frère pour ne pas tomber. Ils n'avaient ni sac ni malle. Elle les regarda curieusement.

— Je comprends, — dit-elle ; — monsieur et madame demandent ça pour la frime. Je vas les accommoder.

Elle les mena dans une chambre.

— Et la seconde ? — questionna le frère.

— Oh ! — fit la bonne, — faut pas y mettre tant de façons : nous connaissons ça. — La sœur devint livide. Elle fit un mouvement pour sortir. Ils eurent beaucoup de peine à persuader cette grosse fille qu'ils désiraient réellement deux pièces adjacentes, avec une porte à deux verrous. — Fallait le dire. Venez !

Elle les fit entrer, plus loin, dans une espèce de bouge en partie double dont ils se déclarèrent satisfaits. Quand ils furent seuls, le frère s'approcha de la sœur. La sœur se jeta sur une chaise, plaça ses bras sur le dossier, sa tête sur ses bras, et se mit à pleurer abondamment.

De l'autre côté de la cloison, on entendait distinctement trois voix de femmes auxquelles répliquait une voix d'homme. On discutait des prix. La contestation n'était plus que de neuf francs sept sous.

— Louise ! — s'écria le jeune homme, — je m'aperçois que cette épreuve est trop forte pour vous. Dans un accès de dévouement sublime qui sera la joie de toute ma vie, vous avez cru pouvoir suivre un entraînement irréfléchi. Maintenant vous sentez votre faute et vous regrettez ce premier pas. Si je vous ai conduite ici, près de chez vous, dans cette affreuse auberge, c'est que nous ne devions pas y séjourner, et que tout à l'heure, votre exaltation passée, vous me demanderez de vous faire reconduire chez vos parents.

Louise se leva de sa chaise et s'avança vers lui :

— Vous avez toutes les délicatesses, — dit-elle, les yeux noyés de pleurs. — Cette nuit, à l'appel de ma voix, vous êtes venu. Me trouvant là-bas, sur le sol, dans un évanouissement qui se dissipait, vous m'avez conseillé de retourner chez mon père, auquel je pourrais peut-être dissimuler mon imprudence. Je n'ai pas voulu suivre vos conseils, parce que les ordres donnés au garde révoltaient quelque chose en moi. Je n'appartenais plus à la famille qui voulait vous faire assassiner.

— Folle ! vous voyez bien que j'existe encore et que je n'ai reçu qu'une égratignure. Écoutez-moi : je pénétrais chez vous avec escalade, au mépris des lois. Si j'étais allé commettre un vol dans des conditions ordinaires, on eût pu m'arrêter, et m'envoyer au bagne, après jugement. Personne ne m'eût plaint, n'est-ce pas ? J'étais en guerre ouverte avec la société.

— C'est vrai.

— Eh bien ! au lieu de cela, j'emploie les mêmes moyens pour commettre un crime plus grand encore. Profitant du sommeil de ceux qui sont chargés de veiller sur vous, je cherche à vous dérober à vos devoirs, en vous faisant complice de mes écarts. Je m'adresse à votre imagination pour parvenir jusqu'à votre cœur. Je me fais voleur du repos d'autrui. Pour punir cela, l'on commande à quelque garde, mis dans la confidence du secret, de repousser ma tentative. Qu'y voyez-vous de si coupable ? On pouvait charger le fusil à balle ; on l'a chargé seulement à menu plomb. Louise, Louise, réfléchissez, et ne maudissez pas la main clémente qui me frappait.

— Vous êtes généreux et bon.

— Croyez-en ma parole. Allez implorer le pardon de votre père ; il est sensible et vous rendra ses affections.

— Mais vous ?

— Moi, j'attendrai des temps meilleurs. Quelque chose me dit que l'avenir nous appartient.

Louise l'enveloppa de ses bras.

Et, plus petite que lui, se suspendant à son cou, elle le fixa profondément dans les yeux.

— Vous avez raison, — dit-elle ; — d'ailleurs, si je repoussais les conseils que vous me donnez, un jour vous mépriseriez une conduite indigne de vous et de moi, et vos affections si pures en souffriraient. Il faut nous aimer saintement, sous le regard de Dieu, qui nous sourira du haut de son ciel. Jules, vous allez m'accompagner.

— Non, pas moi ; ce serait vous compromettre inutilement.

— Qui me donnerez-vous pour mentor qui soit plus digne que vous de cette mission ?

— Vous allez m'attendre quelques instants, et je ramènerai quelqu'un qui plaidera votre cause avec une éloquence irrésistible.

— Son nom ?

— Vous le saurez bientôt.

Il sortit. Louise se mit à genoux et pria. Comme le silence s'était fait, elle remarqua les trois voix de femmes de l'autre côté de la cloison. Alors elle reconnut les personnes auxquelles ces voix appartenaient. C'était madame Giboux, et madame Mangin, et madame Potard. La première venait acheter ses provisions aux maraîchers, et, comme elle redoutait un danger, ayant à pénétrer chez un homme seul, elle avait prié les secondes de remplir auprès d'elle les honorables fonctions de gardes du corps.

Jules parti, les commères s'imaginèrent que la chambre voisine était vide. En conséquence, elles détachèrent leurs oreilles de la cloison, et se prirent à dire avec cet ensemble de pensée qu'on leur connaît :

— Ah ! ben, en v'là une pommée ! c'te petite mijaurée à laquelle on eût baillé le bon Dieu sans confession, elle s'est sauvée avec le fils à m'sieu Roudier. N'y a plus moyen de se fier à personne.

Pauvre Louise ! ces paroles l'arrivent dans tes remords comme cette marque infamante qu'on appliquait à l'épaule nue des anciens forçats. Ni ta jeunesse, ni ton inexpérience, ni tes passions, ne sont mises dans la balance d'un côté, pour contre-poids à ta faute. Tu portes déjà ta peine comme une croix !

On devine que Jules était allé prévenir l'abbé Vincent. Le prêtre s'attendait à cette démarche, à laquelle il était préparé, n'ignorant pas les bons sentiments de Roudier fils. Il l'accueillit avec une émotion qu'il s'était pourtant promis de refréner.

— Notre avenir est en vos mains ! — conclut le visiteur, dans la confusion. — Allez, monsieur, je vous en prie, vers cette chère éplorée. Vous savez maintenant ce que nous attendons de vos sentiments chrétiens.

Les événements se multipliaient et toujours l'homme de Dieu leur servait de trait d'union. Ces secousses multipliées n'avaient point abattu son courage, mais elles tendaient à paralyser ses forces bornées. N'importe ! il fallait marcher avec énergie, dût-il tomber sur la route dans l'accomplissement de ses devoirs.

Il trouva Louise qui sanglotait. Il voulut lui parler ; ses idées se brouillèrent dans son cerveau. Il tenta de lui prendre une main, son bras pendit avec inertie le long de son corps. Il restait là, debout, la sueur au front, n'osant pas interrompre ces regrets cuisants et cette amère douleur.

Louise leva le front ; elle comprit. Alors elle se leva, se dirigeant vers la porte, paupières baissées.

Le prêtre se plaça près d'elle, marchant au pas. Ils allaient vite par la rue, ce qui faisait dire à plus d'un passant :

— Tiens ! voilà le curé du Pecq qui vient de chercher la fille du maire chez sa vieille tante de Saint-Germain.

— Oui, — répondaient les trois commères, qui suivaient ; — croyez ça et buvez de l'eau !

En passant devant la Croix-Boissière, le prêtre oublia d'ôter son chapeau, tant était grande sa préoccupation. Ils entrèrent au Pecq par la place de l'Église. Le prêtre encore oublia de se découvrir.

On leur annonça que monsieur Jotard était guéri des suites de son attaque et qu'il demandait sans cesse à voir sa fille.

Louise apprit seulement alors le terrible accident dont elle était la cause involontaire, et le dévouement du curé, sans lequel son père certainement n'existerait plus. Pour commencer son acte de réparation, elle s'élança d'un bond au cou du prêtre, qui reçut cette bourrasque en chancelant, tandis que l'orbe de ses yeux se creusait et que la couleur rouge de ses joues prenait une teinte plus accentuée ; puis elle fit un mouvement vers l'escalier.

— Non, non, — dit le docteur, averti déjà. — Monsieur le curé va prévenir le malade. Quand il croira le moment venu, nous entrerons.

Vincent gravit péniblement les degrés.

— Eh bien ! — demanda-t-il, — comment sommes-nous, monsieur Jotard ?

— Je n'en mourrai point cette fois, grâce à votre concours, mon cher abbé. Je ne sais comment reconnaître...

— Nous parlerons de cela plus tard.

— Et ma fille, ma fille ?

— Elle était chez sa tante, à Saint-Germain.

En faisant ce pieux mensonge, Vincent priait Dieu de le lui pardonner en faveur du but.

— Va-t-elle bientôt revenir ?

— Dans dix minutes tout au plus.

Monsieur Jotard voulut se lever. Il aimait son enfant pour toutes les douceurs qu'il lui devait. Elle rendait bonne son existence, et, par égoïsme, il l'idolâtrait. Sans elle sa maison était vide ; les jours où, par hasard, elle le quittait pour aller en tournée chez ses parents, il consultait les pendules, dans tous les endroits où son éloquence s'arrêtait plus longtemps qu'à l'ordinaire. Chez monsieur Bluteau, par exemple, il refaisait les fameux cours d'astronomie que vous savez, avec des tirades proportionnées à son ennui.

Il accueillit donc cette bonne nouvelle avec une visible satisfaction.

— Cette chère enfant, — disait-il, — m'a-t-elle effrayé ! Oh ! mon ami, vous m'aurez sauvé deux fois la vie : une première fois en faisant fonction de médecin, avec une présence d'esprit merveilleuse ; une seconde fois en m'apportant la preuve que ma Louise me sera rendue digne de nous. Tenez, Vincent, pour fêter une convalescence que je vous dois et l'heureux retour de l'enfant prodigue, je vous promets, pour vos pauvres, une somme de deux mille francs !

— Merci, monsieur, pour ceux qui souffrent, et que vous me permettrez de secourir en votre nom.

Et, comme le prêtre hésitait, monsieur Jotard ajouta :

— N'est ce point assez ?

— Si fait ; avec cette somme, je sècherai plus d'une larme ; je ramènerai le bien-être dans plusieurs familles qui souffrent les mille angoisses de la faim ; j'empêcherai de coupables tentations, mais...

— Mais quoi ?

— Mais, monsieur, si vous croyez me devoir un peu de reconnaissance pour une action si naturelle, je sais une chose qui comblerait tous mes vœux et qui vous vaudrait les remercîments de deux bons cœurs.

— Parlez, parlez ! Je me sens en veine de générosité.

—Monsieur Jotard se doutait bien de la nature du placet que l'on voulait remettre en ses mains ; mais il désirait que la demande fût faite, pour y faire la réponse qu'il préparait. — Je vous écoute, — dit-il.

— Vous avez été la première victime d'une passion combattue. Pour avoir voulu mettre obstacle à cette passion, vous avez porté le trouble dans plusieurs existences et compromis vos affections les plus chères... Ah ! monsieur, accordez votre consentement, de votre plein gré, sans attendre qu'il vous soit arraché par les circonstances. Votre bonheur en sera doublé.

— Plus tard ; nous verrons.

— Il ne faut pas que ce soit demain, ni ce soir, mais à présent ; promettez-le-moi.

— Je vous l'ai dit, mon cher abbé, j'y réfléchirai.

— Suivez votre mouvement généreux ; prononcez-vous sur-le-champ.

— Croyez-vous que monsieur Roudier fils ait du talent ?

— Je l'affirme.

— Fera-t-il son chemin, pour illustrer un nom encore inconnu ?

— Oui, oui.

— Seront-ils heureux ?

— Ils vous béniront.

— Allez les chercher, mon ami.

Vincent était blême, hormis aux pommettes, où du sang vermeil affluait.

Il poussa Louise dans les bras de son père.

Et comme il ne se sentait pas la force d'aller vers monsieur Roudier, il le fit prévenir par Marguerite. Il se rendit dans son jardin, pour chercher de l'air, et il ouvrit son bréviaire à la page 20.

XV

Monsieur Roudier père avait encore fait sa barbe avec un soin méticuleux ; il avait décapuchonné le même pot de pommade à la rose qui depuis quinze ans faisait figure sur la maîtresse étagère de son cabinet, pour en emplir ses cheveux et ses favoris en côtelettes ; il avait passé son gilet jaune à revers si courts et son habit vert à basques si longues ; il avait secoué vigoureusement ses jambes pour ramener sur sa botte son pantalon récalcitrant, qui s'amassait en plis aux genoux : il avait déplié ses gants marrons, et brossé son chapeau, qui s'évasait au faîte, avec des bords très-recourbés ; et il avait appelé sa femme, en lui disant, comme l'autre fois :

— Artémise ! suis-je bien ainsi ?

— Tu as l'air d'un ministre,

Artémise elle-même était superbe.

Tout le Pecq avait fait feu de ses atours.

Les trois commères resplendissaient.

Le dimanche auparavant, l'abbé Vincent avait dit en chaire :

« Il y a promesse de mariage entre monsieur François-
» Jules Roudier, fils majeur et légitime d'Auguste-Godefroy
» Roudier et de dame Artémise Roudier, née Cloquet, son
» épouse, et mademoiselle Louise Jotard, fille mineure et
» légitime de monsieur René Jotard et de Rosalie Jotard,
» son épouse décédée. Si vous connaissez quelque empê-
» chement canonique à la célébration de ce mariage,
» l'Église vous oblige, sous peine d'excommunication, à
» les révéler, comme elle vous défend, sous la même
» peine, d'y mettre obstacle par malice ou sans cause. »

Personne n'avait mis d'empêchement par malice ou sans cause.

En conséquence, l'union avait lieu huit jours francs après la publication du dernier ban.

Voilà pourquoi l'on apercevait tant de têtes aux croisées, sur le parcours que devaient suivre les invités ; voilà pourquoi tant de toilettes splendides s'épanouissaient sous le porche et regorgeaient jusque dans les rues.

On louait des places sur des bancs.

Les fenêtres voisines valaient trois francs.

Tous les pauvres des communes environnantes s'étaient donné rendez-vous sur le parvis. On en remarquait deux surtout, un vieux et un jeune, qui faisaient pitié, tellement ils étalaient d'infirmités. Le premier boitait sur une jambe ligaturée, et grimaçait affreusement à mesure que son pied portait ; il avait les cheveux roux, les poils roux, le teint roux. Le second montrait une large plaie sur son avant-bras. C'étaient les mendiants que nous avons vus, au début de cet histoire, avec des cicatrices peintes et des scories simulées. Les sous pleuvaient dans les chapeaux posés devant eux, surtout quand ils disaient de leur voix chevrotante et nasillarde :

— Pôvre estropié ! la charité, s'il vous plaît !

A chaque aumône faite, ils traçaient une croix sur leurs lèvres avec leur pouce, à la façon des Espagnols.

Il y avait des femmes avec des bouquets qu'elles vendaient six fois leur prix habituel ; il y en avait d'autres avec des pains d'épice, résidus des dernières foires, qu'elles plaçaient avantageusement en cette occasion ; on s'arrachait leurs bonshommes à la peau durcie. Quelques marchands de coco, venus de Paris, agitaient le marteau de leur sonnette, en répétant :

— A la fraîche, à la fraîche !

Et c'étaient des crieurs d'oublies qui secouaient leur bruyante planchette à main ; et des enfants vêtus de tricots qui, sur de vieux tapis, faisaient des cabrioles, passaient à travers des barreaux de chaise et marchaient sur des œufs sans les casser.

Un mât de cocagne était dressé dans un grand pré, sur le bord de la Seine, portant à son extrémité supérieure, autour d'un cercle couvert de lauriers, tous les objets offerts par le conseil municipal : montre, couvert, timbale et bourse pleine. Un feu d'artifice était préparé.

Monsieur Jotard entendait qu'on s'amusât.

Cette joie publique témoignait en faveur des sentiments qu'il inspirait. Or, comme il voulait que ces manifestations fussent bruyantes, il avait donné ses ordres pour qu'on débitât au rabais les boissons dans les cabarets.

— Hein ! monsieur Bluteau, — disait-il en s'arrêtant, l'œil épanoui ; — que pensez-vous de cet entrain ? Mon bonheur fait celui de mes administrés. J'espère bien que monsieur le préfet honorera cette fête publique de sa présence. Il verra de quel poids doit être mon autorité dans cette commune qui m'idolâtre.

Enfin des voitures découvertes, commandées à Saint-Germain, se mirent en branle, rue de la Murie.

Dans la première, il y avait Louise. Jules était dans la seconde. Les amis intimes venaient après.

Quand les équipages furent arrivés à destination, madame Giboux poussa du coude madame Mangin, qui répéta la manœuvre du côté de madame Potard. Elles se dirent malicieusement :

— V'là la rosière qui passe. Plus que ça d'oranger !

La noce entra dans l'église, et l'office divin commença.

L'abbé Vincent n'y voyait plus. Il tournait les pages du livre au hasard.

Au moment de la bénédiction nuptiale, il s'appuya d'une main contre la barrière du maître-autel. En donnant l'anneau, tout tournait pour lui dans la nef.

Deux des vieilles dévotes remarquèrent son égarement.

— Madame Caron, — fit l'une en se penchant sur son prie-Dieu, — ne trouvez-vous pas que monsieur le curé paraît souffrant ?

— C'est ce que je me disais, madame Baduel. J'enverrai prendre de ses nouvelles après la messe.

Et elles continuèrent à dérouler les grains de leur chapelet, en accompagnant ce geste d'un mouvement de lèvres machinal, la tête basse et les yeux fermés.

Un moment après, tout était dit. On avait appelé les bénédictions de Dieu sur ces jeunes gens qui venaient de se promettre, l'un fidélité, l'autre protection.

Les mêmes voitures ramenèrent les mariés et leur suite chez monsieur Jotard, où se dressait un dîner servi par l'hôtel Chapot.

La foule continua de stationner dehors, enveloppant un tambour qui préparait un roulement. Ce tambour était l'affiche officielle du village ; il annonçait ordinairement le dimanche, après la messe, les arrêtés et décrets municipaux de monsieur Jotard.

— Qu'attendez-vous pour commencer ? — lui demandait-on.

— J'attends monsieur le maire.

Et l'on regardait, rue de la Murie, si monsieur le maire n'arrivait pas.

Monsieur le maire parut bientôt, à la satisfaction générale. Une rumeur l'accueillit. Il avait son écharpe et marchait gravement, entre les haies qui s'étaient formées, comme un président un jour de grande cérémonie.

Le tambour battit aux champs.

Monsieur Jotard monta sur une estrade préparée pour la circonstance, toussa, cracha, se moucha.

Ceux du premier rang défendaient leur place avec les coudes contre les envahissements de leurs voisins. On se poussait, on se battait, on se foulait.

— Ohé ! — disait un gamin en se faufilant à travers les jambes ; — par ici tous ; il y a de l'air !

Sept ou huit vauriens le suivaient, faisant leur trou dans cette muraille qui les enserrait.

— Messieurs, — commença monsieur Jotard, — en ce grand jour qui nous réunit, je suis heureux d'avoir à me faire l'interprète d'un ministre qui ne laisse passer aucune belle action sans la distinguer.—Il sortit de sa poche une médaille d'argent grand module, qui pendait au bout d'un ruban ; puis il reprit : — Je pourrais faire un long discours pour honorer la vertu de ces citoyens qui se dévouent pour la cause de l'humanité ; mais les faits va'ent mieux que les paroles. J'ai hâte d'attacher cette distinction honorifique à la poitrine du brave qui l'a deux fois méritée. J'avais espéré que monsieur le préfet viendrait lui-même sanctionner cette juste rémunération par sa présence. Retenu par ses importants travaux, il me charge de le remplacer en cette mémorable circonstance.

— Pierre ! Pierre ! — appela-t-on de tous les côtés. — Où est Pierre ? As-tu vu Pierre ?

Pierre était à l'autre bout de la place, en train de résister au groupe qui faisait violence à sa modestie. Il fallut employer la force pour le conduire vers monsieur Jolard.

Il avait fait un bout de toilette.

Sur sa tête était son même chapeau, mais luisant; il l'avait lavé. Il portait un habit à queue de morue, d'un bleu d'outremer, avec boutons de cuivre guillochés; les manches faisaient gigot, et le col faisait bourrelet; la taille avait en moins ce que les pans avaient en plus. Un gilet paille, à grandes rosaces rouges, remontait plus haut qu'il ne convenait; un pantalon blanc, trop court de jambes, marquait les genoux avec une telle exubérance que le mannequin paraissait plié. Ajoutez à cela des bas couleur de ciel et des souliers frottés de graisse; donnez à la figure un coup de rasoir, aux cheveux un coup de râteau; donnez aux oreilles la teinte ordinaire du homard cuit, et vous aurez à peu près le portrait de Pierre quand il parut sur l'estrade, poussé par le flot, près de monsieur Jolard, qui l'embrassa.

Après cette accolade, le maire passa la médaille au cou de Pierre.

Les applaudissements éclatèrent comme une fanfare et se perdirent bien loin, répercutés par les grandes murailles du château neuf. Les casquettes volaient en l'air.

Dieu me pardonne! madame Giboux pleure, madame Mangin pleure, madame Potard pleure. Elles murmurent d'un son de voix entrecoupé de hoquets:

— C'est-y beau, c'est-y beau! C'est ça un vrai brave!

Monsieur Jotard fit avancer Pierre sur le bord de la première marche.

— Vous voyez, — dit-il, en s'adressant aux masses, — que les traits de courage trouvent leur récompense dans ce monde! Imitez ce grand citoyen! Mon ami. — acheva-t-il, en se tournant vers Pierre, — ce que vous avez fait est noble et et grand.

— C'est pas pour me vanter, — répondit Pierre, — mais c'est moi qui les a sauvés.

En ce moment ses regards tombèrent sur un chien de Terre-Neuve qui, dans un coin, rongeait un os. Ce point de vue sembla le gêner; il dirigea ses regards vers un autre endroit. Il aperçut un personnage boutonné droit dans sa lévite et qui fumait à sa croisée ; il rougit beaucoup.

On supposa que sa timidité s'accommodait mal de ces ovations; et, pour lui prouver que cette réserve lui donnait un charme de plus, on poussa des cris frénétiques et des hourras.

— Faut le porter en triomphe! — exclama madame Giboux.

— A dos! — appuya madame Mangin.

— Sur les épaules! — fit la Potard.

Deux hommes vigoureux enlevèrent Pierre, qu'ils promenèrent autour de la place. Quand ils passèrent sous les fenêtres du capitaine Lelong, ce dernier allongea les bras en battant des mains. A l'autre bout, le chien lâcha son os et prit les devants.

Le maire abandonna son estrade au moment où Pierre quittait la place.

Et les acrobates essayèrent de rétablir le cercle, en faisant le moulinet avec un bâton; mais ce fut peine perdue. Le flot suivait les pentes naturelles du sol et se portait vers la prairie où le mât de cocagne était dressé. Les concurrents attendaient leur tour au pied du mât, à moitié vêtus. Ils remplissaient leur poche de sable, ainsi que leur cravate et leur mouchoir. C'était à qui se passerait pas le premier pour essuyer le suif et faciliter ainsi l'ascension aux autres. Il fallut tirer au sort. Un garçon alerte fut désigné. Il embrassa l'arbre de ses bras nerveux et gagna le faîte sans s'arrêter: il tâta la bourse et prit la montre. Celui qui le remplaça, non moins habile que lui, suivit la même route, pour atteindre bientôt le même but: il tâta le couvert et prit la bourse. Ceux qui les suivirent ne purent arriver: ils avaient beau jeter du sable qui les aveuglait, on les voyait glisser un à un, avec des sueurs et des jurons.

Les deux champions victorieux les regardaient.

On les défia de recommencer l'opération.

Ils la recommencèrnt si bien qu'ils atteignirent le faîte en même temps. Ils arrachèrent le couvert et la timbale, les objets restants.

On admirait leurs formes athlétiques et la souplesse de leurs membres.

C'étaient les deux mendiants aux plaies béantes, qui s'étaient rajeunis dans le ruisseau; ils avaient jeté des blouses sur leur chemise déchirée, pour qu'on ne les reconnût point. Personne ne se fût avisé de soupçonner en eux ces gens perclus qui, tout à l'heure, psalmodiaient leur misère et leurs oraisons. Maintenant, si l'on nous demandait le moyen qu'ils avaient employé pour grimper si bien, nous répondrions qu'ils avaient enduit leur corps de limaille de fer trempée de poix.

La fête changea bientôt de physionomie.

Ceux-ci se faisaient peser; ceux-là donnaient du poing sur une tête pour évaluer la force approximative de leur poignet; ces autres tiraient à l'arbalète sur des figurines de plâtre qui tournaient; ces derniers se contentaient de causer, assis en rond.

La nuit vint.

Les mêmes bancs qui se louaient le jour sur la place se louèrent encore le soir dans le pré. Les échafaudages du feu d'artifice s'étendaient sur une étendue de deux cents mètres, ce qui promettait des joies immodérées aux badauds. Enfin, après une attente longue, une fusée volante s'éleva comme une couleuvre enflammée, pour éclater dans l'admosphère et retomber en pluie d'étincelles. Tout le monde avait l'œil levé.

Deux hommes portaient ailleurs leur attention; ils se livraient, pour le quart d'heure, à l'inspection minutieuse des poches. De temps en temps on leur disait avec humeur:

— Ne poussez donc pas, sapristi! vous n'avez pas besoin de pousser. Pourquoi poussez-vous?

— On me pousse.

— Eh bien! poussez ceux qui vous poussent; mais ne me poussez plus, puisque je ne vous pousse pas.

C'était le moment d'agir.

L'individu qui ne voulait point être poussé parce qu'il ne poussait pas, demandant qu'on poussât seulement ceux qui poussaient, celui-là toujours avait son affaire faite. Nous l'eussions défié de dire l'heure d'une façon précise, ou de prêter de l'argent à ses amis, ou d'offrir une prise à ses voisins.

La grande pièce venait de s'allumer. Elle représentait un arc de triomphe.

— Hôôô! — disait la foule émerveillée, — c'est le temple de la Gloire!

Madame Giboux enfonçait ses ongles dans le jupon de madame Mangin, en se dressant sur ses ergots:

— C'est merveilleux! — criait-elle à pleins poumons.

Madame Mangin se cramponnait au tablier de madame Potard, en trépignant.

— C'est plus que ça, — faisait-elle, — c'est merveilleux!

Madame Potard profitait des épaules de madame Giboux pour se grandir:

— Dites que c'est une obelixe, — risquait-elle, — et vous n'aurez dit que la moitié de la vérité.

Pendant qu'elles jetaient aux masses leur appréciation individuelle, nos trois commères ne remarquaient pas des mains expertes qui les exploraient, faisant disparaître tous leurs bijoux qu'elles avaient fourbis le matin à neuf.

A dix heures, la dernière gerbe s'éteignit, et chacun reprit tranquillement le chemin de son domicile. On n'entendait que ces mots partout:

— Allons, bon! voilà que j'ai perdu ma montre, etc.

Nos deux mendiants seuls n'avaient rien perdu.

Ils pliaient sous le poids de leurs bagages.

XVI

Le lendemain, au point du jour, le capitaine Lelong fumait sa pipe dans les orties de son jardin. Sa marche était embarrassée par les liserons, qui lui faisaient résistance à chaque pas. Il n'en allait pas moins d'un bout à l'autre, insouciant aux obstacles, sous le poids d'une visible préoccupation.

— Ce diable d'homme, — murmurait-il, — m'a dit des choses qui troublent. Il parle avec une pénétration gênante. Si j'étais resté cinq minutes de plus sous son influence je n'avais qu'à me lever pour lui tendre les mains, en guise de réconciliation. Heureusement que je m'y suis soustrait par la fuite. Mais, malgré moi, depuis lors, je songe sans cesse à son sermon, et j'ai des bouffées de sensibilité ridicule subséquemment. — Et, se redressant, il ajouta : — Eh bien ! Lelong, que dis-tu là, mon pauvre vieux ? Et ta mère qu'ils n'ont pas enterrée ! et tes explosions de haine subséquemment ! A l'œuvre ! à l'œuvre ! Cette moitié d'homme ne compte pas. Recommence tes feux, ou tu n'es qu'un déserteur fuyant l'assaut. Il serait plaisant, ma foi ! de te voir quitter la place sans l'avoir minée. A la sape, Lelong ! Aux armes, Lelong ! Tes rancunes amassées battent la charge, c'est le moment de l'escarmouche !

Son cœur, en effet, faisant office de tambour, frappait des coups multipliés contre sa poitrine.

Il s'avança vers le tas de pierres qui lui servait habituellement de piédestal lorsqu'il voulait plonger ses regards chez son voisin. Il entendit deux voix qui disaient, l'une :

— Mais qu'avez-vous donc ? votre tristesse vous tuera.

L'autre :

— Ce n'est rien, Marguerite. Je souffre un peu, voilà tout. Le temps sans doute usera mon mal.

— Faut vous distraire, monsieur le curé. Vous avez besoin d'exercice. Travaillez comme autrefois à vos plates-bandes. Tenez, voyez vos melons qui mûrissent. En voilà deux, là, près du mur, qui pourront être coupés dans quelques jours.

— Oui, je le sais ; je les surveille attentivement. J'ai l'intention de les envoyer à monseigneur.

Et les voix se perdirent dans l'éloignement.

Le prêtre et sa servante montaient le perron.

— A monseigneur ? — fit le capitaine, — oui, mon petit, comptes-y. Je vais activer leur maturité. Tiens, c'est comme cela que l'on s'y prend. — Il se munit d'un gravois, qu'il lança vigoureusement sur un des melons, le plus beau. Le coup, habilement dirigé, brisa la tige.

— Et d'un ! — dit-il en ravivant sa pipe avec entrain. Il prit un autre platras. — Et de deux !

Le suivant eut le même sort. Cinq melons y passèrent après force projectiles, tous n'arrivant pas à destination. Il en restait encore un.

Le capitaine se frotta les mains.

A la rigueur, on pourrait mettre la chose sur le compte d'un accident. Le mur était si vieux, que bien des crevées naturelles s'y faisaient. Les pierres s'écroulaient au passage d'un simple lézard.

Mais l'abbé Vincent avait tout vu.

L'opération destructive interrompue, il reparut sur le perron ; sa soutane, sur le devant, dessinait horizontalement ses plis vis-à-vis chaque bouton, entre la ceinture et le rabat. Il marchait avec lenteur, accablé par une oppression qui donnait à son souffle de petits élans saccadés. Il se dirigea vers le capitaine.

Monsieur Lelong sentit des gouttes de sueur perler à son front, vers les tempes.

L'abbé Vincent ramassa les débris dont nous avons

suivi les évolutions, et s'en fit un marche-pied pour atteindre à son tour le haut du mur.

Quand ces deux hommes furent à niveau, leurs têtes ainsi rapprochées, le prêtre dit, comme s'il donnait suite à une conversation interrompue.

— Je n'ai malheureusement pas assez d'éloquence pour faire pénétrer en vous ma conviction.—Et comme le capitaine essayait de faire retraite : — Oh ! vous m'écouterez encore, — poursuivit l'abbé, dont la voix, en ce moment, avait une irrésistible autorité. — Vous m'écouterez jusqu'au bout, car je le veux. Vous me devez cette concession en échange d'un petit écart de délicatesse que vous devez regretter maintenant, puisque vous m'aviez pour témoin caché. Je ne vous ennuierai pas, je ne prêcherai pas. Je ne suis plus prêtre, mais philosophe. Ce ne sera point une morale, mais un cours raisonné de théologie.

Le capitaine se laissa glisser au bas de son poste d'observation. Ce regard à bout portant le gênait.

— Allez ! — dit-il en s'asseyant le dos contre la muraille.

Il raviva bruyamment sa pipe.

L'abbé Vincent ne pouvait le voir ; mais il était sûr au moins de l'attention de son auditeur. Il préférait d'ailleurs cette position, qui le dispensait du sourire ironique du capitaine.

Il reprit, en accentuant son débit :

— Votre œil suit les spirales capricieuses de cette fumée avec des jouissances proportionnées à la sensibilité de son organisme. Qu'est-ce donc que votre œil ? C'est un miroir au fond duquel viennent se refléter les objets ; il est composé de mille pièces dont un rien peut déranger la remarquable harmonie ; et cependant, malgré son excessive susceptibilité, ses fonctions ne sont pas troublées. C'est par lui que nous arrivent les perceptions du monde extérieur. Votre oreille m'écoute, elle reçoit mes paroles, triant les sons pour en faire pâture à votre intelligence. Elle possède aussi ses lois spéciales. Qu'un nerf se brise, et vous resterez étranger aux bruits du dehors ; et cependant, en dépit encore de cette extrême délicatesse, ses fonctions ne sont pas troublées. La même chose pour tous les sens. En nous prenant dans notre masse, nous ne sommes qu'un amas de choses fragiles. Tout cela pourtant vit et fonctionne admirablement. Eh bien ! je vous le demande, peut-on admettre que tant de résistance soit alliée à tant de fragilité sans une volonté qui le veuille ainsi ? Nos nerfs se font contre-poids ; quand l'un fléchit, l'autre se tend. S'ils vibraient tous à la fois, la machine éclaterait brusquement. L'homme est un chef-d'œuvre qui trahit l'audace d'un grand artiste. Si vous le prenez maintenant dans sa partie morale, vous serez étonné de sa grandeur. Qu'il déteste ou qu'il aime, qu'il soit heureux ou malheureux, toujours, dans sa tristesse, dans sa joie, dans ses affections, dans ses haines, il sent remuer en lui sa conscience qui lui rend meilleures ses bonnes actions et lui rend pires ses mauvaises. Il jouit par là du bien qu'il fait, il souffre par là du mal qu'il ose. Dites, dites, que faut-il conclure de tout cela ? Notre conscience s'est-elle logée seule près de notre cœur, de l'autre côté de la cloison ? Est-ce au hasard que nous éprouvons le bien ou le mal ? Vous avez dû certainement aimer, ne serait-ce qu'une seule fois... Je vous défie de n'avoir pas compris en cette occasion que Dieu était au fond de votre âme, activant les flammes de ce grand foyer. Dieu, monsieur, mais il ne se prouve pas, il se devine.

— Hum ! — fit le capitaine ; — je voudrais bien savoir pourquoi nous ne naissons pas tous avec la même beauté, les mêmes instincts, la même vertu, subséquemment.

— Ce serait du plagiat. Il n'y aurait qu'un seul moule. Malgré cette diversité des types, les disgraciés ont aussi leur part de jouissance, les petits cœurs leur part d'émotion. Quant à la vertu, nous ne l'apportons pas en naissant, nous la faisons. Ne comprenez-vous pas d'ailleurs que ces nuances si diverses servent encore de démonstration aux vérités divines ? Nous avons tous des traits et des organes, et pas deux êtres ne se ressemblent. Quelle puissance de création ! La beauté ne brille que par la laideur, la vertu que par le vice. Si nous étions tous beaux et vertueux, on n'apprécierait pas autant la vertu, on ne contemplerait pas autant la beauté. Les jouissances seraient amoindries. Les contrastes sont un calcul, le plus sublime du Créateur.

— Ils prouvent une injustice, subséquemment.

— Non, — fit l'abbé Vincent avec véhémence. — La beauté est relative. Les impressions, à ce sujet, varient selon les degrés de latitude ; il n'y a que les sentiments qui ne changent pas. Une action héroïque obtient partout les mêmes honneurs. Vous aimerez un excellent cœur dans un vilain corps, vous n'aimerez pas un corps superbe sur un cœur méchant. Il ne faut pas mettre sur le compte de Dieu les fautes de nos préjugés. Dieu nous jette sur la terre avec une âme, susceptible comme la cire de recevoir toutes les empreintes, c'est à nous de pétrir cette âme pour la disposer toujours au bien. C'est par là qu'on existe véritablement. Le reste n'est rien qu'un morceau d'argile façonné. — Le capitaine Lelong mettait du zèle à fumer. — Ce que je vous disais tout à l'heure de notre corps si merveilleusement organisé, — poursuivit l'abbé Vincent avec une exaltation croissante, — je pourrais aussi l'appliquer aux mondes qui gravitent dans l'espace sans jamais se heurter entre eux. Examinez la planète que nous habitons. Si, par hasard, elle changeait la vitesse de son mouvement, toutes ses molécules se déplaceraient dans un inexprimable chaos ; elle marche à vitesse égale, dans un même milieu. La mer ne s'avise pas de dépasser son niveau ; la terre respecte ses limites. Tout reste dans son principe, sans vieillir et sans s'user. Le sol a des aliments pour l'être, et l'être des aliments pour le sol.—Lelong était immobile ; il s'abstenait même de charger sa seconde pipe, la première étant achevée. L'abbé continua : — Quand vous voyez une de ces pendules qui marquent l'heure, merveille de l'horlogerie, vous ne manquez pas de penser à la main qui mesurait la taille des roues. Et l'univers, monsieur, croyez-vous donc qu'il soit né seul, dans sa grandiose harmonie ? Dieu est là, partout, sur tout, en tout. Oh ! je plains qui le nie ; mais si, vous y croyez ! —poursuivit-il, allongeant un doigt.—Un jour qu'il faisait de l'orage, et que, surpris au dehors, vous cherchiez refuge quelque part, vous l'avez entrevu dans un éclair, vous sentant petit sous le terrible éclat de sa foudre. Alors vous avez plié votre tête qui n'est qu'orgueil, et là, sous votre arbre, ému, tremblant, effrayé, vous avez murmuré quelques paroles, une supplication, prière de l'homme rempli de foi. Mais si, vous y croyez ! Un jour que le flot secouait l'épave à laquelle vos mains étaient cramponnées, vous avez levé vos yeux vers le ciel et fait un vœu ; un jour que les balles passaient dans vos cheveux, vous avez pensé que, si Dieu le voulait, vous échapperiez à tous ces feux. Vous y croyez !... Un jour que votre mère allait mourir, agenouillé près de son agonie, embrassant ses bras, vous avez sollicité le miracle d'une résurrection... Un jour qu'un premier enfant vous est né, vous avez crié votre bonheur dans le vent pendant que votre cœur, par ses élans, envoyait au ciel des adorations... Vous voyez bien que vous y croyez ! A chaque douleur qui vous est venue, à chaque joie qui vous est arrivée, vous avez dit à Dieu grâce ou merci. Vous y croyez, vous y croyez !

Les joues rouges et le front pâli, l'abbé Vincent y mettait de l'exaltation. Il s'arrêta bientôt, essuyant ses lèvres tachées de sang.

Un nouveau flot de sang poussait l'autre.

Il descendit de sa butte et rentra chez lui.

Le capitaine Lelong réfléchissait, la tête appuyée sur ses deux mains. Il se redressa, surpris du silence, et partit d'un éclat de rire convulsif.

— Sot que je suis ! — murmura-t-il ; — j'allais me laisser entraîner. Prouvons-lui que sa voix manque de portée.—Alors il se munit de pierres, et grimpa de nou-

veau sur son talus ; il lança les pierres dans le seul melon qui restât. Il l'eut bientôt mis en bouillie. — C'est pour l'archevêque ! — s'écria-t-il. — Monseigneur s'en régalera !

Sous son pied se fit tout à coup un déplacement d'assises qui compromit son aplomb ; il chancela d'abord, en cherchant un appui ; puis, brusquement, il perdit son équilibre et s'abattit sur un tuteur qui pénétra dans sa poitrine par la pointe, du côté droit, entre la cinquième et la sixième côte.

Il eut à peine le temps de pousser un cri.

L'abbé Vincent l'épiait de sa croisée ; il fut témoin de son accident et s'empressa d'accourir pour le relever. Comme le chemin de la rue était trop long, et que d'ailleurs personne ne viendrait ouvrir la porte, il se dirigea vivement vers le puits mitoyen, qu'il escalada d'une enjambée. Il fit effort pour soulever le capitaine, qui se débattait contre la douleur ; il parvint à lui placer la tête sur son genou.

— Au secours ! au secours ! —appela-t-il ensuite d'une voix énergique et désespérée.

Les voisins répondirent à cet appel, brisant la porte pour entrer. Ils portèrent le malade sur son lit.

— Diable, diable ! — fit le médecin, —le cas est grave. Vous serez plus utile que moi, monsieur Vincent ; car ce soir même il sera mort.

XVII

Malgré les pronostics fâcheux du docteur, le capitaine Lelong vivait encore au bout de huit jours ; seulement on n'avait aucun espoir de le guérir. On avait bien retiré le pieu, mais le poumon était attaqué ; de plus, il manquait un éclat de bois, qui probablement se trouvait à l'aise dans les chairs et n'entendait pas qu'on l'en sortît.

— Je le sens, — disait monsieur Lelong, — il est logé là par le travers.

— Il faut l'amener ! —répondait le chirurgien, étalant sa trousse et relevant ses manches jusqu'à la saignée.

Et il débridait la plaie, jetant sa sonde comme une ligne pour pêcher le morceau de pieu. Rien ne venait.

— Ça ne mord pas ! — faisait alors le capitaine avec un courage stoïque. Puis il ajoutait : — Monsieur, quand j'aurai fait volte-face, vous ouvrirez ma carcasse, s'il vous plaît, pour en extraire ce fameux bâton. Vous le clouerez en travers de l'autre, et ça sera la croix de ma motte. Vous écrirez dessus ce que vous voudrez, hormis *bon chrétien.* — Une seconde semaine s'écoula. Tous les soirs, à la même heure, l'abbé Vincent se présentait, demandant avec insistance qu'on l'introduisît. — S'il entre, — disait le capitaine, — j'arracherai mes bandages ; je lui devrai donc subséquemment la fin de mes souffrances. C'est un service qu'il m'aura rendu.— Quand le délire le prenait, à minuit habituellement, il injuriait tout le clergé, qu'il croyait avoir auprès de lui. Parfois sa colère tombait, et sa voix adoucie disait avec d'intraduisibles supplications : — Venez, venez, monsieur le curé ; ma mère est morte de faim et de froid ; vous direz des prières sur son cercueil, et le bon Dieu vous écoutera.—Après une pause, il reprenait, les traits affreusement contractés : — On se passera de vous qui vendez vos prières. Il y a des porteurs, c'est ce qu'il faut, car ils enterrent gratis.

Un matin, en remplaçant la charpie, on aperçut quelque chose de noir dans un abcès qui s'était formé.

— Diable, diable !—risqua le docteur ; — c'est la gangrène qui s'en mêle ; tout est perdu. — Ce n'était pas la gangrène, mais le bout de bois qui sortait seul. Le capitaine le comprit ; il le saisit entre les ongles du pouce et de l'index, faisant fonction de pince, et l'arracha sans grimacer. — C'est égal ! — fit le docteur, — je n'en persiste pas moins à soutenir que la gangrène couve là-dessous. Un peu plus tôt, un peu plus tard, nous y viendrons. Elle est là, je la devine, je la vois. Si vous avez des dispositions testamentaires à prendre, je vous engage à ne pas tarder.

Convaincu de sa fin prochaine, monsieur Lelong ferma les yeux et s'endormit.

La garde qui le veillait était une de nos anciennes connaissances, la respectable madame Mangin, dont le commerce consistait habituellement à vendre de l'eau de puits pour de l'eau de Seine. En acceptant ces fonctions inusitées, elle avait fait ainsi ses conditions : « Le matin, du café ; à midi, du café ; le soir, du café ; à minuit, du café ; sucre à discrétion ; glorias deux fois par jour, cinq fois par nuit ; trois repas de viande, une collation, un souper. Elle serait libre de recevoir la visite de ses amies, madame Giboux et madame Potard, avec faculté de leur servir des rafraîchissements, en cas de soif. Elle recevrait trente francs par semaine et la défroque du défunt. De plus, comme gratification, le malade mort, elle serait seule chargée de l'ensevelir. »

Le capitaine, sans discuter, avait accepté cet arrangement.

Et voilà comment madame Mangin engraissait à vue d'œil, depuis quelque temps, dans la maison de monsieur Lelong.

Donc le capitaine dormait.

Dans un coin de la chambre, légèrement incliné sur son manche, s'étalait un parapluie neuf, ficelé dans sa gaîne comme un saucisson. Madame Mangin l'alla toucher.

— Ça, pour un beau riflard, — dit-elle, — c'est un beau riflard.—Et, sans préméditation, elle pensa que, son paraverse avait des trous, et branlait dans sa canne vingt fois clouée. — On n'a plus besoin de ça, — fit-elle philosophiquement, — quand on demeure sous une pierre ; faut se l'attribuer.—Elle le roula dans un paquet où déjà se dessinait bien des objets de formes diverses. Avant de fermer les yeux, le moribond s'était plaint d'avoir la tête trop haute. Madame Mangin, se rappelant tout à coup cette observation, s'empara des ciseaux qui pendaient à sa taille, au bout d'un cordon, et se mit en devoir de découdre doucettement l'oreiller ; puis elle plongea ses mains dans la plume et gorgea son sac. A mesure que son travail avançait, on voyait la tête du capitaine s'abaisser graduellement. Elle refit la couture, en murmurant : — Faut soulager le pauvre monde. Il sera mieux comme ça. Je suis louée pour lui faire ses douceurs. Elle était trop haute !

Le paquet se gonflait de minute en minute, comme un ballon qu'on emplit de gaz. Il y a toutefois cette différence caractéristique entre un ballon et un paquet que le premier s'enlève quand on l'arrondit, tandis que le second, au contraire, s'attache au sol quand il est plein.

En ce moment, deux petits coups discrets furent frappés à la porte, qui s'entre-bâilla. Les figures de la Giboux et de la Potard s'encadrèrent dans l'écartement.

— Peut-on entrer ? — demandèrent elles à voix basse.

— Certainement, — répondit madame Mangin, un doigt sur sa bouche. Les commères étaient réunies, leur langue aussitôt se délia. Celles du dehors racontèrent les faits et gestes des gens du Pecq ; celle du dedans fit part de ses impressions à propos du malade qu'elle gardait.—V'là neuf heures qu'il tape de l'œil,—dit-elle en poussant un volumineux soupir de circonstance. — Je crois bien qu'il y va passer. C'est une infection par ici. Ouvrez donc un peu m'ame Giboux. Faut nous gargariser pour dissiper cette odeur.

Elle amena certaine bouteille au verre noir, dont elle appliqua le goulot à ses lèvres, et, durant un instant, on entendit descendre le liquide à grand bruit dans l'intérieur de son estomac. Les deux autres la regardaient avec une inexorable fixité. Leur tour vint. Elles agirent

de la même façon. Ensuite elles entreprirent ensemble le tour de la pièce, faisant l'inventaire du mobilier, ouvrant les tiroirs, etc.

— Un homme si riche ! — risqua la Potard.

— Qui n'a point d'héritiers, — appuya la Giboux ; — quel dommage ! tout ça sera mangé par des parents qui ne lui tiennent de rien. Vous, m'ame Mangin, vous lui rendez des services signalés... oui, signalés, ça peut se dire. Vous lui passez ses drogues qui puent... Ouvrez donc un petit peu, m'ame Potard ! Vous lui faites la lessive de ses bandages. C'est ça du dévouement héroïque ou j'y renonce.

— Il devrait vous laisser tout son saint frusquin.

— Toute la marotte !

Madame Mangin poussait des soupirs à fendre l'âme.

— Non, — fit-elle ; — je l'aime cet homme depuis que je le soigne. S'il me laissait tant seulement quelques souvenirs, rien que pour reporter mon idée sur lui, je serais heureuse.

— Peuh ! — reprit la Giboux, — faut pas faire fond sur ça. Ces vieux garçons, c'est des chiens.

— Des avares plus avares qu'un avare même. Tenez, m'ame Mangin, suivez mon conseil.

— Triez vous-même ce souvenir. C'est le moyen qu'i ne vous fasse point faux bond.

— Oh ! — protesta la garde, — jamais du grand jamais je ne tenterais ce détournement.

— Votre faute alors, — dit la Giboux ; — vous possédez le moyen. V'là-t-une vieille bassinoire au clou. Si j'étais que vous je la logerais ; elle s'ennuie ici.

— Je ne dis point ; mais y s'en apercevrait.

— Dans quelques heures il sera mort.

— C'est sûr ; il a le hoquet.

Madame Mangin décrocha la montre et l'introduisit dans son gousset. A partir de ce moment, toute pudeur étant écartée, les trois mégères se mirent à la besogne à qui mieux mieux. La Giboux allait et venait de la maison du capitaine à son domicile et réciproquement. Dans sa route, elle croisait la Potard, non moins affairée. C'était un déménagement complet, quant aux objets du moins qu'on pouvait transborder sans voiture à bras. Leur scrupule s'arrêtait exclusivement aux gros meubles.

Un immense placard restait encore inexploré.

—Que contient cette armoire?—questionna la Giboux.

— Je ne passe point pour curieuse, mais je fais des vœux pour le savoir.

— Faut lui pousser une visite.

— Oui ; mais pas plus de clef que dans ma main.

Elles tournèrent les poches du capitaine ; la maudite clef n'était nulle part. Elles aperçurent la tringle en fer d'un petit rideau. A elles trois elles l'eurent bientôt façonnée, lui donnant la forme d'un passe-partout de serrurier. Et les battants se laissèrent ouvrir sans résistance de leur part.

Il y avait du linge sur triple rang.

— Je vous demande un peu, — dit la Potard, — si ce n'est point trop pour un garçon qu'est point marié.

— C'est une honte ; de si belle toile !

Madame Potard grimpa sur le dossier d'une chaise que la Mangin et la Giboux lui tenaient, et, plongeant ses bras dans le bloc, elle dégarnit les fonds, laissant la façade intacte.

Les cabas s'emplissaient. Il fut convenu qu'on emporterait le tout chez l'une des commères, pour en faire une masse qu'on partagerait lorsque l'enterrement aurait eu lieu.

Le capitaine Lelong dormait toujours.

Et les voyages recommencèrent de plus belle.

Pour donner un prétexte à ces allées et venues, la Potard et la Giboux disaient à toutes les femmes qu'elles rencontraient :

— Ah ! ma chère, il donnerait du mal à tout Paris. Faut constamment être en course pour ses drogues. Nous sommes sens dessus dessous. La charpie manque ; nous y mettons du nôtre ; tous nos draps sont déjà coupés en petits morceaux.

— Écoutez, — ripostaient les femmes, — faudra faire la note ; rien de plus juste.

C'était une idée ; la Giboux et la Potard se promirent immédiatement de la mûrir.

Ce fut bientôt une autre affaire.

Les parents du capitaine, jusqu'au vingtième degré, prévenus indirectement du grand malheur qui les menaçait, accoururent au Pecq, les uns en voiture, les autres à cheval, les derniers à pied. Ils envahirent les auberges voisines, se regardant de travers, et quelquefois même s'injuriant. Quelques-uns, par prévoyance, avaient acheté de larges crêpes pour leurs chapeaux. Tous pleuraient.

Ils pénétrèrent processionnellement chez monsieur Lelong, et, ne pouvant parvenir jusqu'au malade, ils inscrivirent leur nom sur un petit livre.

Jamais on ne vit tant de douleurs réunies.

C'était navrant !

Un d'eux, à force de diplomatie, finit par les réunir dans une chambre. Après une tirade sur les vertus de leur cher malade, tirade qui, soit dit entre parenthèses, eut le don de grossir le ruisseau des pleurs, il proposa d'avance un arrangement amiable, pour éviter les contestations : on se partagerait les dépouilles au marc le franc. Ceux qui se croyaient des droits meilleurs firent résistance à ce projet ; ceux qui ne se sentaient pas forts de leur arbre généalogique opinèrent bruyamment de la voix ou silencieusement de la tête. La discussion bientôt devint dispute. On échangea quelques paroles acerbes ; puis, de guerre lasse on se sépara.

Pendant ce temps, le capitaine Lelong était au plus mal.

Le docteur attendait la venue de la gangrène qu'il avait si positivement pronostiquée ; armé d'une loupe, il étudiait la mortification des chairs, cherchant le fameux point noir qui devait justifier son affirmation.

Au moindre atome morbide, il se redressait triomphalement.

— Diable, diable ! — disait-il alors, — voilà la plaie qui se décompose. Je demande formellement l'adjonction de deux confrères, messieurs Lassus et Taillard.—Dans les cas un peu graves, il réclamait invariablement le même renfort. De leur côté, messieurs Taillard et Lassus, pour reconnaître un si bon office, ne manquaient pas de lui rendre la pareille. Il en résultait triple aubaine pour les docteurs ; il faut vivre de sa profession. La consultation eut donc lieu. Le médecin ordinaire expliqua la situation de son sujet, initiant ainsi ses confrères par une démonstration technique que nous nous garderons bien de rapporter. Il raconta les phases diverses de la maladie, et rapporta finalement ses ordonnances. Ses traitements furent approuvés, cela va de soi. Il était une des lumières médicales du pays.—Maintenant, messieurs, — conclut-il, — nous avons à soulager le malade, sinon à le guérir. Vous êtes les princes de la science, il faut m'aider.

— Le guérir est impossible ! — interrompirent messieurs Lassus et Taillard.

— C'est aussi mon avis ; il faut donc employer toutes les ressources que l'humanité conseille pour alléger ses souffrances, en prolongeant cette existence *au delà* du terme fatalement assigné par la Providence.

Le plus jeune, servant aux autres de secrétaire, écrivit quelques lignes illisibles, pour dissimuler ses fautes d'orthographe probablement.

Et ils dirent à la cantonade, en s'adressant à madame Mangin :

— Suivez exactement notre prescription. Une cuillerée de cette potion calmante d'heure en heure ; entendez-vous ? d'heure en heure. La moindre infraction à cette règle serait dangereuse. Nous reviendrons.

Madame Mangin fit prendre au malade les premières gouttes, quand le pharmacien eut envoyé le remède.

De loin en loin, quand elle y pensait, elle disait à monsieur Lelong :

— Avalez-moi ça. C'est peut-être la vie de l'existence que vous allez boire. Dame ! un chacun doit tenir à sa petite peau. Faut vous la conserver le plus longtemps possible, on ne sait pas ce qui peut arriver.

Le capitaine obéissait, et remettait sa tête sur l'oreiller.

XVIII

Un soir, l'abbé Vincent fit appeler madame Mangin.

— Eh bien ? — lui demanda-t-il.

— Faut croire qu'il a l'âme chevillée dans le corps, car il tient toujours.

— Mais les médecins, que disent-ils ?

— Y a le grand qui hoche la tête ; y a le moyen qui la hoche aussi ; y a le petit qui la hoche pareillement. Ils la hochent tous trois. Tenez, monsieur le curé, entre nous, faut pas mâcher la vérité, je suppose qu'il y passera cette nuit, sur le coup des dix heures, un peu plus, un peu moins ; mais il y passera, c'est sûr et certain. Sa figure est toute râpée. Il a des creux sur sa poitrine, et ses jambes sont talées que c'est une pitié. J'en fonds à pleurer toutes les larmes de mon pauvre corps.

— Alors ils ont dit que le capitaine était sans espoir ?

— Pardine ! ils cherchent tant seulement à prolonger sa végétation.

— Madame Mangin, — fit l'abbé d'une voix solennelle, — vous allez nous laisser seuls un moment. J'en prends sur moi toute la responsabilité.

— Faites, faites, monsieur le curé. Je vais en tournée chez nous ; je reviendrai sur le coup de neuf heures.

L'abbé Vincent se recueillit pour assembler ses forces prêtes à défaillir. Il toussait sourdement, et ses yeux, à la lueur de la veilleuse, semblaient s'encaver de plus en plus, tandis que ses joues conservaient leur teinte d'un rouge ardoisé.

— Allons, — dit-il, — mes souffrances personnelles ne comptent pas. Entrons !

Et il ouvrit la porte, qu'il referma tout doucement.

— Qui est là ? — questionna le capitaine.

— C'est moi, — dit le prêtre. — Je viens vous consoler et vous apprendre à bien mourir.

— Je ne vous ai pas appelé ! — cria monsieur Lelong en se levant sur son séant. — Vous allez sortir, subséquemment !

— Je ne sortirai pas, — fit le prêtre avec autorité. — Je vais m'asseoir là, près de vous, et vous écouterez ma parole, et vous obéirez à mes conseils, et vous serez soulagé quand j'aurai fini.

Le capitaine dit froidement :

— J'avais promis d'arracher ces chiffons si vous veniez ; vous êtes venu, je tiens ma parole.

Et, d'un mouvement plus prompt que l'éclair, il déchira ses bandages, qu'il rejeta loin de lui.

— Oh ! malheureux, que faites-vous ? — s'écria l'abbé tout bouleversé. — Mais c'est le suicide, cela.

— Non, c'est l'assassinat. Allez-vous-en !

L'abbé Vincent avait ramassé les compresses qu'il voulut imposer au moribond.

— Allez-vous-en ! allez-vous-en !—répétait le capitaine, qui se débattait.

— Et bien, soit ! — dit le prêtre ; — j'aurai hâté l'heure de votre mort. J'en porterai la peine dans ce monde, et je périrai moi-même de mes remords ; mais vous m'entendrez, ô mon fils ! mais vous serez du moins consolé.

—Il se mit à genoux et joignit ses mains.—Vous ne m'avez pas fait appeler, — reprit-il, — et cependant je suis venu, parce que j'espérais avoir des lueurs pour éclairer votre nuit, parce que je voulais amoindrir les épouvantements de votre heure derrière. Oh ! laissez-moi compléter votre conversion.

Le capitaine se tourna vers la ruelle.

— Il n'y a pas de Dieu ! — proféra-t-il.

— Il n'y a pas de Dieu ? Qui donc est celui-ci, — fit le prêtre en tirant de sa soutane un crucifix qu'il appuya contre le mur, sous les yeux de monsieur Lelong.

— Ça ? c'est de l'ivoire et du bois noir.

— C'est juste. L'univers s'est dégagé seul du chaos. Les mondes ne doivent qu'au hasard de ne pas se heurter dans l'espace ; notre terre n'est qu'une masse informe, accomplissant sans harmonie ses évolutions désordonnées, sous les rayons d'un soleil qui la féconde par distraction. Nous ne sommes nous-mêmes que de la matière, sans cœur, sans âme, sans pensée, n'ayant aucune conscience du bien et du mal. En effet, il n'y a pas de Dieu. —Le capitaine ne bougeait pas.—Et cependant,—continua le prêtre en s'échauffant progressivement, — il serait beau de pouvoir rattacher la création au Créateur ; il serait bon de croire à la volonté puissante d'un Être qui vivrait dans l'éternité, vers lequel on pût, quand on souffre, faire arriver sa prière, vers lequel on pût, quand on meurt, faire monter ses aspirations et sa foi ; il serait grand de se transformer au moment suprême par la contrition et le repentir ; il serait consolant d'admettre un père miséricordieux, trop bon pour maudire, trop fort pour se venger, trop généreux pour se souvenir des fautes du pécheur enfin converti ! Mais je m'abuse !... les religions sont des mensonges qui depuis cinq mille ans se propagent dans l'humanité. Le Christ n'a jamais vécu, jamais pensé, jamais souffert ; ce n'est que de l'ivoire et du bois noir. — L'abbé Vincent fit une pause, et voulut encore tenter de remettre les bandages au moribond. Le capitaine fit résistance à ces efforts qui l'exaspéraient. — O mon fils, mon fils ! — reprit Vincent, — vous ne pensez pas à ce que vous faites. Pour avoir la cruelle satisfaction de me résister, vous allez vous laisser mourir ; mais c'est moi qui vous aurais tué ? Je vous verrai toujours, dans mes longues nuits sans sommeil, avec votre plaie qui saigne, par où la mort cherche à passer. La responsabilité de cet homicide m'effraye.—Et ses sanglots couvrirent sa voix. On l'entendit murmurer :

— Dieu ! Dieu !

Le capitaine risqua ces mots :

— Il est mal fait, votre Dieu. Moi je lui trouve les bras trop longs.

— C'est l'œuvre humaine que vous regardez, —s'écria l'abbé Vincent comme ranimé par un coup de fouet. — Il a fallu faire une image pour représenter une vérité. Si l'image est mauvaise, passez au delà sans vous arrêter. oyez le symbole et non la forme, car l'un est tout, l'autre n'est rien. — Un court silence encore suivit. — Je ne viens pas vous confesser, je le répète, mais vous demander la cause cachée de vos rébellions. Il y a quelque chose en vous qui m'échappe. Je ne comprends plus. Dites un mot pour m'éclairer, et pour vous répondre j'entrerai dans vos sentiments. Ne redoutez pas le reproche, je n'en fais pas ; je n'ai pas le droit d'en faire, étant moi-même une imperfection. Racontez-moi votre mal ; nous en chercherons les causes à deux, et votre imagination meurtrie n'osbscurcira plus votre conscience, et, pour avoir compris, après avoir maudit vous bénirez. Parlez, parlez !

Pas un mot ne sortit de la ruelle.

Le prêtre se redressa comme s'il était transfiguré ; puis il se jeta sur ses genoux, joignit les mains, et fit une prière à haute voix, non pas selon le rituel, mais suivant son cœur.

— Allez-vous-en ! — fit le capitaine. L'abbé Vincent éprouvait d'insurmontables douleurs physiques. Un feu brûlait sa poitrine, qui cherchait à se déchirer sous les pressions du sang qui l'engorgeait. Il comprit qu'il allait omber.

Un rayon de lampe l'éclairait vivement d'un côté, pendant qu'une ombre noire l'enveloppait de l'autre. Son corps était ainsi partagé littéralement en deux portions égales, celle de la lumière avec ses tons blafards, et celle de l'obscurité avec les incertitudes de ses contours. La tête étant ainsi disposée, les yeux s'enfonçaient au fond de leur orbite, le front était profondément plissé, les pommettes luisaient comme si elles eussent été passées au vernis. Le reste était un composé d'angles aigus et d'angles rentrants. Cette silhouette faisait peine à voir ; elle avait l'air galvanisée. — Allez-vous-en ! allez-vous-en ! — répéta brutalement monsieur Lelong.

— Je ne m'en irai pas. Vous m'écouterez jusqu'à ce que la vérité pénètre en vous.

—Eh bien, soit ! —s'écria le capitaine impatienté ; — Dieu existe. Vous me l'avez affirmé, j'essaye de le croire ; je le crois ; mais il serait injuste subséquemment s'il ressemblait au vilain modèle qu'on nous en a fait.

L'abbé Vincent l'interrompit :

— Oh ! ne prononcez pas ces impiétés ! Vous entrez dans la voie des convictions bonnes ; arrêtez-vous pour réfléchir avant de vous rejeter dans la traverse, qui ne mène à rien.

— Il serait injuste, — poursuivit le capitaine en faisant passer sa fièvre dans ses paroles, — parce qu'il promettrait des récompenses aux uns et qu'il menacerait les autres de punitions.

— Quand Dieu fait ce que vous dites, il emploie la tactique des pères envers les enfants.

— L'enfer et le paradis, quelle anomalie ! Ne dépendait-il pas de sa volonté de ne nous donner que les bons instincts ?

— Nous venons au monde également bien doués. Nos habitudes et nos penchants ressortent de notre première éducation.

— Eh ! monsieur l'abbé, qui nous la fait cette éducation première ? Ce sont nos parents. Alors vous apercevez d'ici l'iniquité. Mon père était des pires, je suppose. J'ai suivi sa trace, docile aux impressions que j'en ai reçues. Et je brûlerais toujours pour avoir respiré cette atmosphère empoisonnée, quand je ne connaissais pas les contre-poisons !

— Voulez-vous que je vous réponde comme penseur ou comme prêtre ?

— Comme prêtre, puisque vous en portez l'habit subsidiairement.

— Eh bien ! pour ce que vous dites, Dieu se réserve de peser les responsabilités dans la balance de sa sagesse.

— Oui, avec de faux poids, s'il faut s'en rapporter du moins aux préceptes du catholicisme. Notre conformation extérieure ne nous fait-elle pas nos inclinations d'esprit, de caractère, de cœur ? Le physique n'influe-t-il pas beaucoup sur le moral ? Celui qui est bossu doit fatalement en vouloir à ceux qui sont droits, celui qui est laid à ceux qui sont beaux, le malheureux à l'heureux. D'où je conclus logiquement que les vilains, les estropiés, les déshérités du sort à quelque titre que ce soit, sont exposés davantage que les autres aux tentations du mauvais esprit. Demandaient-ils à naître ainsi ?

— Ils ne demandaient point à venir ainsi ; mais ils n'en ont pas moins leur part de soleil et de liberté ; ils n'en possèdent pas moins une tête pour penser, un bras pour agir, un cœur pour aimer.

— Que voulez-vous qu'ils fassent de tout cela ? l'on rirait d'eux subséquemment.

— Ils seront les élus, dit l'Évangile.

— Alors ce sont les sains d'esprit et de corps que je plains, puisque, n'ayant pas les mêmes droits aux sympathies divines, ils restent seuls responsables de leurs actions. De quelque côté que vous regardiez, vous ne verrez que cette étrangeté de la récompense et des punitions.

— Vos idées sont obscurcies par la souffrance. On doit vous excuser de parler ainsi.

— J'ai dit que Dieu, le Dieu de votre foi, serait injuste

s'il agissait d'après vos maximes. J'ajoute qu'il serait méchant.

— Assez, oh ! assez, mon ami !

— Il serait méchant, parce qu'il me jetterait dans les flammes à perpétuité, ne sachant pas pardonner, pour une faute commise en une seconde, quand je n'avais pas mon libre arbitre, étant emporté par tempérament. Comment ! l'Évangile me commande l'oubli des injures, et Dieu, qui est au-dessus de l'Évangile, aurait des rancunes pour mes péchés !

— Parlant toujours d'après les préceptes utiles, je vous dirai qu'il n'a pas besoin de rancunes pour nous traiter selon nos œuvres. Il ne se peut pas que les bons et les pervers soient confondus dans une même destinée future. Laissez faire le juge suprême. Il n'est pas sujet à nos défaillances ; il voit juste et vrai : le triage lui sera facile quand il s'agira de faire les parts.

— Maintenant, — continua le capitaine sans s'arrêter aux objections, amoindries d'ailleurs par les réticences mentales du prêtre, — je vais vous démontrer qu'il serait faible parce qu'il aurait laissé partager sa puissance par un ange déchu qui lui disputerait les âmes, quand il lui était si facile de conserver intégralement son autorité. Pourquoi ce diable qui nargue sa suprématie, qui a son royaume indépendant, qui possède ses prérogatives, qui est indétrônable comme lui ?

— C'est une image : on a personnifié le vice. Laissons quelque chose à nos imaginations terrestres. Il fallait un symbole ; on l'a pris.

— Passons ! — dit le capitaine. — Je ne découvre dans la création que des êtres qui se dévorent entre eux. Il y a seulement cette différence entre les autres animaux et nous qu'ils ne mangent qu'à leur appétit, tandis que nous mangeons au delà même de nos besoins. L'araignée mange la mouche qui mange l'insecte ; le lion mange la gazelle ; tout se détruit suivant la loi du plus fort, la plus révoltante de toutes les lois. Ceux qui se nourrissent d'herbe, que font-ils d'ailleurs sinon absorber encore, absorber toujours ce qui est en vertu de principes vitaux dont nous n'avons pas analysé les mystérieuses profondeurs ?

— Il arriverait sans cela que chaque famille d'êtres s'étendrait démesurément au détriment de la vie universelle. Le besoin d'expansion est tel, en effet, que, sans ces causes naturelles de destruction, le monde serait bientôt encombré ; il y aurait pléthore d'existences. On mourrait d'une autre façon, faute d'espace.

— Alors, d'après cette théorie, le Créateur a mal pondéré sa création ?

— Non, mais il a donné tant de sève à chaque être sorti de ses mains, que tout veut absorber tout. Cela trahit une immense puissance de produire, et prouverait encore Dieu, s'il avait besoin d'être prouvé : si la gazelle n'avait pas à se défendre du lion, l'insecte de la mouche, la mouche de l'araignée, ceci de cela, Dieu n'aurait pas eu besoin de varier le moule ; un seul type lui aurait suffi. Avec les choses comme elles sont, cette espèce a la force, cette autre a l'agilité ; celle-ci les ailes, celle-là les pieds ; toutes ont la ruse pour tendre ou pour éviter les pièges. On ne saurait vivre de rien. L'air lui-même est un composé d'animaux microscopiques dont le poumon fait son essence. L'appétit inspire le courage. C'est la faim qui rend laborieux.

— J'ai souvent entendu parler du péché originel, — reprit le capitaine, changeant le cours de ses idées. — Traduisons le texte : mes premiers parents ont fait une faute, on m'en punit. Mais alors cet âne qui passe, chargé plus que ses reins, qui reçoit des coups du matin au soir proportionnés aux colères brutales du maître, qui ne broute pas à sa faim, qui ne boit pas à sa soif, il a donc eu subséquemment son premier père qui a touché au foin défendu ?

— Je ne puis vous répondre à cet égard.

— Pourquoi cela, monsieur l'abbé ?

— Mon caractère de prêtre me défend de vous accompagner sur ce terrain, et vous voulez que je parle en prêtre.

— Cependant vous remarquerez une chose : Dieu sait tout, n'est-ce pas ? dans le présent, dans le passé, dans l'avenir. Or, il donnait la gourmandise aux personnages de votre fable, qui étaient ses hôtes en paradis ; et, en même temps qu'il leur donnait la gourmandise, il mettait des pommes appétissantes à l'arbre, et il disait à Adam et Ève : « N'en cueillez pas ! » Mais c'était une tromperie ! il devait bien savoir d'avance qu'ils manqueraient e sobriété, qu'ils s'abandonneraient à la tentation. Je vous dis que c'est lui le coupable. Et pourtant il les chasse honteusement, et leur ajoute des sentiments de honte et de haine qu'ils n'avaient pas, et il y joint encore le remords ; et, non content de les frapper dans la faiblese qu'ils tenaient de lui, il commet cette inutile cruauté de les atteindre éternellement dans leur descendance.

— Le Christ nous a rachetés, suivant les affirmations des Écritures.

— C'est juste. Un jour il lui vient un fils, et il lui laisse souffrir mille douleurs pour réhabiliter l'humanité. Tenez, monsieur l'abbé, appliquez ces actes à quelqu'un des nôtres, faisant chez lui, dans sa famille, de l'arbitraire ainsi compris, et vous n'aurez pas assez de véhémence pour lui dénier le sens commun. Vous le ferez interdire. Nos codes professent que les fautes sont personnelles, et c'est le contraire que Dieu comprend. Vous ne me ferez jamais admettre que le premier des premiers par l'intelligence, par la raison, par le cœur ; que celui qui doit être tout sensibilité, tout mansuétude, tout esprit, puisse violer impunément les principes qui régissent sa créature ; vous ne me ferez jamais admettre que ce qui est mauvais pour nous soit bon pour lui ; que notre morale épurée ne soit pas la sienne, ni notre meilleure équité, ni nos aspirations, ni le plus fin de nos sentiments. Dieu je vous l'accorde à la rigueur subséquemment ; il est, m'avez-vous dit il y a quelque temps, parce qu'il ne peut pas ne pas être ; mais représentez-le-moi différemment, ne m'imposant pas le jeûne, les mortifications, les prières, quand j'ai besoin d'être fort, d'être fier, d'être laborieux.

— Vous jetez imprudemment la sonde dans une mer sans fond. Si nous comprenions Dieu, c'est que nous serions égaux à lui. Pour le regarder face à face, il faudrait qu'il descendît jusqu'à notre petitesse ou que nous montassions jusqu'à sa grandeur. Le pouvez-vous ? le veut-il ? Respectons le voile épais qui le couvre. Pour avoir essayé de déchirer ce voile, quelques grands esprits n'ont rencontré que la folie à la limite où leur raison devait s'arrêter. Restons donc sages et croyons. Croire c'est être heureux, parce que c'est être consolé. Sachons prier pour obtenir de la clémence, et attendons qu'il plaise à la Providence de nous faire ailleurs des destinées.

— La prière, la prière ! que voulez-vous qu'elle lui fasse ? Il nous regarderait donc agenouillés dans des temples que sa foudre respecte si peu ? Il nous écouterait donc lui mesurer la flatterie d'après le nombre de grains d'un chapelet ? Si cette adoration perpétuelle lui faisait plaisir, il serait le pire des orgueilleux.

— Elle lui est bonne au même titre que la caresse de l'enfant est bonne à l'exquise sensibilité de la mère.

— Tenez ! ceux qui prient me produisent l'effet d'hypocrites intéressés. Ils cherchent à se mettre bien avec le bon Dieu dans l'espoir d'une rémunération quelconque, ils escomptent leurs génuflexions. Que diriez-vous subséquemment, monsieur l'abbé, de ceux qui vous cajoleraient pour avoir vos biens ?

— Les situations ne sont pas les mêmes. On prie, parce qu'il est consolant de prier. Ceux qui se livrent à des calculs ne prient pas : ils murmurent des mots incompris, selon leur mémoire ; leur cœur n'entre pour rien dans leurs oraisons. La vraie vérité n'est pas en eux ; ils ne comprennent pas les religions.

— Les religions ! dites-vous ? Passons-les un moment au creuset du raisonnement, et vous verrez ce qui restera d'elles. Je vois celles de l'Inde, qui commandent les sacrifices : un grand meurt, vite une hécatombe humaine pour faire honneur à sa poussière ! des ruisseaux de sang, mille esclaves dans sa tombe ! Un mari laisse-t-il échapper son dernier soupir, sa veuve se jette spontanément dans la fosse ouverte.

— Ce ne sont que des préjugés.

—Parbleu ! qui les enseigne, s'il vous plaît ? Je vois partout des meurtres au nom du fanatisme religieux ; une tribu qui se rue sur une autre tribu pour gagner le ciel, parce qu'elle adore un autre fétiche de plâtre ou de bois ; je vois des croyants qui se laissent périr à petit feu ; des femmes qui s'enferment entre les quatre murs d'une cellule ; des religieux qui creusent leur tombe à pelletées, une par jour ; des mahométans qui tranchent la tête à des chrétiens ; des chrétiens qui excommunient des juifs ; des juifs qui traitent des protestants en pestiférés ; ici un autel païen, là une une mosquée, ailleurs une synagogue, ou un temple, ou une église ; des bonzes, des derviches, des rabbins, des pasteurs, des prêtres qui se renvoient les coups et l'injure ; et des haches sacrées, des bûchers, des grils, des inquisitions, des auto-da-fé ; des massacres pratiqués en grand, et des Saint-Barthélemy renouvelées.

— On interprète mal les dogmes basés sur l'inviolabilité de la vie humaine.

— Oh ! ne dites pas cela, monsieur l'abbé ; vous savez bien le contraire. Les croisades n'étaient-elles pas prêchées par vous ?

— Autrefois, au temps des erreurs.

— Aujourd'hui c'est la même chose. Qu'on ose toucher au pouvoir temporel du pape, et le pape assemblera sa petite armée de mercenaires, soudoyée par les souscriptions de la chrétienté, pour défendre et conserver cette autorité, malgré la phrase qui lui dit : « Ton royaume n'est pas de ce monde. »—L'abbé Vincent ne répondit pas.

— Revenons encore à votre enfer, — reprit le capitaine, — car il me pèse sur le cœur. On assure qu'avec les peurs qu'il occasionne on a souvent empêché des crimes. Je veux bien que les timorés se soient arrêtés sur les bords du gouffre où leurs passions les entraînaient, par épouvante du châtiment, et se soient même souvent transformés, par envie d'habiter le ciel. Réduisons la chose en chiffres, les chiffres sont éloquents : mettons que, depuis le commencement des siècles, on en ait ainsi sauvé dix milliards. Mais si le fanatisme religieux a fait vingt milliards de victimes, nous sommes en perte de moitié. Je n'exagère rien. Où sont en ce cas les services rendus par les menaces de vos religions si divisées ?

— Vos calculs auraient peut-être besoin d'être renversés. Quant aux objections du préambule, je les ai fait tomber il y a quelques jours.

— Croyez-moi, monsieur l'abbé, laissez à l'homme plus de liberté dans ses actions. Ne l'abrutissez pas par la crainte ou par l'espérance, d'où découlent naturellement les hypocrisies ; parlez-lui le langage de la philosophie, bien supérieur à celui de la convention ; faites qu'il soit humain par conscience, juste par devoir, sobre par goût, sage par raison. Pour cela relevez-le d'abord à ses propres yeux. Au lieu de lui répéter qu'il fut un être maudit dans sa race jusqu'à la dernière génération, faites-lui comprendre qu'il ne relève que de lui seul. Votre Évangile dépouillé de ses artifices n'a besoin que d'une formule : « Ne faites pas à autrui ce que vous ne voudriez pas qui vous fût fait. » Avec cela le monde peut reconquérir son équilibre menacé. Sans cette simplicité tout élémentaire, il ne sera que bouleversements et que chaos.—Ces longs efforts du capitaine avaient épuisé les restes de son énergie. Il remit sa tête sur le chevet du lit. L'abbé Vincent se sentait pris de sueurs froides et de frissons. Au lieu de se préoccuper du malaise croissant qu'il éprouvait, il se contenta de regarder le

malade dans la prostration de ses forces. Et il se laissa glisser sur ses genoux, et il joignit de nouveau ses mains osseuses qui tremblaient, et il leva vers le ciel ses yeux noyés de larmes ; et, sans se souvenir des patenôtres vagues du formulaire, il pria pendant un instant, non pas pour lui, il ne se rappelait plus qu'il existait, mais pour le capitaine, qui souffrait par deux plaies, dans ses deux vies, dedans et dehors. Quand il se releva, ce fut pour reprendre sa place près de l'oreiller. — Allez-vous en ! allez-vous-en ! — insista le capitaine, repris d'une irritation subite. Le prêtre fit un pas pour sortir. Il se sentit retenu par sa soutane. — Monsieur Vincent, — dit le capitaine, — je me sens si malade dans mon âme et dans mon corps qu'il me semble que je vais mourir.

— Il faut avertir le médecin.

— Monsieur Vincent, ayez pitié !

— Vous n'avez pas eu pitié de moi.

— Il me passe des épouvantes jusque dans le cœur. Rendez-moi le bien pour tout le mal que je vous ai fait.

— Je m'en vais, car je ne représente qu'une erreur.

— La mort m'effraye depuis que vous vous taisez.

— Qu'a-t-elle donc de si redoutable ?

— Dieu !... Dieu !...

— Bah ! vous savez bien qu'il n'y a pas de Dieu.

— Oh ! ne prononcez pas cette impiété. J'y crois, j'y crois ! pour avoir feint de le nier, j'en ai souffert toute ma vie.—L'abbé Vincent était plus pâle que cet homme qui allait mourir. Il se tourna vivement, eut un soupir de soulagement, des pleurs et du rire ; et il s'abattit comme une masse dans les bras ouverts du capitaine. Il était neuf heures. Madame Mangin entra, selon sa promesse. — Plus tard, — fit le capitaine. — Retirez-vous !

Madame Mangin tira son mouchoir et se moucha mou ; puis elle alla vers la porte en décrivant des paraboles, tant son chagrin l'abrutissait.

Le prêtre ne dit rien après ses embrassements. Il remit en place les bandages avec les mêmes sollicitudes inquiètes que pourrait avoir une sœur de charité. L'opération achevée, il retrouva sa voix pour s'écrier, dans un transport de douce effusion :

—Merci, oh ! merci ! Si vous n'aviez pas eu la croyance en vous, j'aurais manqué de puissance pour vous la donner.

— J'avais une mère, — dit le capitaine, qui lui prit les mains ; — je n'avais qu'elle au monde à pouvoir aimer. J'étais enfant. Pour m'avoir trop souvent donné tout le pain de sa misère, avec les caresses fiévreuses de ses privations, elle me quitta bientôt... me laissant seul en cette vie, qui pour moi commençait si mal. Des porteurs la prirent... et pas un prêtre ne voulut venir....

—Oh ! je comprends,—interrompit l'abbé Vincent, qui se chargea de la parole pour en débarrasser le capitaine, dont la voix allait sans cesse s'affaiblissant.—Et de ce jour, n'est-ce pas, tout le clergé porta le crime ? Je vous l'ai dit en d'autres temps, le mauvais prêtre, armé de ses errements comme d'une pioche, sape par la base l'institution. Ils ne savent donc pas, eux nos supérieurs, que vers un terme donné nous pourrions devenir ainsi la haine des peuples ! Je le leur crierai de toutes mes forces, et, si mes poumons n'y suffisent pas, je le répéterai par le livre. Il faut chasser les marchands du temple ! — Il était blême, moins aux joues.—Allez, — reprit-il, — j'excuse à présent votre colère. Elle était sainte ; elle partait d'un sentiment filial froissé par nous. Vous étiez bon encore en étant méchant.

Et il s'était assis sur une chaise, près de l'oreiller. Et les flammes indécises de la veilleuse le frappaient toujours obliquement, accentuant ses traits et donnant du relief à sa maigreur. Ses yeux s'enfonçaient de plus en plus.

— Permettez-moi de reprendre ma confession,— dit le capitaine en essuyant ses larmes qui ruisselaient. — A vingt ans, je voulus me marier avec une jeune fille que j'idolâtrais. Elle avait dans ses mains tout mon bonheur. Elle consentit ; mais elle m'imposa l'obligation de faire consacrer notre union religieusement.

— Et vous avez refusé ?

— Oui ; seulement, ma colère contre le prêtre s'en accrut. Ne m'enlevait-il pas mes espérances et mes joies promises ? ne ternissait-il pas mon avenir ? Depuis lors je ne songeai plus qu'à lui faire supporter les accablements de mes tristesses égoïstes. Vous savez le reste... pardonnez-moi !

— Vous pardonner ! c'est-à-dire que je vous demande pardon pour eux qui ne comprenaient pas leur sacerdoce. Ils ont semé du malheur, ils ont récolté de la révolte. Dans leurs calculs, ils apprennent souvent à détester. Pardonnez-leur ; ils font payer leurs prières, leurs chapelets, leurs sermons ; ils font payer leur pompe, ils font payer leurs offices. Ils vendent l'encens, ils vendent l'hostie, Dieu en détail, sans réfléchir, les imprudents, que ce commerce les déshonore et fait de leur ministère une profession !

Le capitaine lui sourit, essayant de dire :

— Je vous haïssais par contre-coup. Ils m'avaient privé d'une famille.

— Oh ! la famille, — interrompit encore l'abbé Vincent, — comme s'il développait un sentiment qu'il avait en lui ;—n'est-ce pas ? c'eût été bien doux ! Voir, quand on rentre, accourir ces têtes folles et chères, renaître en ses enfants, ne vivre que par eux et pour eux, c'est là le but. Avec cela l'on doit se sentir la force de remuer des montagnes ; sans cela c'est être seul, tout seul, marcher dans le vide, sans horizon, sans soleil ; c'est traîner une existence morne, être une plante qui ne fleurit pas ; c'est posséder une âme emprisonnée, qui gémit sans cesse et se débat contre les tortures de son geôlier. Vous étiez à plaindre, voilà tout.—Et, comme si les premières images ainsi caressées ne suffisaient pas à ses convictions, il les évoqua de nouveau, pour s'y complaire : — Les enfants ! — dit-il ; — étudier leurs bégayements dans le berceau, guider leurs pas dans le chemin, leur apprendre à penser, à aimer, à croire ; leur amasser une fortune pour les préserver des chutes et des soucis, les regarder grandir selon l'éducation qu'on leur a faite, oh ! rien que ces bonheurs prouveraient Dieu.

L'abbé posa doucement sa tête sur l'oreiller.

— Vous avez dépeint l'idéal que j'avais rêvé, — dit monsieur Lelong, tristement ému. — Je devine ce que vous-même avez souffert. On ne parle pas ainsi des chagrins des autres sans avoir sondé les abîmes d'où ils sont sortis, mon père !—Un souffle imperceptible lui répondit.

— Mon père, mon père !—répéta Lelong, élevant la voix. L'abbé Vincent ne bougea pas. Étonné de son silence, le capitaine le secoua. — Etes-vous malade ? — questionna-t-il.

Le prêtre se taisait.

Il lui retourna la tête.

L'abbé Vincent était mort !

XIX

Un mois après ces événements, le capitaine Lelong était guéri, malgré les pronostics formels des trois docteurs.

On le vit un matin sortir de chez lui, suivre les rues, penché sur sa canne, et s'asseoir sur toutes les bornes de son parcours. Ce n'était plus l'homme d'autrefois, ce grand corps qui semblait être la vivante personnification du scepticisme, c'était la réduction de l'ancien dans sa hauteur et dans sa largeur. La lévite bleue descendait plus bas, et faisait des plis derrière et devant. Le cou seul s'était allongé ; le faux-col l'enveloppait étroitement : moustaches, cheveux, impériale, tout était blanc. Les mains étaient décharnées, les genoux voulaient percer le pantalon. Le reste était plat.

— Bonjour, capitaine, — lui disait-on à chaque pas.— Vous l'avez échappé belle, capitaine ! Vous revenez de l'autre monde. C'est une véritable résurrection.

Puis les charitables ajoutaient :

— De bons bouillons et de l'exercice achèveront votre guérison.

Il va sans dire que madame Mangin, madame Giboux et madame Polard surent éviter avec soin de se rencontrer sur sa route, ne sachant pas encore s'il s'était aperçu des soustractions opérées à son détriment.

— Bravo ! — s'écria monsieur Jotard, qui vint au-devant de lui, prévenu de sa tournée par le garde champêtre, qui l'avait dit à l'adjoint, lequel à son tour s'était empressé d'en informer tous les contribuables de la contrée.

Le capitaine se contentait de hocher la tête, avec un sourire où se mêlait je ne sais quoi d'indéfinissable.

Après une heure de cette promenade, qui avait plutôt l'air d'une visite d'adieu que d'un divertissement inspiré par un besoin de locomotion, le capitaine rentra chez lui, ferma sa porte avec soin, mit les verrous, et se rendit dans son cabinet. Il abattit la tablette de son secrétaire, ouvrit un tiroir, prit toute sa fortune, qui consistait en valeurs de poche, en fit trois parts égales, qu'il disposa dans des sacs distincts, et il écrivit sur l'un :

« Pour les pauvres de la commune. »

Sur l'autre :

« Pour l'hôpital de Saint-Germain. »

Et sur le dernier :

« Pour le mausolée de l'abbé Vincent. »

Il pleurait en accomplissant ces préparatifs, surtout à a fin. Puis il alluma du feu dans la cheminée, brûla ses lettres, le titre de sa pension, tous ses papiers, sans exception de date ou de souvenir. Restait sa croix : il la glissa dans le paquet qu'il destinait au mausolée de l'abbé Vincent. Quant à ses pipes, il les broya d'un coup de talon.

Ces dispositions prises, il alla vers la croisée, regarda le ciel, le jardin du presbytère, où les parasites avaient pris triomphalement leurs aises, et ses yeux, perçant l'espace, allèrent se fixer sur une motte de terre de forme allongée qui, près du mur, à droite en entrant, faisait saillie dans le cimetière.

Le lendemain il était parti.

XX

Je l'ai rencontré chez les trappistes.
Il m'a raconté cette courte histoire.

XXI

Veut-on savoir en quelques lignes ce que nos autres personnages sont devenus ?

Monsieur Jotard a donné depuis longtemps sa démission de maire du Pecq pour suivre ses enfants en Égypte où le vice-roi s'est attaché monsieur Roudier comme ingénieur, avec des appointements considérables. La fortune de la famille s'élève maintenant à plusieurs millions.

— J'avais toujours dit que mon gendre deviendrait une des gloires de notre pays ! — s'écrie souvent monsieur Jotard.

Une seule chose trouble parfois sa sérénité : la France ingrate ne l'a pas encore fait entrer à la chambre des députés ; cela viendra peut-être. Il attend avec confiance cette justice tardive et réparatrice.

Roudier le père touche une rente annuelle de huit mille francs. Il porte à l'ordinaire son fameux habit. Madame Artémise Roudier met quotidiennement ses bonnets à bords tuyautés.

A force d'avoir écouté bouche béante les démonstrations scientifiques du premier venu, monsieur Bluteau s'est persuadé qu'il était savant, et il a résolûment acheté la pension Roudier, et il répète aux enfants ce qu'il croit savoir.

Les deux mendiants, le faux manchot et le faux boiteux, sont provisoirement à Cayenne, « pour leur plaisir, » assurent-ils.

La grande Marguerite est loueuse de chaises dans une église de Paris, que j'hésite à nommer ici pour éviter à sa douleur les questions que quelques lecteurs curieux ne manqueraient pas de lui faire sur les derniers moments de l'abbé Vincent. Son ver solitaire a tenu tête à toutes les ordonnances de la Faculté. On m'assure même qu'il a grandi.

Madame Giboux, madame Mangin et madame Potard ont tant devisé sur ceci et sur cela, tant dupé le prochain, tant médit, que leurs pratiques les ont quittées. La première ne débite plus de fruits macérés, la seconde ne vend plus de l'eau de puits pour de l'eau de Seine, la troisième ne tient plus de fil. Elles balayent les rues de Saint-Germain en association, par quartiers, s'arrêtant quelquefois dans leur travail, les pieds dans le ruisseau, les mains au bout du balai, le menton sur le manche, se regardant en triangle, et se disant :

— Ah ! jadis autrefois c'était le bon temps ! n'y a pas à dire, tout est changé. Ce que c'est que la vie de l'existence ! Si nous nous gargarisions un petit peu ?

Et elles entrent au cabaret pour y noyer leurs chagrins dans du petit bleu.

Madame Caron et madame Baduel sont toujours dévotes, comme auparavant.

J'ai gardé le gros Pierre pour le dénoûment.

C'était en 1848.

Un gamin du Pecq lançait ses allégresses par les croisées, sous forme de pétards, dont toutes ses poches étaient bourrées. Un de ces projectiles alluma la paille sèche que le *brave des braves* venait d'acheter. Pierre poussa des cris de détresse, Pierre fut révolutionné. Il se trouva mal, ce qui doit paraître mesquin pour un héros. Quand il se réveilla de l'engourdissement léthargique dans lequel cet accident l'avait plongé, son intelligence en détresse ne sut plus guider sa tête et son bras : il était idiot. Quelqu'un eut l'imprudence de lui rappeler ses belles actions, pour ranimer la pensée sous son front qui s'aplatissait. Il fit un bond et se précipita vers la rivière, dont il suivit les bords, cherchant un homme à pouvoir sauver. Il aperçut une épave qui surnageait ; il se persuada que c'était un enfant qui se noyait. Or, comme ses instincts étaient retournés, il se sentit courageux et déterminé, et il se jeta délibérément à l'eau, sans s'assurer cette fois de sa profondeur.

Ce fut un naufrage à pic.

Il disparut comme du plomb.

Les poissons ont mangé son corps, je le présume du moins ; car on a retrouvé depuis ses vêtements, y compris son chapeau tromblon.

Rien n'était dedans.

FIN DU CURÉ DU PECQ.

Gustave Chadeuil

JEAN LEBON

PREFACE

Avant l'invention de Daguerre et les perfectionnements de ses successeurs, le peintre arrêtait la ligne selon les conventions de l'école, et disposait la couleur suivant les lois de la tradition : on appelait cela l'idéal. La photographie met aujourd'hui l'artiste en demeure d'égaler l'exactitude du praticien : on nomme cela le réalisme.

Eh bien ! ce qui s'est fait pour le tableau se fait également pour le livre.

Seulement, pour le livre le résultat est meilleur que pour le tableau.

En exposant fidèlement une scène de la vie réelle, on pose le doigt sur les erreurs, sur les mensonges, sur les vices de la société. N'est-ce pas un moyen efficace d'apprendre à les détester ? J'ose donc affirmer que l'étude de mœurs ainsi comprise aura concouru plus que le code au redressement de nos écarts.

« Vous êtes terre-à-terre, » nous dira-t-on.

Oui, si le terre-à-terre consiste à se rapprocher de ce qui est, à regarder la fleur avec une loupe jusqu'à ce qu'on ait découvert l'insecte qui la ronge et qui la fane, à fixer le soleil pour mentionner ses points ternis, à mettre les choses à leur place, avec leurs rayons et leurs ombres, leurs côtés beaux et leurs côtés laids, leurs grandeurs et leurs petitesses.

Le temps de la fable et de la chevalerie est passé. Pourquoi ces figures conventionnelles ? On ne saurait se laisser émouvoir par les tirades de ces personnages qui n'ont pas vécu.

La raison, c'est le grand mot de l'époque. Nous sommes devenus les fanatiques du vraisemblable et les apôtres de la vérité.

Aussi les écrivains de la dernière heure, qui bornent leur ambition à n'imiter personne et qui ne se sentent pas assez forts pour conquérir une place à part, ont un moyen assuré de réussir en s'appliquant à se rendre utiles. Qu'ils fassent entrer la thèse dans le livre, puisque le journal ne suffit plus à la besogne de chaque jour.

Quoiqu'il ne m'appartienne guère de mettre en jeu ma personnalité, dont je suis le premier à reconnaître l'insuffisance, je dois déclarer que je me suis bien trouvé de cette tactique.

Dans *le Curé de Pecq*, j'ai présenté le prêtre, non pas comme on veut qu'il soit, mais comme il faudrait qu'il fût en sa tolérance éclairée, constamment prêt aux miséricordes et ne faisant plus argent de tout. Si j'ai soulevé quelques colères dans le camp des ultramontains, j'ai, pour me dédommager, l'approbation de ceux qui rêvent un clergé vraiment utile, par la réforme progressive de l'institution.

L'ouvrage nouveau que je soumets au public cherche à démontrer la triste condition des instituteurs primaires, toujours en butte aux tiraillements de la commune et des sacristies.

Ce n'est point une fiction. Jean Lebon existe. Vous l'avez rencontré sur votre chemin.

Après cette thèse, une autre encore.

Et si, dans mon infimité, je parviens à redresser quelques injustices ou seulement quelques préjugés, je serai plus fier à cause des résultats que si j'avais un talent fantaisiste mais principalement improductif.

GUSTAVE CHADEUIL.

Beuzeval, 15 septembre 1862.

I

Dans la famille de Jean Lebon, on était maître d'école de père en fils. Il y avait deux cents ans que cela durait. Sept générations s'étaient ainsi succédé, se transmettant la maison comme un héritage. On faisait un inventaire à chaque mutation nouvelle, pour constater l'état des bancs et des pupitres. Sur la tablette des premiers on remarquait une multitude de noms taillés grossièrement avec des couteaux ; sur le couvercle des seconds on lisait des dates qui constataient l'état de possession et de dépossession des titulaires depuis le 17 juillet 1637, début de la dynastie, jusqu'au 14 août 1836, époque où le dernier Lebon était devenu chef de l'institution.

Par suite d'un hasard que l'on pourrait appeler providentiel, les Lebon, depuis l'origine, se mariaient à vingt-cinq ans. A vingt-six ans il leur naissait un fils, et c'était tout ; comme si leur femme, à partir de ce moment, se trouvait frappée de stérilité. Ce fils recevait l'éducation nécessaire, et renouvelait la souche sans qu'il fût possible d'en prévoir la fin.

A l'époque où commence cette histoire, c'est-à-dire dans les premiers jours du mois de juillet 1837, l'unique légataire de l'école, Jean Lebon, faisait la classe depuis peu de temps. S'il devait suivre les traditions de sa famille quant au mariage, il était nécessaire qu'il se hâtât ; ses vingt-cinq ans allaient sonner.

Son père lui avait dit en mourant :

— Ton tour est venu de continuer nos habitudes. Lis notre légende, mon ami Jean. Tu verras l'usage. Il sera facile de t'y conformer.

La légende était racontée dans un livre à tranches rouge-dragon. On n'avait pas besoin d'aller jusqu'à la dernière ligne pour connaître la biographie complète des Lebon. La première histoire suffisait ; les autres lui ressemblaient de point en point.

Jean Lebon, se voyant seul, avait donc étudié les faits et gestes de ses aïeux, en se promettant bien de ne pas se faire novateur. Pour se prouver à lui-même qu'il était digne de porter le nom, il avait adopté d'abord les objets à l'usage personnel du prédécesseur :

Le bonnet de soie noire vulgairement nommé clémentine, qu'on arborait le matin pour ne le quitter que le soir, lorsque les marmots étaient partis ;

Les lunettes rondes posées sur le front, sous le prétexte qu'elles ajoutaient un air plus grave à l'instituteur. Elles se portaient seulement avec le bonnet ;

Les manches de lustrine verte, attachées en haut du bras et fermées au poignet, pour préserver le drap de l'habit ; il va sans dire qu'elles accompagnaient les lunettes.

Cette toilette achevée, on aurait entendu voler une mouche jusqu'au moment où Jean Lebon disait, en s'adressant à toute l'école :

—La classe est ouverte!—Puis, interpellant le meilleur sujet, il ajoutait : — Petit-Pierre ! récitez la prière du matin.

Un autre hasard voulait qu'il y eût toujours un Petit-Pierre bon sujet pour dire le *Pater noster*.

On n'avait donc pas besoin d'innover.

Avant de pousser plus loin cette analyse, qu'il nous soit permis d'ébaucher la silhouette de Jean Lebon.

S'il était grand de taille, sa largeur ne répondait guère à sa hauteur. Il demeurait à Dives, sur les côtes de la Normandie, à quelques heures du Havre. Il n'était pas rare qu'un pêcheur bredouille, le montrant à quelque camarade dans le même cas, lui trouvât des analogies avec le mât de son batelet. Et il disait :

— Une rafale le cassera !

L'autre répondait :

— Ça serait dommage ; il sait écrire et même lire ; c'est un savant.

Ses cheveux, d'une nuance tendre, ni longs ni courts, se collaient sur ses tempes comme s'il venait de prendre un bain. Ses yeux étaient vifs. Sa barbe tardive se révélait comme le duvet des jeunes oiseaux. Il avait le sourire triste. L'expression générale de sa physionomie était la douceur. Jeté dans une ville, au milieu des raffinements du luxe, il eût peut-être acquis une haute mine. Parmi les paysans de son entourage, ne connaissant pas la coquetterie, il se contentait de mettre un pied devant l'autre ; légèrement voûté par sa maigreur, on lui reprochait des bras et des jambes disproportionnés ; il avait l'air d'un crabe debout, selon l'expression pittoresque des matelots.

Ajoutons aussi que, peu soucieux de dissimuler les fautes de la nature au point de vue de l'art plastique, il portait à l'ordinaire une redingote dont la taille lui coupait les reins en deux, et dont les pans lui descendaient jusqu'aux talons.

— C'est peut-être qu'il a les chevilles frileuses, — disaient les mégères de l'endroit.

Elle était étroite, par-dessus le marché, avec des manches qui s'arrêtaient à moitié chemin de l'avant-bras. Le tout bleu de roi.

Que voulez-vous ? il ne l'avait pas commandée ; elle lui venait de son père ; elle était coupée strictement d'après le modèle de l'ancien Lebon.

Les Lebon étaient toujours ridicules dans leur redingote ainsi faite d'après le type du fondateur de leur dynastie. Comment supposer qu'un Lebon eût juste la mesure d'un autre Lebon ?

Ils appelaient cela leur lévite.

Depuis 1800 qu'ils avaient supprimé la culotte courte, ils ne cessaient d'appeler dérisoire la mode actuelle ; et, par une espèce de compromis entre ce qui était et ce qui n'était plus, ils avaient adopté certaine forme de pantalon qui donnait à la fois satisfaction au goût du présent et à celui du passé. Voilà pourquoi Jean Lebon montrait la tige de ses bottes, qui, vues de dos sur leurs talons plats, semblaient cacher des pieds palmés.

Sa cravate était jaune, à grands ramages rouges et blancs. Sa chemise en grosse toile écrue avait un col coupé d'équerre dont la ligne supérieure arrivait au niveau du nez et faisait le tour de la tête en bouffant à la nuque comme repoussée par une loupe qui n'existait pas. Une ficelle noire supportait une clef de montre, cornaline ovale qui s'arrêtait à l'endroit où le gilet vert aurait dû descendre si le coupeur économe n'avait si parcimonieusement mesuré l'étoffe.

Quant à son chapeau bruni par les pluies, Jean Lebon le portait sur son collet, en coup de vent.

Nous avons dit que Jean Lebon avait une figure intelligente. Elle était presque fine lorsque personne ne l'observait.

Il se levait et se couchait aux mêmes heures, et, non content de savoir que le travail est une prière, il priait après le travail, et de tout son cœur, gros de choses affectueuses à donner.

Il était timide par tempérament.

Un seul exemple le prouvera.

Le 14 août 1836, comme il venait de recevoir son certificat de nomination au titre d'instituteur primaire, il se vit fêté par les autorités constituées de Dives, qui feignaient d'honorer à la fois ses aptitudes et son caractère. Il y eut gala chez le curé. Le maire en était, le notaire en était, les huissiers du ressort en étaient. Le brigadier de gendarmerie, l'officier des douanes, le receveur particulier, tous y figuraient en grand costume, comme au passage d'un sous-préfet.

Jean Lebon se sentit ému bien avant la convocation officielle. Il consultait son miroir et se trouvait laid ; il regardait marcher son ombre pour lui découvrir des tournures grotesques dans son profil qui n'en finissait plus ; il s'écoutait parler, et sa voix lui paraissait fausse, sachant bien qu'il balbutierait.

Enfin l'horloge lui conseilla de partir s'il ne voulait pas se faire attendre.

Il arriva tout honteux.

Le curé dit, en le montrant à ses invités :

— Messieurs, je vous présente notre nouvel instituteur.

Et il lui tourna le dos immédiatement, comme s'il voulait lui prouver qu'il manquât à ce point d'importance. Il n'était qu'un prétexte pour un bon dîner.

Il ne mangea rien.

. . . .

Au dessert, comme les visages s'enluminaient hormis le sien, le maire eut l'idée de faire un discours. Rassurez-vous, je vous en fais grâce ; seulement, ce que je dois vous apprendre c'est que Jean Lebon en était l'objet.

Jean Lebon se leva pour répondre. Il ne put en venir à bout. Sa tête tournait.

Le curé haussait les épaules, et disait tout bas au brigadier de gendarmerie :

— Il se prend au sérieux, je crois.

— Vous allez voir ! — interrompit le brigadier en se redressant tant bien que mal. Et il dit à Jean : — Parlez-nous en latin, mon petit ami, si vous tenez absolument à nous communiquer quelque chose. Au moins de cette façon les lettrés ne comprendront pas.

Jean sentit des froids dans son corps. Il voulut s'appuyer sur la table pour se rasseoir. Par malheur son assiette se rencontra par le bord sous sa main ouverte ; elle fit bascule et se renversa sur les genoux de son voisin ; l'hilarité devint générale. Une peur le saisit, et il profita du désordre occasionné par sa maladresse pour s'échapper. Il se trompa de chapeau dans l'antichambre et s'empara de celui du maire, qui était neuf, comme s'il spéculait sur ses frayeurs.

Le lendemain, il reçut une lettre avec son chapeau. La lettre portait :

« Voici le vôtre. Gardez le mien, puisque vous l'avez » mis. »

Ces brutalités étaient calculées. On cherchait à l'humilier dès le début, pour mieux lui faire comprendre dans quelle servitude il se trouvait. Du reste, les termes de la missive avaient été discutés en conciliabule entre ceux dont il relevait. Il ne fallait pas qu'il s'imaginât que pour s'être mis à leur table il avait affaire à des égaux.

Jean Lebon se le tint pour dit. Une seule circonstance l'embarrassait. Que ferait-il du second chapeau qui n'était pas le sien ?

La nuit, il alla le poser sur la croisée de monsieur le maire.

Un passant le prit, et il fut convenu que Jean Lebon n'était pas très-scrupuleux sur le chapitre des délicatesses.

L'école de Jean Lebon ressemblait à beaucoup d'autres dans les pays peu favorisés. Elle se tenait au rez-de-chaussée, avec un sol raboteux, un plafond bas qui surplombait, des murs blanchis à la chaux. Elle servait à toute chose. Elle était la chambre à coucher, la cuisine et le salon de réception. Le dimanche on enlevait les bancs, et les gens du pays y venaient danser aux sons d'une viole que râclait un ménétrier. Il ne faudrait pas qu'on s'imaginât que Jean Lebon organisait lui-même ces bals publics ; il les subissait, ne pouvant pas les empêcher. Sa chambre était à tous, presque pas à lui. Avec les susceptibilités de son âme, il souffrait de livrer ainsi le secret de sa vie intime à tout venant. Le lit surtout le gênait aux heures où chacun pouvait librement le voir. Il avait beau tirer les rideaux de serge verte et les attacher avec des épingles, il se trouvait toujours des indiscrets pour soulever la draperie, entre la contredanse et la bourrée.

Comment faire ? la commune lui mesurait l'espace selon l'importance relative de ses ressources, en l'absence de crédit spécial. Ce qu'elle donnait parcimonieusement d'une main, elle en tirait parti de l'autre, en l'affectant à tous les usages les moins compatibles avec les fonctions d'instituteur.

Au-dessus de cette pièce unique il y avait une soupente où couchait la cuisinière, en se baissant beaucoup pour entrer.

La cuisinière avait soixante ans. Jean Lebon, la sachant vieille et laide, espérait échapper aux commentaires des mauvais plaisants. Nous n'oserions pas garantir qu'il y réussit.

A côté de l'échelle qui conduisait à la soupente se trouvait un poêle de fonte brute, avec des fourneaux dans sa tablette.

Jean Lebon disait-il, par exemple, au catéchisme :

— Voyons, Petit-Pierre, qui vous a créé et mis au monde ?

On entendait tout à coup frétiller les légumes dans le beurre de la casserole. La fumée remplissait l'atmosphère de ses senteurs âcres. Les enfants levaient la tête ; leurs narines s'ouvraient démesurément, et les gestes de la gourmandise prenaient une expression sensuelle qui ne laissait rien à désirer. L'appétit facile des élèves occasionnait ainsi des distractions peu favorables au travail.

Deux ou trois gamins étaient punis, pour l'exemple, quoiqu'ils ne l'eussent pas plus mérité que les autres. La justice distributive est ainsi faite.

Et, sans s'émouvoir, la ménagère allait son train ; et le soir, de Dives à Villers, tout le monde savait ce que l'instituteur avait mangé.

— C'est pourtant nous qui lui payons ces friandises,— disait-on à la ronde, — puisqu'il est convenu que nous lui réglons le mois en nature.

Deux mots, en passant, de ce qu'on appelait le mois en nature.

L'école se composait en moyenne de vingt enfants. Pour réduire autant que possible les dépenses obligées de l'instruction élémentaire, la commune intervenait pour payer le maître au taux annuel de quatre cents francs. Les parents donnaient environ cinq sous chacun tous les quinze jours ; mais comme l'argent était rare dans ces contrées, on avait la facilité de se libérer avec des œufs, des fruits, du poisson : on allait rarement jusqu'au poulet, à moins que ce ne fût pour acquitter un trimestre, auquel cas on avait soin de le choisir parmi les phthisiques de la basse-cour.

On verra bientôt ce que l'on exigeait de l'instituteur en échange des lourds sacrifices qu'on s'imposait.

Donc, Jean Lebon avait des murs qui étaient de verre. Rien n'était mystère chez lui.

On s'étonnera peut-être des prodigalités apparentes de son intérieur. Pourquoi faire en effet cette gouvernante, quand il pouvait apprêter lui-même son pot-au-feu? Voilà la cause de ce faste, inusité jusqu'alors dans la tribu des Jean Lebon (ils étaient tous Jean).

C'était un matin, après une nuit d'orage : sur le port de Dives, des femmes inquiètes regardaient au loin, du côté de la haute mer. Elles attendaient leurs maris, leurs pères, leurs fils ou leurs frères en retard de huit heures sur la marée. On pouvait tout prévoir après l'ouragan. La vague avait encore des soulèvements inaccoutumés ; elle se jetait contre la dune, dont elle rongeait la base avec de formidables rugissements. Pas une voile ne se montrait à l'horizon. Après une demi-journée d'attente vaine, la vigie signala le premier bateau. Son mât était brisé ; ses toiles pendaient sur ses flancs découverts, espèce d'épave en déroute qui résistait aux coups d'aviron. Les pilotes disponibles s'élancèrent pour le remorquer. Quand il fit son entrée dans le chenal, des voix crièrent :

— C'est la Grâce-de-Dieu !

D'autres cris s'élevèrent à mesure que les pêcheurs du bord se montraient par les ouvertures des bastingages désemparés :

— Je vois Jacques Renaud ! Je vois Guillaume !

Une vieille femme s'approcha :

— Et Thomas, — dit-elle? — et Jean-Louis?

Jean-Louis était son mari et Thomas son fils, les restes d'une famille jadis composée du père et de sept enfants. L'Océan avaient successivement dévoré ceux qui manquaient.

Personne ne répondit. On n'apercevait que Guillaume et Jacques Renaud.

. . . .

Les yeux de la vieille femme étaient hagards. A mesure que la lame bouleversait *la Grâce-de-Dieu*, on distinguait nettement le plancher du pont.

L'équipage se réduisait aux deux seuls hommes déjà reconnus. Le doute bientôt ne fut plus permis. La femme se roula par terre avec des accents à attendrir les rochers. On s'empressa de la secourir. Elle disait dans les intervalles de sa lucidité :

— Je n'avais qu'eux. Que voulez-vous que je devienne à présent? Laissez-moi les aller rejoindre. La mer au moins nous aura tous pris !

Et elle se débattait entre les mains de ceux qui la retenaient. Le flot avait l'air, à chaque instant, de venir la chercher comme si elle n'avait aucune raison de survivre à ceux qu'elle aimait. Son désespoir était navrant.

Jean Lebon passait par là, pendant sa récréation. Il entraîna la veuve chez lui; il la fit coucher; il la soigna durant les trois semaines de son délire, et, quand elle fut en état de se lever, non pas guérie de ses plaies morales, mais engourdie dans sa torpeur, il lui dit qu'elle ne le quitterait plus, et que le pain de la huche leur suffirait. Elle se montra reconnaissante dans la mesure d'un cœur ulcéré.

— C'est commode, — dirent les voisins. — Il économise les gages d'une chambrière; il n'est pas bête, Jean Lebon.

II

L'état de Jean Lebon n'était pas de ceux qui laissent des satisfactions. Le professorat a ses martyrs.

Tous ces petits drôles qu'on élève, qui sont rétifs à la discipline, qui ne sauront jamais signer leur nom, auxquels on donne sa patience et les principaux éléments de son savoir, n'ont que des grimaces lorsque le maître a le dos tourné; plus tard, loin de lui savoir gré des choses acquises, ils proportionneront leur antipathie à celle du petit municipe qui le régit. Si on lui construisait une école neuve et mieux pourvue, qui ne fût pas si souvent souillée par la guinguette ou par le bal; si ses émoluments lui permettaient de vivre autrement qu'avec des parcimonies, peut-être alors respecterait-on au moins l'homme bien logé; tel qu'il est, ses souliers à clous sont méprisés par les gros sabots; les blouses bafouent son vieil habit auquel des doigts peu scrupuleux attachent des queues de papier souillé.

Faire la classe ce n'est rien. Il y a encore là de quoi tenter des gens qui s'honorent; mais y joindre les nombreuses corvées inhérentes à la profession : être fossoyeur, tambour, nettoyer le lavoir public, monter l'horloge; être chantre, être sacristain, blanchir le linge de l'autel; se faire le servant très-humble de toutes ces rivalités mesquines de la paroisse qui peuvent vous casser au moindre signe de protestation; mais prêter ses mains au curé pour ôter les boues de sa soutane, au maire pour balayer la salle commune, au marguillier pour décrotter le banc d'œuvre; servir celui-ci, celui-là, jusqu'au dernier degré de l'échelle, si bas qu'il soit (1); j'avoue que je ne comprends plus qu'on puisse trouver assez d'humilité

(1) Je n'invente rien; je raconte. Pour l'exactitude des détails, je renvoie le lecteur au livre attachant de M. Lorain : *Tableau de l'instruction primaire en France.*

pour ces fonctions, en si complet désaccord avec les dignités austères de l'enseignement. Passe pour le désintéressement; mais pour la dégradation je renonce à lui trouver un mobile assez puissant.

Jean Lebon n'était pas heureux.

Ses rares heures, pas de contentement, mais de repos, consistaient à se choisir un coin, dans les plis de la falaise, abrité du vent, et à regarder la mer au loin, comme s'il s'attendait à en voir sortir quelque chose, on ne sait quoi.

En ces moments d'oubli des servitudes abjectes, il se retrouvait seul avec ses pensées. Souvent il se demandait si sa destinée se passerait toujours entre ses répugnances et son devoir. Finirait-il par dominer les répugnances? Serait-il réfractaire au devoir? Il ne savait pas. Seulement il s'avouait qu'une vie ainsi faite était cent fois plus misérable que celle de ces bohémiens qui suivaient la route pour vendre des amulettes aux crédules fermières du département. Ceux-là jouissaient au moins de leur liberté. Mais lui, pauvre esclave blanc qui débarbouillait l'esprit des petits, la maison des grands, que lui restait-il d'indépendance dans sa carrière sans cesse avilie? Il se plaignait, et sa plainte stérile était étouffée par les cris joyeux des goëlands.

Ce jour-là, 12 août, il occupait sa place habituelle dans la falaise, vis-à-vis Cabourg. Il était cinq heures. Il se sentait plus disposé que de coutume à la rêverie. Ses regards distraits se dirigèrent sur le chemin ; à deux cents mètres au-dessous de lui il vit un cheval qui trottinait. Un corps noir occupait la selle. Muni d'une branche fraîche, il chassait les mouches à droite et à gauche. Jean Lebon fit un mouvement : une pierre se détacha sous son pied, descendant avec des fracas multipliés.

Le cavalier leva la tête.

C'était le curé. Il allait dîner à Villers.

Il mit ses mains en abat-jour sur ses yeux pour mieux reconnaître le personnage qui lui valait cette surprise. Il fit un signe à Jean Lebon. De l'endroit où il se trouvait, Jean n'avait pas le choix du chemin. Comme il savait les irascibilités de caractère du curé, constamment prêt à le rudoyer s'il n'obéissait pas au commandement, il essaya de se frayer un sentier à travers la falaise presque à pic. Deux fois il manqua rouler. Le curé riait des embarras de sa position.

Il arriva pourtant sans autre accident qu'une déchirure à son pantalon.

— Vous n'avez donc rien à faire? — lui demanda le prêtre sans modifier l'allure de son cheval.

— Cette récréation est à moi, — dit timidement l'instituteur.

— Oui, si vous avez blanchi mon surplis, si vous avez mis au net mon dernier rapport à monseigneur, si tout le reste ne souffre pas.

Jean répondit sans servilité :

— Je serai prêt au moment voulu. C'est tout ce qu'on a le droit d'exiger de moi.

Le curé de Dives accueillit mal cette observation. Ses épais sourcils se froncèrent.

C'était un homme court et sanguin. Dans ses accès de belle humeur, après un repas copieux, il prenait une ficelle pour mesurer sa circonférence, puis il laissait pendre la ficelle pour montrer qu'il était plus gros que grand. Ses joues étaient rouge, de même que son nez épaté. Trois mentons s'étalaient sous sa figure pour chercher un appui sous son rabat. Le reste de sa personne était rond. Toutefois il avait les attaches fines. Si ses mollets cossus remplissaient ses chausses au point de leur donner des transparences, en revanche le bas de sa jambe était bien fait. Il soignait ses mains potelées : c'était le luxe de son corps gras.

Loin de se montrer gêné des exubérances de sa chair, il en était fier, à ce point de dédaigner tout ce qui se présentait sous des formes débiles.

On citait un fait dans le pays qui témoignait de ses sollicitudes constantes pour sa majestueuse rotondité. Après une maladie, la première chose qu'il fit fut de se peser. Il avait perdu soixante-cinq livres.

Il calcula ce qu'il avait l'habitude de manger de viande par jour. En faisant la part des ménagements à prendre pour le temps de la convalescence, il se promit de forcer les doses vers la fin, pour récupérer le poids manquant. C'était une affaire de chiffres. Il arrêta donc les bases du nouveau régime par demi-kilogrammes, puis par kilogrammes, avec des fractions progressives, et, ces mesures prises, il ne s'en départit pas une seule fois.

Il avait prédit qu'au bout de trois mois et demi rien ne paraîtrait plus de sa maigreur relative. Trois mois et quatorze jours y suffirent. Il était en avance de vingt-quatre heures sur ses pronostics. On peut se tromper à moins. Et il reprit strictement son ancien régime, sans regret pour le supplément auquel désormais il renonçait.

Il était ponctuel à ses repas, qu'il faisait durer le même temps. Une circonstance imprévue retardait-elle, par exemple, son déjeuner d'un quart d'heure, il s'arrangeait le lendemain pour se mettre à table quatorze minutes plus tard qu'à l'ordinaire, puis treize minutes, puis douze, ainsi de suite jusqu'à ce qu'il eût rattrapé la différence sans secousse pour son estomac.

Il y avait encore une chose pour laquelle il ne souffrait pas qu'on manquât de respect : c'était son café. Il fallait qu'on le lui servît toujours dans la même tasse, ni trop chaud ni trop froid, ni trop clair ni trop foncé, juste à point pour ce qui était du calorique et de la couleur. Avant de le boire, il le prenait entre ses mains comme une relique, perpendiculairement à son nerf olfactif, et il le humait à petits coups, les yeux fermés avec un grand bruit d'aspiration et un intervalle de quelques secondes entre chacune des gorgées. Puis il ramedait ses bras devant lui, tournait un moment ses pouces, et s'endormait dans son fauteuil jusqu'au commencement de sa digestion.

Lorsqu'il dînait chez des amis, il apportait sa tasse dans un chiffon, son café moulu dans un cornet, au fond du sac de voyage qui le quittait rarement, et il se rendait à l'office, se faisait montrer le filtre, mesurait le marc et la poudre, en ajoutant à cela des recommandations précises et méticuleuses.

Personne n'y trouvait à reprendre. On se serait bien gardé de risquer la moindre objection. N'avait-il pas dit autrefois :

— C'est à la manière de déguster le café qu'on reconnaît le degré de civilisation d'un peuple.

On tenait à paraître civilisé.

. . . .

Le cheval du curé de Dives était connu dans tout le pays, à dix lieues à la ronde. Ses reins faisaient bateau sous la pression continuelle d'une même charge; il allait l'amble ordinairement, incapable de forcer le pas. Pour que la base parût plus solide, on ne coupait pas les poils vers les sabots: ils traînaient à terre, dans le sable ou dans la boue, selon les chemins et les saisons. La bête était grise. Elle tenait son nom de sa couleur. On entendait fréquemment ces mots, prononcés avec des câlineries de voix :

— Allons, *la Grise !* encore un peu de courage, ma mignonne, et nous reviendrons à l'écurie.

Du courage ! elle en dépensait depuis cinq ans qu'elle était au service du curé de Dives; la ligne concave de ses reins en faisait foi.

. . . .

— Je disais donc, — reprit le curé s'adressant à Jean, — qu'il est fort agréable de se reposer ; mais seulement quand on n'a plus rien devant soi.—Jean Lebon marchait toujours à travers la plage où son interlocuteur l'avait attiré. Il baissait les yeux et soupirait comme s'il cherchait vainement à s'enhardir pour une communication qu'il avait à faire. — Qu'avez-vous encore à me dire ?

— demanda le prêtre en enfonçant ses semelles dans l'étrier.

— Vous n'ignorez pas, monsieur le curé, — fit Jean prenant son parti délibérément, — que c'est moi qui subis toutes les corvées. Je ne m'en plains pas. Je regrette seulement qu'elles me détournent de ma mission.

— Pourquoi pas de votre sacerdoce ! — dit le curé d'un ton ironique.

— Un enfant vient de naître, — reprit Jean ;—il faut le baptiser : je ferme l'école pour servir ; là même chose pour les mariages, pour les enterrements, pour les services ordinaires et extraordinaires de l'église, pour les malades à l'agonie, pour les retraites : et, pendant ce temps, la leçon souffre, et l'on me reproche l'incapacité d'élèves trop souvent soustraits à ma surveillance. Je veux bien accepter le surcroît d'ouvrage, quoiqu'il ne soit pas de ma compétence ; il est malheureusement consacré par l'usage ; mais je repousse la réprimande que cela me vaut. Vous êtes trop juste, monsieur le curé, pour ne pas comprendre cette situation.

— C'est bien ! — fit le prêtre avec ironie. — Je m'attendais à cette résistance de votre part. Je ferai venir un frère de l'école chrétienne pour vous remplacer.

— Vous savez bien que les frères ne vont jamais que trois par trois !

Du haut de sa selle, le curé de Dives essaya d'écraser le raisonneur sous les sévérités de son regard.

Le raisonneur s'était composé des audaces, et il soutint ce regard courageusement.

— Quels sont vos livres ? — demanda brusquement le curé.

— Les *Abécédaires* de Limoges.

— Et la *Croix-de-par-Dieu !* monsieur l'instituteur ; et les *Psautiers* latins, et la *Sainte Bible,* et la *Vie des saints !*

— J'ai cru, monsieur le curé, que la *Vie des saints* n'était pas sans danger pour la jeunesse.

— Taisez-vous ! vous aurez cela. Je vous dois maintenant un autre reproche : pourquoi ne conduisez-vous pas les enfants à l'église deux fois pas jour ? Est-ce donc trop que donner cette double audience à Dieu ?

— L'église est loin, monsieur le curé. Par économie de temps, je me contente d'enseigner les principes de morale à mes écoliers.

— C'est dangereux. Du reste, je ferai part à qui de droit des résultats de la conversation que nous avons eue, en faisant surtout observer que les anciens magisters n'avaient pas les résistances que vous osez. Nous verrons bien. N'interrompez pas. Je vous salue, monsieur Lebon ; n'oubliez pas mon surplis et la copie de mon rapport à monseigneur ?—Comme Jean Lebon restait en place, il le rappela. — A propos, — lui dit-il, — vous songerez aux hosties ; l'ostensoir est vide. Les balais de la sacristie vous concernent ; vous aurez soin de les renouveler immédiatement. En passant, vous surveillerez la corde des cloches, que je crois usée. Vous savez que ces objets doivent êtres fournis par vous : le conseil de fabrique, d'accord avec le maire, l'a décidé dans sa séance de quinzaine. Vous ne pensez pas je suppose, que les quatre cents francs qu'on vous alloue en sus du logement et de la redevance des élèves soient consacrés à vos plaisirs ! — Jean Lebon ne répondit pas. Il aurait pu dire que la redevance dont on parlait se réduisait à presque rien, la moitié des élèves étant imposée à titre gratuit sous la rubrique des indigents. On sait de quelle façon l'autre moitié s'acquittait. — Hue. *la Grise !* — cria le curé d'un ton rébarbatif qui fit dresser l'oreille au cheval. L'avertissement ne servit pas, *la Grise* conserva son train modéré. Le prêtre était mécontent. — Je viens de faire un métier pénible, — s'affirmait-il à haute voix ;— ce Jean Lebon m'intéresse, et j'agis comme si je le détestais. Ce sont les ordres de mon supérieur. On m'a recommandé de le rudoyer, je le rudoie ; mais ça me fait mal : il a l'air si doux ! Il ne m'appartient pas de discuter les instructions qu'on me transmet. Obéis et tais-toi ! J'ai le tort de ne pas me taire. Il est vrai que personne ne peut écouter mon monologue, emporté par le vent de mer. Et puis j'ai bien le droit peut-être de m'entretenir avec moi-même pour abréger les distances que je parcours. Hue donc, *la Grise !* nous n'arriverons jamais, ma mignonne ; c'est pour six heures le dîner. Parbleu ! je comprends très-bien cette petite machination : dégoûter notre pauvre diable de la profession qui lui revenait légitimement après son père, et le forcer à donner sa démission. Il y a près d'ici certain fermier retraité qui s'ennuie ; il ne ne manque pas un office, il est à nous ; on le fera nommer à la place de monsieur Lebon. Il ne sait pas presque rien, c'est vrai, mais il a de l'aisance. Il fournira sa propre habitation pour l'école, il abandonnera son traitement. Or, comme les quatre cents francs que la commune paye sont obligatoires, on les appliquera naturellement aux petits usages secondaires. Hue, *la Grise !* On pourra me payer un véritable sacristain, un véritable fossoyeur, un véritable sonneur de cloches. Je serai mieux servi, sans compter que nous saurons par le nouvel instituteur, qui est à notre discrétion, toutes les choses que nous avons intérêt à connaître. On objectera peut-être que les enfants ne seront pas instruits ; eh ! leurs pères ne l'étaient point, et ils ne s'en trouvaient pas plus mal pour cela. On n'a pas besoin d'éducation pour aller pêcher le hareng ou pour surveiller les bestiaux dans les pâturages. S'ils ont à signer, ils mettront leur croix. Hue, *la Grise !* Ma foi ! tant pis pour Jean Lebon ! A mon retour, j'irai voir le maire et les conseillers municipaux, pour les préparer à la petite révolution qui m'est commandée. Si c'est une mauvaise action, je n'en porterai la peine dans aucun monde : ne suis-je pas le soldat d'une armée passive ? Le mal serait de résister à mes chefs, qui sont responsables devant les hommes et devant Dieu. Hue donc !

Le curé de Dives était de ceux qui ne s'insurgent pas. Élevé dans un séminaire de Toulouse, à l'âge de sept ans il avait pris la soutane pour ne pas la quitter depuis. La discipline en avait fait un zéro de l'épiscopat. Il ne prenait de valeur que par l'importance de l'unité placée devant lui. Il n'appliquait ses bons instincts et son initiative personnelle qu'au soulagement local des infortunes. Pour le reste, il ne comptait pas. Tous les trois mois il envoyait des notes précises à l'archevêché, d'après les remarques individuelles qu'il avait faites sur l'état religieux des esprits, en ce qui concernait le troupeau dont il avait la garde. Le vicaire général résumait les notes, et la réponse lui était expédiée, avec la manière de s'en servir. Il s'y conformait scrupuleusement. Aussi, dans les bureaux, passait-il pour un bon servant. A la fin de chaque lettre qu'il recevait, on ne manquait pas de le féliciter sur sa conduite, qui faisait honneur au clergé. Quelquefois même, dans le *post-scriptum*, on ajoutait une ligne adroite, qui ne promettait rien d'une manière positive, mais qui laissait une porte ouverte à l'espérance d'un avancement. Fier de cette perspective, l'excellent curé lisait la phrase à tout venant, pour augmenter son importance et grandir en autorité.

— Eh ! eh ! — disait le maire en se rengorgeant, comme s'il avait sa part des félicitations qu'on adressait au curé, — vous coifferez un jour le chapeau de cardinal, c'est incontestable !

Il se récriait contre cette prédiction illusoire ; et, la nuit, dans son rêve, il coiffait le fameux chapeau.

Ses confrères des communes voisines, qui connaissaient les *post-scriptum*, ne manquaient pas de lui témoigner beaucoup de respect : on ne sait pas ce qui peut arriver, il faut toujours être bien avec les futurs pouvoirs. Ils l'écoutaient parler avec déférence, et lui faisaient la cour par anticipation. Ils escomptaient ainsi l'avenir.

— Cette cure est indigne de vous, — lui disaient-ils.

Il s'en défendait, essayant de soutenir que jamais un prêtre n'était déplacé, trouvant partout du bien à faire mais, au fond, il inventait mille raisons pour approuver tous ses flatteurs.

Il ignorait les statuts spécialement secrets de l'ordre : « Quand un homme est utile quelque part, se garder d'un changement de destination. »

On caressait son zèle, voilà tout.

III

Comme Jean Lebon revenait par la plage, à la marée basse, en tournant les *Vaches-Noires* il aperçut une forme blanche au bout d'un pic.

En cet endroit, la falaise affecte des airs fantastiques. Elle n'a que des désordres, comme si des volcans eussent passé là. On ne peut la suivre sans danger : à chaque pas le terrain s'effondre.

Un coup de pistolet tiré dans ces parages inhospitaliers amènerait infailliblement, par le seul ébranlement de l'atmosphère, les écroulements de blocs monstrueux, à peine appuyés qu'ils sont sur leurs assises mal consolidées. Leur aspect se modifie à chaque saison nouvelle. Le vent d'équinoxe se charge de ce changement ; il bouleverse tout, comble les anciennes fondrières, en creuse d'autres, jette bas les crêtes, toujours mordant dans la terre ferme, déplaçant le lit de la mer.

Le touriste qui veut tout voir ne manque pas d'aller visiter ces lieux sauvages au milieu desquel trône le chaos. Seulement il n'avance qu'avec des précautions intraduisibles, après s'être assuré que le sol ne fléchit pas sous son pied craintif. Les couleuvres le regardent curieusement, trop paresseuses pour s'effrayer, pendant que les corbeaux planent au-dessus de sa tête dans l'espérance des curées, après l'accident prévu.

Cependant la forme blanche remarquée par Jean ne paraissait pas soucieuse du danger qui la menaçait.

— Quelle imprudence ! — dit Lebon. Devant lui se développait une échancrure, sorte de rigole naturelle que les eaux de pluie s'étaient creusée. L'ascension était périlleuse. Il l'essaya résolûment, sans prévoir que le ramollissement des terres grasses pouvait l'engloutir à moitié chemin. Il montait aussi promptement que possible, afin de sauver la malheureuse qui s'était aventurée dans ce désert dont les crevasses profondes se dissimulaient adroitement sous une couche superficielle de gazons verts. Si grande que fût son envie de gagner le but, il n'avançait qu'avec lenteur. Ses jambes s'embourbaient à chaque instant. Près d'arriver au sommet, il sentit tout à coup des vides sous lui. Ses mains se cramponnèrent aux parois verticales du déversoir beaucoup rétréci. Quand il atteignit le faîte, il n'était qu'un amas d'argile jusqu'à la hanche, avec des éclaboussures jusque dans les yeux. Sans se préoccuper autrement de la vilaine mine qu'il avait, il courut au pic où la forme blanche conservait son immobilité de statue. — C'est fou, — dit-il, — ce que vous avez fait en venant ici ! — Un rire accueillit son exclamation. Jean Lebon reprit : — Je viens vous aider, mademoiselle, à vous reconnaître dans ce lieu maudit. Je le connais pour l'avoir parcouru, quand j'étais enfant, à la recherche des nids d'oiseaux. Je me demande comment vous avez pu faire pour parvenir en cet endroit. Vous n'avez donc pas de parents, mademoiselle ?

— J'ai voulu voir la mer d'ici. Je suis de Villers, et ma famille ignore mon étourderie.

Elle était devenue presque sérieuse à l'air effrayé de Jean Lebon.

— Tenez, mademoiselle, — reprit Jean avec une sollicitude fraternelle, — là derrière vous, devant vous, à côté de vous, partout, c'est la fondrière guettant vos erreurs. Voyez l'état où je me suis mis, quoique je sache l'histoire de chaque piége ! Un hasard heureux vous a protégée. Ces hasards ne se renouvellent pas deux fois en si peu de temps. Le retour vous ménageait des malheurs d'autant plus grands que vous étiez rassurée par l'impunité. Ces mousses qui sont autour de ces pierres sont autant de tapis jetés sur des réservoirs de boue. Vous y disparaîtriez tout entière avant d'avoir pu pousser un cri.

La jeune fille pâlit affreusement. Le vertige la prit. Elle s'assit sur le rocher.

— Vous voulez éprouver mon courage, — dit-elle. — J'avoue ma peur ; mais, n'est-ce pas, monsieur, vous exagérez ? — Jean brisa la tige d'un genêt, et il l'enfonça dans la vase qui les entourait, sans rencontrer de résistance. Les mousses reprirent leur place nette, comme pour inviter les corps au repos trompeur. — Je n'oserai jamais repasser par là, — dit la jeune fille en fermant les yeux.

— Si fait, mademoiselle, vous oserez ; car vous avez maintenant un guide expérimenté.

— Pas déjà tant !. monsieur, puisque vous vous êtes mis en cet état pour me secourir.

— Je n'avais pas à choisir la route. Il fallait arriver avant votre retraite. J'ai pris le plus court, qui n'était pas le meilleur.

Elle ne le trouvait plus ridicule dans son vêtement fangeux. Sans lui peut-être elle n'existerait plus à l'heure qu'il est. Elle lui tendit la main en guise de remercîment. Le pauvre garçon prit cette main avec tous les ménagements qu'on met à toucher la plus fine fleur.

— Pourquoi ne m'avez-vous pas fait signe de vous attendre ? — lui demanda-t-elle.

— Comme vous ne me connaissez pas, vous auriez pu vous effrayer. Votre regard était fixé sur moi. Vous vous êtes intéressée à mon ascension dans des conditions si périlleuses. C'était assez pour vous maintenir à la place que vous occupiez. Maintenant, mademoiselle, permettez-moi de vous conduire jusqu'au chemin qui mène à Villers. Appuyez-vous sur moi. Mettez d'abord ici le pied. Bien. A présent, là... Ne craignez rien.

Elle était sur une pierre qui remuait.

Jean en occupait l'extrême bord, en équilibre sur ses pointes. Un défaut d'aplomb pouvait le précipiter dans le gouffre dont l'imagination prévenue s'exagérait toutes les horreurs.

— La tête me tourne, — dit la jeune fille se penchant vers lui.

Il la prit dans ses bras, et il se lança d'un bond sur une roche pour y déposer son précieux fardeau.

Ce n'était qu'un vertige. Elle ne tarda pas à se rassurer.

— Encore un peu de sang-froid, — dit Jean, — et vous ne penserez plus à tout cela.—Il restait un sentier à suivre, sans indication de pierres cette fois. Comment avait-elle fait pour ne pas s'en écarter ? C'est ce qu'il était difficile de comprendre, à moins qu'on n'admît une Providence pour les étourdies comme il y en a une pour les ivrognes et pour les fous. — Je passe devant à reculons pour vous surveiller, — reprit Jean écartant ses bras en guise de rampe.

— Est-ce donc ici comme là-bas ?

— La même chose, mademoiselle.

— Alors j'ai peine à m'expliquer comment j'ai fait.

— Dieu vous protégeait. — Et il reprit : — Attention ! mademoiselle. Nous sommes dans le passage le plu étroit. Là... c'est fini. J'espère bien que vous ne recommencerez pas ce petit voyage accidenté !

— Permettez-moi, monsieur, de vous demander votre nom.

— Oh ! ce n'est pas la peine, mademoiselle ; pour ce qui est des remercîments, je n'y ai pas droit. J'ai fait la chose la plus naturelle du monde.

— Pas si naturelle, monsieur.

— Je crois avoir eu l'honneur de vous dire déjà, mademoiselle, que ces parages m'étaient familiers. Mon seul mérite est de les connaître, et je m'en félicite, puisque c'est à cela que je dois d'être devenu pour un moment votre conducteur.

Il salua la jeune fille, mise par lui sur le bon chemin, et il s'enfonça dans un herbage pour couper par la ligne droite. Quand il fut sur un mamelon d'où il pouvait tout découvrir, il se tourna pour regarder du côté de Villers

La forme blanche cheminait tranquillement entre deux talus.

Jean ne savait pas si elle était belle ou laide ; il ne s'était occupé que de la sauver.

. . . .

Rentré chez lui vers sept heures, avec un retard, il dîna mal, et se coucha de suite après pour se reposer encore plus mal qu'il n'avait mangé ; il pensait tantôt au curé dont le langage ménageait si peu sa délicatesse, tantôt à la jeune fille à peine entrevue dans les marécages de la falaise, et il ressortait de ces impressions qu'il était seul à se lamenter des tristesses de sa destinée, sans un mot secourable pour le fortifier.

Un dégoût de la vie le prit. Refaire le lendemain ce qu'il avait fait la veille, tourner la même meule comme un cheval estropié, servir des ingrats qui lui mesuraient plutôt le travail à leur besoin qu'à ses propres forces, porter la bêche du fossoyeur et la férule du maître, sonner les cloches après la leçon, chanter au lutrin, pourvoir à tout, honni, méprisé par ceux-là mêmes qui l'employaient, le dernier de tous quand il devait être le premier puisqu'il distribuait le pain de l'intelligence : n'était-ce pas assez pour décourager des esprits plus philosophiques que le sien ?

Il se disait bien qu'il avait la ressource suprême de la démission, rendue d'autant plus facile d'ailleurs que le curé l'y préparait ; mais que ferait-il dans ce pays où, pour vivre, il faut posséder plus encore que partout ailleurs ; où ceux qui ne sont pas marins sont propriétaires de vastes enclos remplis de troupeaux qui s'engraissent pour alimenter les abattoirs. Changer de ciel ? Les villes le tentaient ; elles ont des emplois pour les appétits en détresse ; mais qui le recommanderait à la bienveillance de quelques-uns ? il ne connaissait personne qui lui portât le moindre intérêt.

— Allons, — disait-il ; — la bête de somme a tort de se révolter.

Le lendemain, à l'ouverture de la classe, on remarqua ses distractions. C'était jour de paye. Les parents vinrent, apportant la redevance du mois expiré.

Les uns disaient:

— Je ne sommes point riche, monsieur le magister ; faut excuser les pauvres gens. Voilà six œufs.

Les autres disaient :

— Monsieur Jean, j'apportons seulement six œufs. Je n'ai point plus.

A six œufs par tête, comme s'il y avait eu mot d'ordre pour cette denrée, on en compta bientôt cent vingt dans le panier de la ménagère. Les autres enfants ne devaient rien comme indigents.

— Qu'avez-vous donné ? — demanda le soir un gros campagnard à son voisin.

— Une poule avec ses poussins.

— C'est comme moi, monsieur Valin. On se ruine pour l'instituteur.

Leurs femmes les écoutaient derrière la haie.

— Qu'a-t-on besoin de ce fainéant ? — dirent-elles. — Il prend les journées de nos petits, qui feraient bien mieux de garder les oies. Voilà deux ans d'école déjà, c'est à peine s'ils savent épeler. Que de temps perdu !

Ajoutons entre parenthèses que les paysans avaient trompé leurs femmes en ce qui concernait la poule et les poussins, vendus aux marchands de Dives pour être transformés en eau-de-vie qu'ils avaient bue. Les œufs avaient été soustraits par eux dans la basse-cour, un par matin, sur les derniers temps.

IV

Le fermier retraité qui voulait remplacer le pauvre Jean était tourmenté par son ambition. Comme ses petites affaires n'avançaient pas au gré de son impatience, il partit un jour de grand matin.

Il était à cheval, en blouse bleue. La mèche de son bonnet de coton, sollicitée par tous les vents, changeait d'épaule à chaque instant, après des hésitations perpendiculaires. Il était replet; ses joues luisaient; ses favoris tiraient sur le rouge. Un sac de toile gonflé se liait étroitement à l'arçon de sa selle.

— Bonjour, monsieur le curé, — dit-il en entrant au presbytère, après avoir caché sa pipe éteinte; — je vous apporte un échantillon de mon cellier. — Et il déposa le sac sur une des tables de la cuisine.—Je passais,—reprit-il, — pour aller à Caen, et je me suis imaginé que ma visite ne vous déplairait pas. Il fera chaud cette après-midi; j'ai là deux bouteilles de mon plus vieux; je me suis promis de les oublier chez vous, monsieur le curé.

— Est-ce de votre fameux bordeaux 1827? — demanda le prêtre en caressant la bouteille par le goulot.

— C'est de lui-même qu'il est question, monsieur le curé. Il ne m'en reste plus que trois. Vous savez le proverbe *Tant va...*? J'en ai demandé dix caisses au représentant de la maison qui me fournit; j'aurai ça bientôt. Vous en hébergerez bien quelques-unes, je pense, sans vous offenser, monsieur le curé?

— Je n'ai pas de cave.

— Ma cave est là! — dit le fermier en frappant sur son estomac. — Je plaisante, monsieur le curé; vous connaissez ma sobriété; on peut bien rire un petit peu, ça n'empêche pas les sentiments. A propos, monsieur le curé, l'église était fermée tout à l'heure. J'ai voulu entrer pour ma prière, pas mèche! barré partout. Sacré nom... pardon, monsieur le curé, ce serait à croire que je suis dans l'usage de cultiver les sacrements. Je ne jure jamais, moi, ça pourrait faire de la peine au bon Dieu. Si j'avais un fils et qu'il jurât, je serais capable de lui tordre le cou, sans vous commander. Allons, bonjour, monsieur le curé! j'enfourche ma bête et je repars franc étrier. Vous n'avez pas de commmission à me donner? je vais à Pont-l'Évêque.

— Je croyais que vous aviez dit à Caen, monsieur Dozuté.

— La langue m'a fourché; c'est bien à Caen.—Monsieur Dozuté mit le pied gauche dans l'étrier.—A propos,—dit-il en se ravisant,—je viens d'en apprendre de belles sur le compte du petit Planchet; vous savez, monsieur le curé, l'enfant aux Planchet?

— Eh bien?

— Eh bien! il a dévalisé le verger de la mère Yvon. Pas plus de pommes à cette heure que dans ma main. Et c'est à midi qu'il a fait le coup.

— A midi, — fit le prêtre; — mais il me semble qu'il est de l'école!

— Tiens! ça m'étonne. Ah! si j'avais su qu'il en fût, je me serais bien gardé de répéter ça, dans la position délicate où je me trouve au vis-à-vis de Jean Lebon. Prenez que je n'ai rien dit, sans vous commander, monsieur le curé; car il est bien clair que, s'il est de l'école, il ne devrait pas ignorer que le bien de la voisine n'est point à lui. J'en connais bien d'autres sur Jean Lebon; mais on me couperait plutôt la langue que de me faire parler. J'y ai fait un nœud à ma langue. Sur ce sujet, je suis *motus*. Eh! eh! je sais un peu de latin, sans vous commander, monsieur le curé. J'écris couramment, je lis à livre ouvert, et, pour ce qui est des bons principes, personne ne serait capable de m'en remontrer, sauf votre respect, monsieur le curé.

Il enjamba la selle et repartit, non sans avoir eu soin de faire sonner un chapelet au fond de sa poche.

— Il est honnête, — dit le curé; — c'est la première éducation. — Au lieu de continuer la route qui menait à Caen, Dozuté fit un crochet pour tourner le bourg, et il revint chez lui par la traverse, protégé par un pli du sol. Il ralluma sa pipe, et il chercha dans le vocabulaire à son usage une volée de jurons énergiques pour se remettre la verve en train. — Ah! il y a des voleurs dans la commune! — murmurait le prêtre. — Allons voir d'abord la mère Yvon pour apprécier le tort causé; puis nous irons chez les Planchet et chez maître Jean. La, là, *la Grise* —ajouta-t-il en pénétrant dans l'écurie; — tu flaires la promenade, ma mignonne... Ton pauvre maître se doit au troupeau... Hein! qu'est-ce que cela? nous refusons le mors, ce matin!... Paix! Laissez-moi donc accrocher la gourmette... Est-ce que la sangle vous serre trop? non, n'est-ce pas?... La croupière est bien... Voilà le bridon... Un pas en avant, *la Grise*, jusqu'à la borne! C'est bon... m'y voilà... Hue, ma mignonne! —On entendit les fers du cheval sur le cailloutis raboteux de la cour. L'air était vif. — Brrrou! — dit le curé, — ça vous saisit quand on est à jeun.

Lorsqu'il eut dépassé la dune de Cabourg, qui l'avait protégé jusqu'alors des âpretés du vent de mer, il se secoua le haut du corps. Un peu plus loin, il regarda de droite et de gauche, derrière et devant: personne autour de lui.

Alors il sortit un mouchoir de sa poche et une petite fiole de son gousset. Le mouchoir devait servir à dissimuler la fiole en cas de surprise. Il décapuchonna la fiole sous le mouchoir, puis il feignit de se moucher. Seulement un observateur attentif eût pu remarquer qu'il penchait beaucoup la tête en arrière pour accomplir cette opération, et qu'après avoir remis l'objet apparent en place il faisait claquer sa langue au lieu de venir en aide à son nez.

Et il parut tout guilleret.

La brise n'avait plus d'action sur lui.

Dieu me pardonne! il attaqua le refrain d'une chanson normande qui disait:

> Ils s'en allaient loin du village,
> A travers les foins et les houx.
> Ils avaient tous deux le même âge,
> Et le cœur sens dessus dessous.

Un pêcheur passa, le dos chargé de filets noircis. Le curé de Dives ouvrit son missel au premier endroit venu. Le malheur voulut que le livre fût tourné les jambes en l'air.

— Bien des saluts! monsieur le curé, — dit le pêcheur; — ça pique un peu ce matin; les vents ont sauté souvent; ils sont au nord-est.

— Bonjour, bonjour! mon ami Branchu. Le poisson va-t-il?

— Ça ne donne pas fort, monsieur le curé.

— Tant pis, mon ami. Le bon Dieu vous devrait bien ça pour toute la peine que vous prenez.

— Il y a sept bouches à la maison. Mais, bah! le pain cuit pour tout le monde; on ne meurt pas de faim dans ces contrées.

Le curé se garda bien de retourner son livre: il ne fallait pas prêter à rire à ses paroissiens.

— Hue, *la Grise*! cria-t-il avec une douce quiétude. *La Grise* n'avait que faire de ce stimulant: son pas était inexorable.

Plus loin, en traversant à gué le ruisseau de Grandson, qui portait le trop plein de ses eaux à la mer, le curé salua des lavandières agenouillées dans des baquets. Les battoirs restèrent levés au bout des bras; les femmes répondirent avec déférence à la politesse; elles eurent envie de se signer.

— C'est monsieur le curé, — se dirent-elles.

De petits enfants qui barbotaient dans une mare placèrent leurs têtes blondes et mal peignées dans le rayon visuel du curé.

— Bonjour, bonjour ! — fit ce dernier.

— Il nous a dit bonjour !—crièrent les enfants en accourant épanouis auprès de leurs mères ; — il nous l'a même dit deux fois. Nous serons bien sages aujourd'hui.

La mère Yvon était une vieille veuve qui vivait très-sordidement ; on lui savait presque gré de ne pas descendre jusqu'à mendier.

Quand elle sortait de sa chaumière, bien rarement, elle en barricadait les portes avec soin. Un molosse en gardait l'entrée.

— Pourquoi ce chien ! — se demandait-on partout à la ronde ; — on n'a pas besoin de chien pour faire sentinelle au seuil d'une maison vide.

On ignorait que dans la paillasse du lit se trouvait un bas, que dans ce bas il y avait de l'or pour une somme de cinq mille francs, que sous la pierre du foyer il y avait une boîte remplie de menue monnaie, que les murs étaient percés de petits trous dissimulés par un bahut, et que d'autres retraites gardaient les reliquats épars du trésor. La mère Yvon faisait de la dentelle. Toute la journée elle maniait les fuseaux sur le métier.

C'est à ce travail que le curé de Dives la surprit.

— Est-ce vrai, — lui demanda-t-il, — que ce mauvais garnement de Planchet a dévalisé les fruits de vos pommiers ?

— C'est la vérité du bon Dieu, monsieur le curé : il m'a pris mes pommes jusqu'à la dernière, le vilain gueux ! C'était le cidre pour mon hiver.

— En aviez-vous beaucoup, madame Yvon ?

— Les arbres pliaient.

Le curé ne se dit pas que, si les arbres pliaient, un enfant en aurait eu mille fois sa charge.

— Et combien cela pouvait-il valoir ? — questionna-t-il.

— Vingt francs au moins, monsieur le curé ; c'est de quoi vivre pendant six mois, à deux sous par jour, pour le pain noir. Et voilà que je suis ruinée, comme si la grêle avait passé là. Ah ! mon Dieu ! mon Dieu ! qu'est-ce que je vais devenir à présent ? Tant vaudrait mourir que n'avoir plus de quoi vivre. Au moins ça serait plus vite fait : quand on est mort on ne souffre plus.

— Rassurez-vous, ma brave femme, j'y pourvoirai.

— En revenant une autre fois, monsieur le curé, ne pourriez-vous pas apporter un peu d'eau bénite pour ma vache, à laquelle la fille Galais a jeté des sorts ?

Au lieu de détruire un préjugé si stupide, ce qui eût fait perdre beaucoup de temps, le curé préféra promettre l'aspersion qu'on lui demandait : il en serait quitte pour des gouttes d'eau.

Comme il suivait la sente du clos, il vit une pomme qui restait ; il la cueillit, et fort innocemment il la croqua.

Chez les Planchet il fit un sermon au sujet de vol. L'enfant jura qu'il avait pris seulement deux fruits, trois tout au plus.

— C'est bon, c'est bon ! — dit le curé ; — je ne te demande pas le nombre : une ou dix, ou cent, c'est la même chose. Veillez bien sur lui, mère Planchet : on commence par une petite chose, on finit par une grosse, et, si le propriétaire se défend, on se sert d'un bâton pour l'assommer ; et la justice intervient, mère Planchet. Vous saisissez.

La femme répondit en sanglotant :

— Oui, l'échafaud, l'échafaud ! Nous sommes bien à plaindre, monsieur le curé ; notre fils montera sur l'échafaud !

Le père, jusqu'alors, n'avait rien dit. A mesure que l'on développait l'image de la fin prévue, sa colère s'échauffait jusqu'au paroxysme. Il empoigna l'enfant par le cou comme s'il se proposait de l'étrangler.

— Oh ! non, — dit le bon curé ; — faites-lui seulement promettre qu'il se corrigera. Il est intelligent, il a la conscience de sa faute. C'est une leçon qui lui profitera ; n'est-ce pas, mon ami ?

— Oui, monsieur le curé. J'avais pas de pain.

— Parbleu ! — dit la mère, — il le donne aux petits oiseaux.

— Excellent cœur, excellent cœur ! — fit le curé. — Il ne faut pas en désespérer.

Et il continua sa tournée.

. . . .

Jean Lebon était devant sa porte, attendant l'arrivée de tous les marmots.

— C'est moi ! — lui dit le curé sans mettre pied à terre. — Vous tolérez donc les voleurs, monsieur Lebon ?

— Je ne comprends pas, — essaya de répondre Jean Lebon.

— Vous allez comprendre. Parmi les jeunes enfants de votre classe, il y a le petit Planchet. Hier, il s'est échappé pendant la leçon.

— C'est-à-dire qu'il n'est pas venu. Vous savez l'usage pour ce qu'on nomme l'écolage, monsieur le curé ? Quand il y a deux frères, c'est un jour l'un, un jour l'autre à suivre le cours. J'avais hier l'aîné.

— N'interrompez pas ; vous avez la manie d'interrompre. Il me semble que, quand je vous parle, votre devoir est d'écouter, ne serait-ce que par déférence. J'en étais donc à vous exprimer ma surprise de ce que vous aviez laissé sortir le petit Planchet. C'est un maraudeur, monsieur Lebon ; vous devriez le savoir. Or il a volé les pommes de la mère Yvon ; toutes les pommes, entendez-vous bien ? Vous êtes civilement responsable, monsieur Lebon. Vingt francs de dégâts. Oh ! ne vous récriez pas, je ne vous réclame rien. Je m'arrangerai seulement avec le conseil pour que cette somme soit retenue sur votre semestre de janvier. J'en ferai l'avance à cette malheureuse, que ce tort pourrait réduire à la dernière extrémité. N'interrompez pas. Vous êtes sans excuse, monsieur Lebon ; vos explications n'ajouteraient rien à votre défense. Quant aux remercîments que vous me devez pour l'arrangement amiable que j'ai conclu, je n'ai pas l'habitude de me glorifier des actes conseillés par mon ministère : c'est l'obligation de marobe. Hue, *la Grise !*—

La Grise partit au galop, comme si son instinct l'empêchait d'exposer son maître à la réplique de Jean Lebon.

— Il est raisonneur en diable ! — grommela le prêtre, dont l'ampleur physique était secouée par l'allure vive de la jument. — Si encore il vous écoutait, on pourrait peut-être se radoucir ; mais il interrompt sans cesse. Hum ! je finirai par mettre du zèle aux instructions de mes supérieurs. Ce n'est pas l'homme qu'il nous faut ; monsieur Dozuté nous conviendrait mieux, — acheva-t-il en se haussant sur ses étriers pour regarder de l'autre côté d'une haie. Un jardinet pimpant et gai se développait jusqu'à l'habitation blanche de l'ancien fermier. — Eh ! eh ! — reprit le prêtre en raccourcissant la bride de son cheval qui s'arrêta ; — l'école serait admirablement située : de l'air, de l'espace, des fleurs. L'aisance s'échappe de tous les coins. Quelle différence avec l'effroyable taudis d'où je sors ! — N'était-ce pas la faute de la commune si la maison de l'instituteur était un taudis ? Le curé poursuivit son monologue ; comme tous les gens pourvus d'un bon estomac, il avait horreur du silence : — Les enfants se porteront beaucoup mieux ici. Là-bas, ils s'étiolent. Et puis nous y gagnerons encore en moralité. L'on aura du moins une salle d'étude isolée, sans odeur de cuisine et sans lit défait. Cela me révolte de la part de Jean. — Un petit bruit se manifesta derrière la haie, sous une tonnelle où il y avait une table ronde peinte en vert, avec des sièges tout autour. — Êtes-vous là, mademoiselle Catherine ? — demanda le prêtre allongeant le cou. Mademoiselle Catherine était la cuisinière de l'ancien fermier. Personne ne répondit. — J'arrangerai cela, — dit le curé. — Hue *la Grise !* à l'écurie, ma mignonne ! ton pauvre maître est en retard pour le déjeuner.

A peine le prêtre se fut-il perdu dans les tamaris qu'un rire éclatant s'échappa de la tonnelle.

— A votre santé, monsieur le curé ! — s'écria le fermier jovial en montant tout à coup sur un tabouret.

Et il versa d'abondantes rasades d'eau-de-vie de cidre. Il n'était pas seul : mademoiselle Catherine lui rendait raison.

— Il arrangera ça, — dit la servante en battant des mains ; — c'est entendu.

L'ancien fermier y comptait bien, et, dans cet espoir, il fit craquer plusieurs fois les articulations de ses doigts trapus.

V

Jean Lebon en était encore à se demander s'il rêvait ou s'il ne rêvait pas. Debout sur son seuil, il se rappelait une à une les paroles étranges du curé. Que pouvait-on lui reprocher ? Le maraudeur manquait à l'ouverture de la leçon, les parents étaient seuls fautifs. Il trouva pourtant, dans sa charité, des justifications à l'accusateur. Il y avait méprise. Le prêtre le reconnaîtrait de lui-même et serait le premier à se rétracter. Ses sévérités portaient à faux ; il n'aimait pas les erreurs. Il ne fallait plus songer à l'effet de menaces qui devaient tomber in cessamment.

Les écoliers se suivaient comme des canards ; on les voyait accourir de tous les points, isolément ou deux par deux. A mesure qu'ils apercevaient le maître, ils cessaient leur joie bruyante pour se composer un visage grave où la crainte entrait pour moitié.

Jean les compta.

Le petit Planchet portait la trace de coups reçus sur la tête.

— As-tu fait une chute ? — lui demanda Jean apitoyé.

— Papa m'a battu en me disant comme ça que je serai un assassin et qu'on me guillotinera.

Jean l'embrassa.

Il ne sut trouver qu'une caresse au lieu d'une réprimande.

Il mit ses lunettes rondes, son bonnet de soie noire, ses manches de lustrine verte, et il dit comme tous les jours, comme avaient dit son père et le père de son père, en remontant jusqu'au 17 juillet 1637 :

— Petit-Pierre, récitez la prière du matin.

Et il fit épeler l'alphabet aux petits, réciter le catéchisme aux moyens, et répéter la grammaire aux grands.

Mais il n'était pas à la leçon. Il pensait aux violentes apostrophes du curé.

. . . .

A quatre heures il renvoya tous les bambins. Pour se livrer plus complétement à ses rêveries, il avait eu soin de se lever avec le jour et d'accomplir toutes ses besognes. Le surplus du desservant était prêt, ainsi que la copie du rapport à monseigneur. Il ne prévoyait pas de baptême, ni de mariage, ni d'enterrement. Il était en mesure avec ce côté de ses fonctions.

Il se rendit à l'endroit de la falaise qu'il affectionnait, et il se coucha dans les herbes hautes, avec la mer en face de lui pour questionner ses horizons bleus. Elle chantait son éternelle musique, si bonne au cerveau des poètes, si monotone pour les cœurs creux. Elle venait de loin. Sa vague avait caressé toutes les plages, roulé tous les galets, vu tous les pays. Des voiles blanches se croisaient au loin.

Jean était triste. Son regard avait changé de direction ; au lieu de fixer le ciel du côté du soleil couchant, il s'attachait sur les roches brunies appelées Vaches-Noires, à droite, là-bas, vers Villers. Jean Lebon trouva l'herbe

dure. Il descendit sur le bord de l'eau. Machinalement il suivit la route, en tournant le dos à Dives, pour arriver bientôt aux Vaches-Noires.

Il leva la tête comme s'il espérait découvrir quelqu'un sur les sommets.

La forme blanche n'était pas au bout du pic. Il s'en montra désappointé, comme s'il oubliait qu'il avait recommandé lui-même de fuir ce coin dangereux. En choisissant une voie moins incommode que celle qu'il avait suivie la veille, il atteignit le terrain mouvementé du désert et se rendit sur la plate-forme où la jeune fille s'était exposée témérairement aux embûches qui l'enveloppaient. Il choisit la place qu'elle avait occupée, et ferma les yeux pour la revoir, par un effort suprême de sa pensée.

Alors la forme évoquée prit un corps. Par une intuition mystérieuse il la retrouva telle qu'elle était, svelte et brune, avec de grands yeux, une taille souple, de la distinction dans le maintien, modeste sans fausse honte, rieuse sans coquetterie, bonne autant que belle, toute pénétrée d'un charme exquis. L'évocation de cette image le fit trembler. Avait-il à se préoccuper des anges, lui déchu dans la classification des êtres créés ? Ce serait tourmenter ses nuits et rendre ses jours plus mauvais encore que par le passé. Non, il ne chercherait pas témérairement à mêler sa vie à cette vision. Il pouvait bénir l'heureux hasard qui lui avait permis de sauver cette fille pure ; fallait-il se prévaloir de sa chance pour se rapprocher d'elle, en quête d'un remercîment ? Son premier mouvement lui avait conseillé la retraite. C'était le meilleur ; il fallait le suivre. Que lui faisait d'ailleurs cette enfant ? il ne la connaissait pas, il ne devait pas la connaître. Elle appartenait sans doute à des parents riches, gâtée par eux au point de se livrer seule, dans des caprices irréfléchis, aux promenades qu'elle inventait, le résultat étant le même pour ceux qu'on abandonne et pour ceux qu'on choie. Qu'irait-il faire dans cette famille, lui qui n'avait pas de famille ? On lui dira un mot banal, et peut-être lui offrirait-on une récompense pécuniaire proportionnée à l'importance des dommages supportés par ses vêtements.

Il se passa machinalement en revue pour constater la valeur approximative de l'indemnité.

Il ne s'était jamais regardé de si près.

La lévite traditionnelle des Lebon était venue se juxtaposer à lui sans qu'il s'en doutât en quelque sorte. Un matin, après l'héritage, il l'avait endossée comme attirail obligé de la tribu, sans s'informer de la mesure. Il était Lebon et voulait rester comme les Lebon.

Après l'examen auquel sa modestie méfiante se livra, il ne lui fut pas difficile de constater que le dernier paysan valait mieux que lui, jugé du dehors.

Le paysan portait bien sa blouse et ses sabots. Il était franchement quelque chose dans la hiérarchie des travailleurs. Ses mains calleuses, son teint bruni, sa structure massive accusaient les rudes labeurs d'une existence qui ne chômait pas.

Mais lui, Jean Lebon, personnage hybride, ni assez raffiné pour frayer avec les bourgeois, ni assez naïf pour s'asseoir aux veillées de la métairie ; trop chétif pour les uns, trop important pour les autres, objet de mépris pour les premiers et de raillerie pour les seconds, quel rang occupait-il dans la société ? On avait oublié de le classer.

Selon les heures, il adoptait trois costumes différents à l'usage de ses diverses professions. Le matin il endossait les vestiges de sa garde-robe pour sonner les cloches, balayer l'église, renouveler l'eau des bénitiers et mettre en ordre les dépendances de la sacristie. On connaît les attributs de sa leçon. Le soir il portait cette redingote décrite déjà, et le reste à l'avenant pour ne pas rompre l'harmonie.

C'est-à-dire qu'il était ridicule à tous les moments de la journée, tantôt parce qu'on s'égayait de le voir faire sa corvée en vieux bourgeron, tantôt parce qu'il ne représentait qu'un corps trop fluet dans des habits trop courts par ici, trop longs par là.

Et Jean Lebon se demanda sérieusement s'il avait grandi depuis quelque temps. Il s'apercevait que ses poignets dépassaient ses manches, et que les tiges de ses bottes étaient à découvert sous son pantalon.

Il se pencha sur une eau dormante qui faisait miroir.

— J'ai l'air gai d'un enterrement, — dit-il en se reculant comme épouvanté.

. . . .

Une idée lui vint. Il avait chez lui, dans un coffre, l'épargne de tous les Lebon depuis deux cents ans.

S'il allait à Caen se faire habiller à neuf ? Il sourit de satisfaction. Rien ne s'opposait à ce qu'il se payât cette folie. L'argent était sien. Il était libre sans doute de se vêtir comme tout le monde, au lieu de se singulariser innocemment. Monsieur le maire n'y trouverait rien à reprendre, ni le curé, ni le notaire, ni le percepteur. Jean Lebon s'oublia même, dans l'entraînement de son calcul, jusqu'à supposer que les autorités locales en seraient plus fières, quand elles auraient un instituteur bien vêtu sans que ce sacrifice pesât sur elles. Il leur ferait honneur ainsi métamorphosé.

Cet idéal fut détruit par un scrupule qui l'arrêta court. Les autorités seraient mécontentes. Il leur serait moins facile de commander un homme mis avec une certaine recherche qu'un pauvre diable arrangé sans goût. On avait l'habitude de faire obéir la lévite bleu de roi, rompue à tous les métiers. Une redingote neuve, bien taillée, commencerait par désobliger ; puis, par un retour de résistance, on la traiterait plus durement que l'autre pour la réduire en l'humiliant.

Enfin, pour ne rien se dissimuler, il fallait s'avouer encore que les économies de ses aïeux, amassées lentement, des sous sur des sous, n'étaient pas léguées pour se prêter aux extravagances de toilette d'un héritier prodigue, dernier du nom.

— Je ne le dois pas, — fit Lebon en se redressant. — Au lieu de m'élever, je m'abaisserais. On rirait de moi. C'est un dépôt qu'il faut transmettre intact à ceux qui me succéderont. C'est l'avoir des Jean. Bah ! je suis comme je suis. Pourquoi donc faire me changer ? qui sait, d'ailleurs ! si la tortue quittait sa carapace elle se croirait peut-être un aigle. Ma chute suivrait le mouvement de mon orgueil. Je souffre déjà d'être obligé de manier l'outil du fossoyeur, la corde des cloches, le balai, la brosse, l'éponge, chez le maire, chez le curé, chez celui-ci, chez celui-là. Que serait-ce donc si je devais craindre pour mon beau habit ? Va ! Jean Lebon, suis ta pente dure. Ils l'ont suivie tous avant toi. Tu n'es qu'un Lebon ; va à ta tâche, tous les jours, jusqu'à ce que la mort te surprenne la honte au front. On meurt jeune dans ta famille, non pas parce qu'on a fourni sa carrière, mais parce qu'on n'a rencontré que des épines. — Une attraction secrète le porta du côté de la marnière, qu'il se fit un plaisir de traverser. Quand il eut épuisé tous les obstacles, au lieu de tourner à droite, dans la direction de Beuzeval, il prit à gauche vers Villers, en essayant de se prouver que cette excursion était naturelle de sa part, et qu'il avait bien assez de liberté pour choisir son but. Il s'arrêta sur le tertre d'où l'on découvrait Villers à vol d'oiseau. Il en inspecta les rues et les croisées, en levant les épaules avec dépit à chaque silhouette nouvelle qu'il apercevait. — Si j'allais dans le bourg ? — se demandait-il avec candeur. — Je puis bien y avoir affaire... Pourquoi n'y entrerais-je pas ? Je n'y connais personne et je n'ai pas besoin de me cacher. Justement j'aperçois un magasin où je trouverai quelques articles dont j'ai besoin et qu'on ne tient pas à Dives. C'est une boutique de... de... Il se pencha pour lire l'enseigne, sur laquelle il lut : « Eug. Fromant. » C'était un nom propre qui n'apprenait pas de quelle nature étaient les denrées débitées. — C'est cela même, — fit Lebon. Son parti pris, il ne

fut pas long à l'exécuter. Il entra chez monsieur Fromant. La chance l'avait bien servi. Monsieur Fromant était papetier. — Avez-vous des bouts d'aile ? — demanda Jean.

— Quatre sous le paquet, — fit monsieur Fromant.

— Donnez-m'en trois.

— Prenez-en six paquets pour un franc.

— Avez-vous de l'encre bleue ?

— Combien de fioles en désirez-vous ?

— Deux.

— Sept sous les deux.

— Avez-vous du papier d'écolier ?

— Huit sous la main.

— Mettez-en dix mains.

— Est-ce tout, monsieur ?

— Oui, pour le moment.

— Nous avons dit, — reprit le marchand en énumérant les objets triés, — six paquets de plumes, un franc ; deux fioles d'encre bleue, trente-cinq centimes ; dix mains de papier, quatre francs. Cela nous fait cinq francs trente-cinq centimes. Je réclame votre pratique. Je n'ai que du choix, et meilleur marché que partout ailleurs. Je ne fais pas comme mes concurrents qui se fournissent en détail. J'achète en gros, directement dans les fabriques. Leur encre est faite avec du sureau ; leurs plumes sont brûlées au four ; leur papier boit.

La figure de Jean s'alluma tout à coup ; il venait de trouver le prétexte de la conversation qu'il voulait avoir avec le marchand.

— C'est probablement chez un de vos confrères que s'approvisionne mademoiselle... mademoiselle... bon, je ne me rappelle plus son nom à présent. N'importe le nom ; elle se plaint de ses crayons qui se cassent à tout propos. Mais comment s'appelle-t-elle ? je l'ai sur le bout de la langue. Vous devez la connaître ? Une brune, avec des cheveux ondés, presque toujours habillée de blanc, qui se promène seule quelquefois à cette heure-ci. Eh ! tenez, hier, elle a dû passer devant votre porte avec sa robe maculée de boue. Mademoiselle... mademoiselle...

— Il me serait difficile de vous aider. La mode est au blanc dans cette saison ; toutes nos demoiselles sont en blanc.

Jean en fut pour ses emplettes et la charge qu'elles lui causèrent. Il n'apprit rien.

— Qu'est-ce que cela me fait après tout ! — se dit-il en quittant Villers. — Je suis curieux comme un enfant. Ne croirait-on pas que j'ai quelque intérêt à savoir ce nom ! S'il m'en faut un absolument, j'aurai plus tôt fait de l'inventer. Je le choisirai selon mon goût. Le sien est peut-être laid ; ce serait dommage, elle est si jolie ! des mains comme du velours...

Ce monologue fut interrompu par un son de voix familier à Jean.

— Hue ! — disait la voix, — hue ! ma mignonne. Nous allons chercher le renouvellement de tes provendes à Villers. Un peu d'effort, pressons le pas, la Grise ! mon estomac crie la faim ; de ce train-là, nous ne serons pas de retour avant la nuit. Ça serait mal de m'attarder, puisque c'est pour ton propre compte que je viens ici. Hue ! — Puis, changeant de ton : — Tiens ! c'est vous, monsieur Lebon ! que faites-vous donc par ces chemins ? vous avez des loisirs, à ce qu'il paraît ? A propos, monsieur Jean, on m'a raconté certaine chose dont j'ai peine à me pénétrer. On m'a dit que, ce matin, vous avez embrassé le petit Planchet devant toute la classe. Vous me permettrez de trouver le cas tant soit peu scabreux. Comment ! je vous dénonce un voleur parmi les vôtres, et, au lieu de le punir, vous lui dressez un piédestal ! Mais c'est encourager le vice, cela. On a même ajouté que, pendant la récréation, vous l'avez mis avec les grands. N'interrompez pas ! vous avez la manie d'interrompre. Mon caractère me défend les surprises : je vous dois donc l'aveu de la plainte déposée par moi. Mon rapport est entre les mains de monsieur le maire, qui le fera parvenir au sous-préfet, qui l'enverra au ministre de l'instruction publique, dont vous relevez. Attendez-vous à la réprimande, ou mieux encore... N'interrompez pas. Je vous salue, monsieur Lebon. Huc, *la Grise !*

— Oh ! — murmura Jean quand il fut seul, — je subirai donc toujours des humiliations !

— J'ai peut-être été trop sévère, — se dit le curé de Dives. — Il m'intéresse toujours avec son air doux ; mais j'ai reçu de nouvelles instructions, plus précises encore que par le passé. Il paraît que monseigneur a des dénonciations anonymes. Qui donc peut l'avertir en se montrant si bien renseigné ?

VI

A Dives, et touchant l'école, il y avait alors un joli chalet dont le modèle venait d'Annecy. Ses trois rangs de balcons superposés, sa toiture qui faisait saillie pour protéger les galeries, ses escaliers extérieurs dont la rampe de bois à jour était enjolivée d'arabesques, ses fleurs grimpantes et les jardins anglais qui l'entouraient, lui donnaient un aspect à la fois riant et coquet.

Le propriétaire s'appelait Mareuil.

C'était un petit homme dont la figure avait des rides qui se dessinaient en plis propres comme un jabot. Son nez bourbonien, ses cheveux blancs et ses yeux vifs lui donnaient une certaine ressemblance avec l'ex-roi Charles X. Tous les ans, le 14 avril, il arrivait à Dives, par n'importe quel temps, et il en repartait invariablement le 15 octobre, avec le seul domestique de sa maison.

Monsieur Mareuil n'était pas fier ; il allait indistinctement chez les fermiers et chez les bourgeois.

Pendant trente années consécutives il avait été filateur à Rouen. Il était heureux alors ; tout lui souriait, et la famille et les affaires. Ses deux filles grandissaient sous son regard toujours bienveillant ; il était un dieu pour sa femme qu'il adorait.

— Les dots sont faites, — dit-il un soir, après inventaire. — Je me fais vieux ; nous aurons un appartement à Paris pour compléter l'éducation de nos enfants, et une bicoque au bord de la mer pour soigner aussi leur tempérament. Mon plan te va-t-il, madame Mareuil ?

— Je serais difficile s'il ne me convenait pas.

On vendit la fabrique, et, selon le programme, on se logea sur le boulevard, à deux pas de la Madeleine, pour être près des Tuileries. A Dives, on fit construire le chalet que nous venons d'esquisser d'un trait de plume.

. . . .

Une épidémie se chargea bientôt de déranger tout ce bonheur, comme si les joies humaines étaient une insulte à la destinée. Le choléra vint, et il emporta du même coup la mère et les deux enfants, laissant le père seul pour souffrir du désastre et s'en montrer inconsolable.

— Dieu me punit ! — s'écria-t-il ; — ma faute n'est pas de celles qui peuvent être pardonnées.

Quelle faute avait-il donc commise ? C'est toute une histoire à raconter.

Au temps de sa vie active, ses relations commerciales l'appelaient quelquefois dans les colonies. En y comprenant le temps du voyage, aller et retour, ses absences étaient d'environ six mois. Cela se renouvela cinq fois seulement, durant sa carrière de filateur. Madame Mareuil le remplaçait au bureau, surveillait le travail manuel, tenait la correspondance, les écritures et la caisse, avec le soin et la fermeté qu'il mettait lui-même à ces diverses occupations. Rien ne souffrait.

A l'époque de son dernier voyage, il s'était présenté comme industriel chez un planteur de la Caroline, pour acheter mille balles de coton, qu'il paya comptant. Le planteur fit fête au nouveau client. Il mit son habitation tout entière à ses ordres, avec les chevaux de ses écuries. Il décacheta pour lui des vins français, et voulut absolument le retenir dans ce paradis pendant trois mois.

Le planteur avait une nièce âgée de vingt ans, caractère fantasque, tout fait de résistances et de sauvages entraînements. On la laissait courir seule sur la plantation et se mêler aux nègres, dont les mœurs dissolues n'étaient pas faites pour lui donner de bons enseignements.

— Moi, — disait-elle, — j'épouserai le premier homme qui me conviendra.

Monsieur Mareuil lui plut ; mais il était marié.

Elle ne chercha pas à dissimuler la préférence dont elle le rendait l'objet. Il n'y vit d'abord qu'un enfantillage, et il s'y prêta de bonne grâce, en souvenir de ses enfants plus jeunes dont ces prévenances familières lui rappelaient les câlineries. Mais était-ce bien ainsi que ses chères filles l'embrassaient ?

Il parla de faire ses malles.

— Il n'y a pas de navire en partance pour l'Europe, — lui dit le planteur ; — vous resterez forcément notre hôte un mois de plus.

Il se promit de s'observer.

Chaque fois que mademoiselle Virginie le rencontrait, sous les cotonniers déserts, il tournait bride immédiatement, sans se soucier de l'opinion qu'elle en concevrait.

Une autre que Virginie se serait sentie offensée de ce changement. Était-ce donc qu'il la détestait ? Mais alors toutes les séductions qu'elle se croyait n'étaient qu'une illusion de vanité ! Elle jura de savoir bientôt à quoi s'en tenir sur les sentiments du manufacturier à son égard.

Renonçant alors à sa tactique, elle se tint avec lui sur une grande réserve, espérant que par un renversement de logique il ferait un pas en avant quand elle en ferait un en arrière. Il feignit de ne pas s'en apercevoir. Elle eut de l'esprit aux heures de la réunion sans que jamais sa verve fût en défaut ; monsieur Mareuil rit de ses boutades humoristiques, mais il ne se montra pas plus charmé pour cela. Elle garda le silence toute la soirée ; il ne tenta rien pour le faire cesser. Elle fut verbeuse le lendemain au déjeuner ; elle débita mille facéties à tort et à travers, comme si elle cherchait à s'étourdir. Toujours même indifférence de monsieur Mareuil. Elle en éprouva comme un sentiment de défaite.

Elle ne dormit plus ; ce masque froid l'irritait.

— Je suis donc bien laide ? — demanda-t-elle à la négresse qui la servait.

— Oh ! maîtresse, pouvez-vous dire ?

Elle alla vers son miroir, qui confirma les assurances de la négresse.

— Alors, — dit-elle, — c'est qu'il n'aime pas ; je veux qu'il aime.

Ses yeux veloutés prirent des langueurs ; elle eut des mélancolies, des abattements, des tristesses. Il passa contre son hamac sans la remarquer. Décidément cet homme était de marbre ou de bronze ; il exaspérait sa passion.

Une après-midi que l'atmosphère était embrasée et que les aromes des fleurs montaient au cerveau, elle aperçut monsieur Mareuil qui s'enfonçait dans les épaisseurs du bois. Il allait faire sa sieste sous le couvert. Elle le suivit. Il s'étendit avec délices sur l'herbe fraîche où il s'endormit. Elle se laissa tomber, à courte distance, sur le chemin qu'il aurait à suivre pour rentrer.

La solitude avait des ombres mystérieuses.

. . . .

Le lendemain matin, avec le jour, monsieur Mareuil entra dans la chambre du planteur.

— Je pars, — lui dit-il ; — une affaire grave... je vais à Boston.

— Si l'affaire est sérieuse, — fit le planteur avec un stoïcisme de quaker, — je n'ai plus le droit de vous retenir : les affaires avant les plaisirs. Seulement, je vous prie de vous souvenir que vous trouverez toujours ici la maison ouverte.

Ils s'embrassèrent, quoique monsieur Mareuil s'en défendît.

Monsieur Mareuil partit sans tourner la tête jusqu'au prochain port, où il s'embarqua.

. . . .

A un an de là, comme il était seul dans son cabinet, il reçut la visite d'une négresse qui portait un petit enfant.

— Elle vous l'envoie, — dit la négresse, — avec cette lettre d'explication.

Il déchira l'enveloppe tout ému. Elle lui disait :

« Je ne pouvais pas la garder ; ayez-en bien soin. Que » Dieu la protége, si vous lui manquez ! »

Le pauvre filateur eut un pressentiment de syncope. Il se remit pourtant au moment où sa femme entrait.

— Oui, ma brave fille, — dit-il à la négresse, — je vous reconnais parfaitement.

Et il raconta certaine fable qui prouvait en faveur de son imagination. Il fut convenu que cette enfant était le fruit d'une liaison secrète ; un de ses amis de New-York la lui recommandait expressément.

Dans l'entraînement de son âme sensible, madame Mareuil voulut l'adopter. Le mari confus s'opposa. On mit l'enfant, avec sa nourrice, dans une maison de campagne près de Rouen. Quand on allait la voir, le dimanche, le père affectait de l'effleurer du bout des lèvres, pendant que sa femme et ses filles l'embrassaient avec effusion.

Ses filles lui disaient souvent :

— Tu la repousses, petit père ; aime-la, nous t'en supplions.

Il mentait à ses sentiments, et cette hypocrisie lui faisait mal.

Sa femme et ses filles mortes, il eut tout de suite l'idée de prendre avec lui l'enfant ; mais sa conscience protesta. De quel droit introduirait-il dans sa maison cette preuve vivante de sa faiblesse ? C'était souiller son domicile et blasphémer contre ses chagrins. Il ne voulut jamais consentir à l'aveu de sa triste paternité ; il cacha sa nouvelle fille comme il aurait dissimulé la preuve d'un crime. Elle était près de lui partout, tantôt à la campagne, tantôt à Paris, mais discrètement. La négresse, qui savait le mot d'ordre, partait la première, et elles se logeaient dans les environs à quelques lieues de lui, si c'était à Dives ; dans un quartier rapproché du sien si c'était à Paris, au retour de chaque saison.

Il la voyait à la dérobée.

— Je souffre de cette contrainte, — se disait-il chaque fois qu'une envie de s'en rapprocher davantage le prenait ; — mais je lutterai jusqu'au bout : le devoir le commande ainsi. Je suis puni par où j'ai péché.

VII

A quinze jours des événements microscopiques qui font le sujet des chapitres précédents, monsieur Mareuil fit sa toilette avec soin. Il allait voir sa fille qui logeait à Villers, dans la plus belle villa du bourg.

— Tiens, vous sortez déjà, monsieur de Mareuil ! — lui dit un paysan qui prenait le frais.

On lui donnait la particule par flatterie, car il faisait tout le bien possible autour de lui.

— Oui, — répondit-il ; — je vais faire une promenade, sans savoir où.

. . . .

Il s'enfonça dans les chemins, allant aussi vite que son âge et ses jambes grêles le lui permettaient. Il mit trois heures à parcourir la distance de Dives à Villers sans qu'il ressentît la moindre fatigue, tant il avait hâte d'arriver. La vieille négresse l'introduisait auprès de sa fille.

— Eh bien ! Cora, comment sommes-nous ?—demanda monsieur Mareuil en lui baisant le bout des doigts.

— Vous savez bien que je m'ennuie.

— Oui, vous me l'avez dit assez souvent, chère belle. C'est la même chanson ici que là-bas, à Villers qu'à Paris, partout enfin. Vous manque-t-il donc quelque chose ?

— Je l'ignore, mais j'ai le spleen, un vrai spleen anglais. Vous me gâtez, Zabeth me choie ; je me lève lorsque cela me plaît, pour me coucher quand c'est mon plaisir. Personne ne me contrarie ; je vais, je viens, je cours, libre comme les tourterelles de mon colombier. J'ai des dentelles comme une duchesse, des bijoux comme une impératrice ; les plus jolies choses sont pour moi ; mais...

— Mais quoi ?

— Rien.

— Voyons, dites-moi tout une bonne fois.

— Non, ce serait vous faire de la peine inutilement.

— Ne me comptez pour rien ; c'est votre chagrin qu m'affligera toujours, par-dessus tout. Allons, ma gentille, un bon petit élan de franchise ; j'ai peut-être un baume pour votre cœur.

— J'en doute, hélas !

— Essayez pourtant.

La jeune fille hésita.

— C'est impossible, — dit-elle, — vous promettez trop.

— Je ne prends aucun engagement ; je dis seulement que je tâcherai de vous guérir.

— Vous le voulez absolument ?

— Voilà trois ans que je vous en prie, depuis que ces gros soupirs vous sont venus.

— Eh bien ! Je voudrais être tutoyée.

La figure de monsieur Mareuil s'éclaircit ; il redoutait une confidence plus embarrassante ou plus terrible.

— La belle affaire ! — s'écria-t-il. — Certainement, mademoiselle, on obéira, puisque cela vous est tant à cœur. Ah ! c'est là le motif de ce spleen anglais ! Zabeth ! Zabeth !—La négresse accourut. — Tu tutoieras ta maîtresse ; comprends-tu ? — lui dit l'ancien manufacturier, riant aux éclats de l'air effaré qu'elle prenait. — Tu lui diras *tu*, gros comme le bras, à tout bout de champ. Elle le commande, je l'ordonne. C'est bien compris, n'est-ce pas, Zabeth ?

— Oui, notre maître ; la demoiselle l'exige donc ?

— Nous l'exigeons tous les deux.

— C'est bien, ça sera facile ; vous allez voir.—Et la brave femme, longtemps contrainte dans ses expansions, se mit à sauter de joie en battant des mains. — Dans mon pays, — dit-elle, — on tutoie ceux qu'on aime, mam'zelle Cora ; il n'y a que ceux qu'on déteste qu'on ne tutoie pas. Je te tutoierai du matin au soir, tu verras, tu verras, mam'zelle Cora ; je te dirai tu, je te dirai toi ; veux-tu ceci ? veux-tu cela ? prends cette chaise ; viens t'en dormir, viens t'en boire, viens t'en manger ? Tu me rends bien heureuse, vois-tu, de me permettre de te tutoyer. Veux-tu que je te dise ? quand tu dormais, et que j'arrangeais ta jolie tête sur l'oreiller, je te tutoyais pour moi ; ça m'était agréable. Il n'y avait que quand tu étais réveillée que je te disais vous ; aussi, j'aurais voulu toujours te voir dormir. Le maître permet, la maîtresse permet ; je suis bien contente, mam'zelle Cora.

Elle s'élança par les escaliers, et, pour témoigner de sa joie, elle attaqua vigoureusement une chanson de son pays.

— Elle m'aime bien, — dit Cora.

— Comment ne vous aimerait-elle pas ? Pour apprécier ses sentiments vous n'avez qu'à vous souvenir quel fut son désespoir à la mort de la chèvre qu'elle avait amenée des colonies, et qui vous avait nourrie de son lait. J'ai cru pendant quelques jours qu'elle en ferait une maladie. Tout à l'heure, avec la spontanéité des Indiennes, elle applaudissait bruyamment votre idée qui lui plaisait tant. Eh ! tenez, je l'entends danser.

— Chère Zabeth.

— Maintenant, mademoiselle, ôtez le crêpe de votre cœur ; vous n'avez plus d'occasion pour le mettre en deuil.

— Et vous, monsieur, si constamment affectueux pour moi, n'imiterez-vous pas un peu Zabeth ?

Monsieur Mareuil eut un mouvement de corps comme si ses doigts inexperts touchaient une plaie saignante sous son vêtement.

— Je ne le dois pas, — dit-il d'un air attristé.

— C'est juste, vous n'êtes pas même mon parent. Ne m'avez-vous pas dit un jour, quand je fus en état de vous questionner, que j'étais une fille abandonnée par sa mère ? que mon père, s'il existe, ne consentirait jamais à se révéler ? C'est une histoire triste que la mienne. Pour m'étourdir, je me livre à des exercices continuels ; je cours sur les falaises, aux endroits les plus dangereux...

— Oh ! non, — interrompit monsieur Mareuil ; — pas ceux-là, j'espère. Je vous ai sévèrement interdit le Désert, et je pense bien que vous n'avez pas oublié mes pressantes recommandations.

— Vous changez de conversation ; nous reviendrons sur ce chapitre, si cela vous plaît. Provisoirement, vous me permettrez de m'en tenir à notre point de départ.

— Eh bien ! soit, petite volontaire, je vous tutoierai.

— Vous me dites cela d'un air lugubre ; j'aime mieux la manière de Zabeth. N'importe ! c'est autant de gagné. Mais allez donc ! — ajouta-t-elle en frappant le parquet de son pied mutin.

— Tu n'as plus rien à me demander, à présent ?

— Si fait, encore un effort de votre part. — Monsieur Mareuil l'embrassa. — Voyez-vous, — s'écria Cora dont les traits s'épanouirent, — vous m'embrassez autrement qu'hier. C'est l'effet des familiarités permises. Ma foi ! puisque j'y prends goût, je vais solliciter autre chose.

— Et ce sera fini, bien fini, très-fini ?

— Je le jure !

— Je t'écoute, petite volontaire, — dit monsieur Mareuil en l'attirant sur le canapé.

— Ce sera difficile à dire ; mais vous me promettez d'être indulgent ? oui, vous pardonnerez mes audaces, je le vois dans vos yeux qui me tolèrent toutes les paroles. Je ne sais, — poursuivit-elle en se faisant des gravités relatives, — pourquoi je me sens si parfaitement rassurée près de vous ; mais il me semble que je ne le serais pas davantage à côté du père que je n'ai plus ou que je n'ai pas. Cependant... vous attendez une confession complète ?

— Entière.

— L'expression juste ne me vient pas ; c'est égal, vous rétablirez les mots naturels et vrais. Vous pourvoyez à tous mes besoins... vous êtes riche, c'est votre fantaisie de faire cela ; mais à quel titre ces soins assidus ? Oh ! ne pâlissez pas, je me tairai plutôt. Je suis une indiscrète ; pourtant, je voudrais savoir. Cela vous chagrine ? ne me dites rien, j'ai eu tort de vous questionner. Qu'il me suffise de me sentir tranquille et heureuse. Ne pleurez pas, je vous en supplie ; laissez-moi essuyer cette petite larme que je vois poindre au bord de vos cils.

— Mais non, mais non ! je ne pleure pas.

— Je me déteste de vous tourmenter ainsi ; mais il faut conclure, ayant débuté. Je n'aurais pas le courage de recommencer. Savez-vous ce qui m'est arrivé l'autre soir ? Je passais dans la rue. Deux étrangères m'ont lorgnée, en murmurant quelque chose d'horrible pour vous autant que pour moi. Je leur ai jeté mon regard le plus méprisant ; elles en ont ri. Allez, monsieur, vous n'empêcherez pas les mauvaises langues de répéter cette injure-là. Qui sait ? on la colporte peut-être, à mon insu, tout autour de moi. Je vous le demande en grâce, faites cesser ces calomnies. Changeons de pays, demeurons franchement ensemble, car je me sens protégée par vous. Vous me ferez passer pour votre nièce, et l'on ne risquera plus ces énormités. Si vous me refusez cette prière juste, je vous le déclare sur mon honneur, je n'accepterai plus rien de vous. Je travaillerai pour vivre. Vous m'avez dit souvent que j'étais forte sur le piano, que je peignais avec goût, que ma voix était agréable ; je donnerai des leçons, et je me sentirai plus heureuse quand je serai rentrée dans la vie commune. Vous m'avez pressée pour tout savoir ; j'ai fait des aveux sincères. Oh ! ne pleurez pas ! cela me fait mal.

Monsieur Mareuil pleurait en effet, et cette fois sans s'en cacher.

— Les vipères ! — s'écria-t-il enfin avec explosion.

— Non ; elles n'étaient pas même méchantes : elles disaient ce qu'elles croyaient. Leur seul tort est d'avoir parlé haut.

— C'est fini ! tout mon bonheur s'est envolé ; et tu ne veux pas que je les maudisse ? Pauvre ange ! — achevat-il en prenant les mains de la jeune fille, — Ah ! si tu savais...

Cora rejeta sa tête en arrière pour lire plus profondément dans les yeux de cet homme dont elle n'avait pas encore le secret.

— Tant pis ! — se dit-elle en se redressant ; — j'avais cru quelque chose d'immense. C'était une erreur, il ne m'a pas ouvert ses bras.

— Écoute, Cora, — reprit monsieur Mareuil d'un air solennel ; — promets-moi d'attendre un mois sans me tourmenter. Je réfléchirai ; j'ai besoin de m'accoutumer d'abord à ta demande. Nous verrons... mais surtout ne désespère pas de la Providence. Tu me le promets ?

— Il le faut bien.

Il se sentit l'âme soulagée.

— A mon tour ! — dit-il en affectant une gaieté qu'il n'avait pas. — Tu m'as prévenu tout à l'heure que tu commettais des imprudences pour t'étourdir. Or, comme tu n'as plus de motifs, tu ne renouvelleras pas ces tentatives ? Et d'abord raconte-les moi.

— Bien volontiers ! d'autant plus que vous y trouverez une occasion de remercier mon sauveur.

— Un sauveur ?

— Oui, un sauveur anonyme, qui m'a tirée d'un mauvais pas. Figurez-vous que, sans me douter du danger, j'étais allée naïvement au bout du pic, vous savez ? au dessus des Vaches-Noires.

— Tu me fais frémir.

— Il n'est plus temps, puisque me voilà. Un hasard providentiel m'avait conduite par le bon chemin. Pourquoi ai-je pris les pierres bonnes au lieu de suivre les gazons mauvais, c'est ce qu'il me serait impossible de vous expliquer. Si bien que j'étais sur la crête, regardant en bas, fière de moi, n'éprouvant pas le moindre vertige. Tout à coup j'aperçois une redingote bleue qui s'enfonce dans une crevasse de la falaise, et qui se crotte jusqu'au dos pour grimper vers moi par le plus court. Cela m'étonnait. Elle m'aborde, elle me parle. Et elle sonde le sol avec un bâton, pour me montrer les pièges cachés. Une peur rétrospective s'empare de moi. La redingote m'entraîne aux bons endroits, et, malgré tous mes efforts pour savoir l'adresse de son portemanteau, je ne peux en obtenir qu'un salut gracieux.

— Qu'est-ce que tu me baragouines là !

— Je dis redingote au figuré. Elle était si longue, qu'elle l'enveloppait du haut en bas. J'en excepte les manches, qui n'arrivaient pas au point voulu ; mais pardonnez-moi cette moquerie, qui semblerait trahir un méchant cœur en se prolongeant. L'homme qui la portait était jeune, avec un air de modestie, je dirai presque d'humilité. Je gagerais qu'il est honnête, et bon aussi ; son acte de dévoûment en fait foi.

— Et il a refusé de donner son nom ?

— Oui.

— Est-il de Villers ?

— Je ne le pense pas. Il venait de l'embouchure de la Dives, vers laquelle il est retourné.

— Voyons, rassemble tous les souvenirs ; je crois reconnaître l'habit, c'est un point déjà. Quelle est la taille du mannequin ?

— Haute.

— Est-il gras ou maigre ?

— Tout ce qu'il y a de plus maigre.

— Et sa figure ?

— Je ne l'ai pas beaucoup remarquée, dans la situation où je me trouvais. Je crois cependant qu'elle est belle, non de régularité, mais d'expression ; ses yeux surtout m'ont frappée, car ils trahissent des réflexions profondes ou d'amers chagrins. Du reste j'ai dessiné la scène sur mon album ; consultez-le, vous reconnaîtrez peut-être le personnage.

— Assez ! — dit monsieur Mareuil après avoir vu l'album. — Je le tiens ; il demeure à côté de moi.

— Quelle est sa famille ?

— Il est orphelin.

— Pauvre garçon !

— Faut-il que je te l'amène ?

— Oh ! non, ce n'est pas nécessaire ; il pourrait s'étonner de l'irrégularité de ma situation.

— Adieu, chère Cora ; veux-tu me permettre de revenir ici demain, pour le dîner ?

Elle lui sauta gentiment au cou, pour le remercier d'une si charmante proposition.

Quand il l'eût quittée, il entendit Zabeth qui criait :

— Viens t'en manger, mam'zelle Cora, ça froidirait. Tu verras comme c'est bon ; j'étais contente, je t'ai soigné ça plus que jamais, mam'zelle Cora.

Plus loin, monsieur Mareuil aperçut le curé de Dives qui chevauchait allègrement par les chemins.

— Hue ! *la Grise !* — répétait-il à tout propos.

Le curé de Dives allait déjeuner à Dozulé, cueillant des mûres par ci, par là, pour les assembler dans le creux de sa main et les jeter dans sa bouche en se renversant. Et il sifflait l'air des couplets normands cités plus haut, avec un petit sourire fort expressif.

VIII

Cependant Jean Lebon dépérissait à vue d'œil, comme pour donner un démenti formel aux vieilles commères de Dives, qui prétendaient qu'il lui serait impossible de perdre en poids. Depuis quinze jours, que sa volonté y fût ou non pour quelque chose, il se dirigeait vers Villers, de quatre à sept heures du soir, au pas gymnastique le plus souvent ; mais il avait beau consulter les gens, explorer le bourg et ses environs, il ne trouvait aucun indice révélateur, rien qui pût le mettre sur la trace de sa mystérieuse apparition.

— C'est seulement pour savoir si je me suis trompé, — se dit-il naïvement ; — mon imagination me présente sa beauté comme irréprochable ; ma raison m'assure que toutes les perfections ont des taches... le soleil en a bien ! il s'agit tout simplement de la question d'art. — Le lendemain il recommençait, plus acharné que la veille, inventant de nouveaux prétextes pour s'excuser à ses propres yeux. Cette poursuite ressemblait à de la folie. Que pouvait-il en sortir de bon ? Qu'il rencontrât ou qu'il ne rencontrât pas la jeune fille, dans les deux cas c'était un malheur, avec la persistance qu'il y mettait. — Si je l'aperçois, — pensait-il, — je me contenterai de la voir de loin. Je m'y suis mal pris : au lieu de lui dire brutalement qu'elle courait des dangers, j'aurais dû la secourir moins tapageusement, sauf à lui prouver ensuite à quoi son imprudence l'exposait. J'aurais ainsi ménagé son impressionnabilité. Je crains qu'elle soit malade du contrecoup de ses frayeurs ; quand je l'aurai vue, je me sentirai rassuré, je ne désire que cela. Il ne faudra pas qu'elle me voie ; je serais mesquin en me montrant ; j'aurais l'air de courir après un remercîment, quand je n'ai rempli qu'un simple devoir.

. . . .

Toutes ces démarches infructueuses agaçaient ses nerfs. Pendant les intervalles de ses recherches, il se livrait aux travaux grossiers qui faisaient l'appoint de sa profession, mais toujours avec la frayeur qu'elle le surprît en train de s'avilir. Il regardait de droite et de gauche, prêt à s'aplatir contre une muraille s'il était découvert dans cet attirail, ce qui lui rendait plus mauvais encore les ouvrages manuels qu'on lui commandait. Et il se mettait à détester ceux qui, sans souci de sa dignité, lui renouvelaient toutes ces corvées ; il détestait le curé de Dives, qui le condamnait à l'humiliation perpétuelle, à creuser les fosses du cimetière, à récurer les flambeaux du maître-autel, à garnir d'huile la lampe fumeuse du baptistère, ainsi de suite pour les services infimes de la sacristie ; il détestait le maire, qui le traitait comme un domestique et le faisait manger à l'office, quand par hasard il l'utilisait aux heures habituelles de ses repas ; il détestait le receveur, qui mettait des protections dans son salut ; le brigadier de gendarmerie, qui lui parlait toujours de haut ; l'officier des douanes, qu'ui reprochait sa timidité ; il les détestait tous, jusqu'au dernier de la hiérarchie.

La réflexion venue, il s'en voulait de ces haines, basées sur de mesquines considérations de vanité.

Il haussait les épaules, et il se disait :

— Tout cela parce que je crains d'être aperçu par *elle.* Est-ce assez stupide de ma part ! Mais je ne la connais pas ! qu'est-elle pour moi ? C'est égal, je suis sûr qu'elle est malade par ma faute. Si je m'adressais au médecin de Villers ?

Comme il se posait cette question, il vit entrer chez lui monsieur Mareuil.

En diverses circonstances, monsieur Mareuil lui avait témoigné de l'intérêt.

— Votre classe est finie, monsieur Lebon, — lui dit le vieillard avec affabilité, — Vous êtes libre. Que diriez-vous, si je vous enlevais à vos réflexions ? — Jean eut de la peine à dissimuler une grimace ; il redoutait d'être empêché de se rendre où il projetait d'aller. Son interlocuteur reprit : — Voulez-vous venir à Villers ? nous causerons pendant le trajet.

La figure de Jean s'illumina.

— Très-volontiers, — répondit-il.

On partit immédiatement.

La première heure de marche fut consacrée aux paroles oiseuses ; ces deux hommes comprirent d'instinct qu'ils avaient des préoccupations individuelles qui les empêchaient de se livrer. Monsieur Mareuil rompit le premier la glace :

— Au fait, dit-il, je vous dois une explication. Il ne suffit pas d'enlever quelqu'un ; encore faut-il lui expliquer le motif de l'enlèvement. — Il s'arrêta pour prendre la main de Jean, et, d'un ton sérieux, il ajouta : — Je vous crois un homme d'honneur, monsieur Lebon. Promettez-moi de tenir secrète la confidence que je vais vous faire.

— Si rien ne vous y force, — répondit Jean avec douceur, — le mieux serait de la garder pour vous, monsieur Mareuil, non point que je me méfie de ma discrétion, mais parce que la chose me semble grave, au son de voix que vous y mettez. Ne livrez rien au hasard. Je n'ai pas l'honneur d'être assez connu de vous, monsieur, pour que vous puissiez être sûr que votre confiance sera bien placée.

— Votre sage réserve me décide. Eh bien ! monsieur Jean, tel que vous me voyez, je ne suis pas seul. L'histoire de mes malheurs est connue ; celle de mes dissimulations ne l'est pas. On m'a confié la garde d'un enfant naturel que des raisons particulières m'obligent à tenir caché. C'est cet enfant que nous allons voir.

— Et vous comptez sur moi pour entreprendre son éducation? c'est bien, monsieur, ne m'en racontez pas davantage. On ne saura jamais de qui je tiens cet élève. — Mais non, mais non, il est tout élevé déjà. Il s'agit tout simplement de lui faire une visite dans un but qu'il se propose de vous révéler lui-même. Eh! tenez, nous arrivons; votre curiosité n'aura pas à souffrir longtemps. La première rue à gauche... la quatrième maison du même côté... nous y voilà. Donnez-vous la peine d'entrer. — Jean Lebon entra. Au bout de l'escalier qui faisait face à la porte, il aperçut une forme blanche, en pleine lumière, sur le palier. — Qu'avez-vous donc?—lui demanda monsieur Mareuil; — vous pâlissez.

— Ce n'est rien, — fit Jean; — un peu de fatigue, voilà tout.

La jeune fille descendit.

— Tu peux m'embrasser en présence de ce brave garçon, il connaît nos situations respectives; c'est un secret qu'il gardera.—Une idée pénible dessina des plis sur le front de la jeune fille. Il lui semblait triste d'étaler si facilement ses douleurs intimes en la présence d'un étranger. Elle se remit vite de cette impression; avec la versatilité qui faisait le fond principal de son caractère, elle embrassa monsieur Mareuil et tendit ses deux mains à Jean. — Elle m'a tout raconté, monsieur Lebon, — dit l'ancien manufacturier; — merci pour elle et pour moi. — Jean contemplait Cora, et il ne lui trouvait que des perfections. L'objet d'art qu'il s'était promis d'étudier le jetait en des confusions indescriptibles. Il restait là, debout, incapable de placer un mot. — Je parie que vous vous demandez comment on a fait pour vous deviner! — s'écria monsieur Mareuil; — vous y aviez mis une telle discrétion, qu'il a fallu le crayon de cet habile dessinateur pour que j'y voie clair. Regardez plutôt. — Il ouvrit l'album. Cora fit un effort pour le refermer. — Laisse donc! — dit monsieur Mareuil; c'est un chef-d'œuvre de ressemblance.

Elle rougit jusqu'au blanc des yeux.

— En effet! — dit tristement Jean Lebon; — il ne devenait pas difficile de me reconnaître.

La jeune fille comprit qu'elle avait blessé Jean par l'exagération de certaines lignes.

— Ce n'est pas un portrait, — fit-elle; — c'est une caricature. Je me suis ridiculisée moi-même comme j'ai ridiculisé monsieur. Voyez de quelle façon je me trouve mal, tout d'une pièce, comme une planche à la recherche d'un point d'appui. Je suis grotesque avec mes mains ouvertes et mes doigts raidis.

Et, par suite de cette logique de sensibilité qui cherche à redresser les torts, même involontaires, elle eut une voix câline avec Jean Lebon, oubliant en une seule fois tous les travers physiques qu'il pouvait avoir. Elle alla même, dans l'entraînement de sa justice rétributive, jusqu'à lui trouver de la distinction. Elle fit tant d'efforts pour qu'il y parût que Jean se sentit comme amoindri; il y perdit le reste de sa contenance. Il balbutia quand il fallut répondre; ses yeux se couvrirent d'un voile, et ses oreilles eurent de terribles bourdonnements.

— Je le croyais plus fort que ça! — murmura monsieur Mareuil, étonné de ces confusions et de ce laconisme.

— Pauvre garçon! — pensa Cora, — il me croit disposée à la moquerie.

Elle voulut savoir ce qu'il était, et s'informa de sa profession.

— C'est notre instituteur primaire, — répondit en toute hâte monsieur Mareuil;—c'est lui qui tient l'école de Dives...—Jean Lebon lui jeta son regard le plus apitoyé; ce regard semblait dire: « N'ajoutez pas que je fais toutes les besognes; que je lave les escaliers de la mairie et la vaisselle de la cure; que j'enterre les morts; que je suis chantre, bedeau, sacristain; que je fais la classe dans ma chambre; qu'on danse où je couche, et que pour toute cuisine j'ai mon poêle. » Monsieur Ma-

reuil reprit: — Monsieur est Lebon, Jean Lebon. Voilà deux cents ans que les Lebon sont maîtres d'école de père en fils. Si l'on sait quelque chose à Dives, c'est aux Lebon qu'on doit cela. — Jean tremblait de tous ses membres: le terrain était si brûlant! Il n'était pas jusqu'à son nom qu'il ne trouvât ridicule en ce moment, prononcé quatre fois dans une phrase de quelques mots. Allait-il donc le désavouer mentalement? — Eh! poursuivit monsieur Mareuil en affectant de l'entrain pour regaillardir l'esprit du martyr, — les Lebon sont connus à dix lieues à la ronde. Dans cette famille, on a le respect des traditions.

Le malheureux était sur des charbons ardents. L'éloge de monsieur Mareuil, si c'en était un, semblait dire, librement traduit: « Tu vois bien cette redingote, et ce gilet, et ces bottes, et ce pantalon? eh bien! ils datent de 1637; ça vous a deux siècles pour le moins. Est-ce assez bête de tenir si scrupuleusement au costume de son trisaïeul! » Tout lui devenait prétexte à de nouvelles timidités, comme s'il avait besoin qu'on lui confisquât son restant d'aplomb.

— Nous ne sommes pas riches, — balbutia-t-il; — c'est une question d'économie.

Machinalement, Cora regarda les pans de la redingote, comme pour reprocher quelque chose à la prodigalité du premier Lebon.

Jean s'assit sans y être invité.

Il comptait dissimuler quelque chose, quant à la longueur abusive des pans, et il se trouva qu'ils s'étalèrent autour de sa chaise, en faisant des queues sur le parquet.

Le sourire de Cora lui donna la preuve que ses intentions étaient pénétrées, quoiqu'elle souffrît des gênes croissantes qu'elle lui voyait.

— C'est égal, — dit-elle avec plus d'élan que de calcul, — sans monsieur Lebon j'aurais trouvé le repos éternel dans la falaise... Maintenant que je connais les piéges, je me propose de les éviter.

— Oh! non, — dit Jean, — une erreur est si vite commise! Non, vous n'irez pas. Il y a des témérités plus dignes de vous : allez en mer, sur un batelet, défiez la lame, défiez le vent, défiez l'orage, la madone vous protégera, elle a des bontés pour ses élus; mais ne retournez pas au Désert : n'y retournez pas!

Elle l'avait fait parler, c'était ce qu'elle cherchait.

Elle fut satisfaite de son éloquence, dans laquelle il avait su mettre une chaleur communicative.

— Alors, — dit-elle, — je prendrai le bac du pêcheur Prilloux, et je m'en irai loin, toute seule pour le conduire, avec sa grande voile, au gré de la brise et des courants.

— Ce n'est pas cela que je voulais dire, — reprit Jean avec fermeté; — la première rafale vous engloutirait. Vous aurez un pilote expert; ou plutôt non, vous renoncerez encore à ce caprice d'enfant gâtée. S'il faut des aliments à votre activité trop contenue, vous choisirez des buts meilleurs. Il y a des pauvres et des malades dans le pays : soignez-les et visitez-les, ils vous le rendront en bénédictions. C'est le désœuvrement qui vous donne ce besoin factice de luttes; il vous semble que vous seriez capable d'inventer des précipices, s'il n'y en avait pas, pour mesurer leur profondeur. C'est confondre l'ombre et la lumière, cela; je le répète, trouvez un but.

Il ne prêchait pas, il parlait avec l'autorité de sa conviction.

Sa timidité le reprit, parce qu'il s'aperçut qu'on l'observait en l'écoutant.

On se mit à table.

Il regarda passer les mets.

Cora toucha successivement à tous les sujets qui pouvaient relever la conversation qui languissait. Jean n'était plus à ce qu'on disait, une pensée unique le paralysait dans ses facultés intellectuelles : elle était belle, soirituelle, instruite ; que signifiait-il à côté de cette créature splendide, inventée par Dieu dans un moment de luxe prodigue ?

— Oui, — insista la jeune fille, — donnant suite à la dernière question qu'elle avait posée, — je voudrais savoir si les *végétaux* ont conscience de leurs sensations.

Au lieu de répondre, Jean se leva de table, pour ne pas prolonger cette visite au delà du terme assigné par les convenances. Il était neuf heures, les bougies flambaient. Un serrement de cœur le prit ; il ne savait pas s'il lui serait possible de revenir ; c'était bon une fois de l'inviter, le dîner payait la dette de reconnaissance. Il avait éprouvé mille peines intimes, il demandait à les ressentir encore ; elles lui faisaient à la fois du bien et du mal. Il salua Cora gauchement.

Elle fut polie, et rien de plus.

En route, monsieur Mareuil prit le bras de Jean, pour se diriger à travers les demi-transparences d'une nuit sans lune.

Jean devint verbeux ; il parla beaucoup, principalement sur les sujets discutés tout à l'heure en sa présence, sans qu'il feignît d'y prêter la moindre attention. Il se sentait doublement fort, parce que son intelligence était surexcitée, et parce que les ridicules de son corps ne se voyaient plus.

— *Elle* demandait si les végétaux ont conscience de leurs sensations, — dit-il tout à coup, — comme nous des nôtres ; mais ils n'ont pas de voix perceptible à nos oreilles pour les exprimer. Faites une entaille à cet arbre, et repassez demain pour étudier l'état de la plaie ; tout s'accomplira comme chez nous : les chairs vives du bois se rapprocheront pour réparer le désordre apporté dans l'économie, une autre écorce se formera. Les plantes ont des veines qui charrient leur suc... le suc ou le sang, c'est la même chose. Elles se redressent ou se fanent, selon les circonstances atmosphériques qui conviennent ou qui nuisent à leur floraison. Elles ont un cœur qu'on ne peut toucher impunément, et que protégent mille filaments. On ne peut nier qu'elles souffrent, d'où je conclus qu'elles ont des nerfs : c'est par les nerfs que se traduisent les impressions. N'avons-nous pas la sensitive, mille fois plus susceptible que la femme la plus délicatement organisée ? Tout vit, puisque tout meurt ; tout pense, tout aime et tout souffre. Placez une fleur à l'ombre, vous la verrez s'allonger et se tordre pour aller chercher le soleil. Il y a des paysages tristes, il y en a de gais ; cela tient à leur situation. Les peintres n'ont pas encore pénétré ces mystères ; ils peignent les arbres avec des tons verts variés, mais ils oublient leur expression, comme s'ils n'avaient pas de physionomie. Comment supposer que Dieu, qui est la vie universelle, ait organisé quelque chose d'incomplet ? Dans notre orgueil, parce que nous avons la parole, nous nous prétendons les premiers de tous ; les animaux, qui ont des plaintes, viennent après nous ; puis nous classons ensuite les végétaux, qui se taisent ; pauvres esprits étroits que nous sommes ! On crée des espèces de végétaux comme on obtient toutes les races nouvelles, par le croisement. Le même mystère partout. Supposez un végétal insensible, il vivra comme un égoïste et mourra bientôt infécond.

— J'ai du plaisir à vous écouter, — dit monsieur Mareuil ; — aussi je regrette d'être arrivé sitôt. Bonsoir, monsieur Jean.

— Diable ! diable ! — murmura Jean, — il ne m'a pas invité. Imbécile que je suis ! — reprit-il en se ravisant ; — ne dois-je pas une visite dans les huit jours ? J'ai mangé chez eux, c'est obligatoire. Quand je dis huit jours, c'est le délai maximum ; si j'attendais la limite extrême, je passerais pour un malappris. Nous sommes aujourd'hui jeudi ; j'irai dimanche à Villers ; oui, mais les offices ! — Il se gratta la tête. — Les vêpres me gênent, — ajouta-t-il avec un geste significatif. — Bah ! pourquoi me mettre l'esprit à la torture ? j'ai deux jours devant moi pour réfléchir.

IX

Le samedi suivant, vers sept heures du soir, Jean s'arrangea pour avoir affaire chez le curé.

Il y avait dix minutes à peine qu'il avait entrepris de fourbir les cuivres, dans une pièce attenante à celle où le bon prêtre se livrait à l'importante affaire de sa digestion, lorsqu'on l'entendit tout à coup crier :

— Allons, bon ! voilà que j'ai brûlé ma redingote.

— Qu'est-ce que c'est ? — demanda le curé qui tournait ses pouces. Jean s'approcha, tenant son pan gauche entre ses deux mains. — Eh bien ! là, qu'avez-vous donc ? — reprit le curé.

— J'ai que tout le bas du pan est brûlé.

— Fermez la porte, ça sent la laine roussie, il y aurait de quoi troubler ma digestion. Ce n'était pas la peine de tant crier ; vous m'avez fait peur ; je commençais à m'endormir ; j'ai cru que le feu prenait à la maison. — Jean tenait toujours la partie endommagée de son vêtement, comme s'il cherchait un bon conseil. — Le beau malheur ! — lui dit le curé, — vous la raccourcirez, voilà tout.

— C'est bien, monsieur le curé, — répondit-il hypocritement.

. . . .

Le curé fut subitement gagné par un sommeil robuste, privilége des bons estomacs.

Et Jean alla finir son ouvrage, et, quand son ouvrage fut achevé, il rentra chez lui, fier et joyeux. La vieille servante était couché dans la soupente. Jean alluma sa lampe et prit des ciseaux. Il allait procéder au rajeunissement de sa redingote par voie d'élimination. Il hésita.

— Oui, — dit-il, — ils étaient trop longs ; je m'en doutais depuis longtemps, et j'en suis sûr depuis que je les ai vus sur son album. Si je les avais coupés naturellement, parce que c'est mon bon plaisir, tout le monde se serait révolté contre ce coup d'État imprévu. J'ai feint un accident chez le curé, bavard qui répétera la chose par-dessus les toits. De cette façon, j'évite les commérages de mes voisins ; c'est à ce petit malheur qu'on attribuera ma transformation. Allons ! mon ami Jean, courage avec tes ciseaux ! Voilà que tu te sens ému, maintenant que le plus difficile est fait ! Ta main hésite ? c'est une véritable lâcheté. D'ailleurs il n'est plus temps de réfléchir, la brûlure est faite, il faut amputer le pan. — Les ciseaux tremblaient, mal affermis entre ses doigts. — Il y a cent à parier contre un, — reprit-il, — que je trouverais un cas analogue dans la biographie de mes aïeux.

Il ouvrit le fameux livre où la vie des siens était résumée. Sur la page que le hasard offrit à son attention, il lut ceci :

« Moi Jean Lebon, troisième du nom, je déclare qu'un
» jour il me vint la mauvaise pensée de changer la cou-
» pe de mon gilet, comme si le gilet qu'avait porté mon
» père, et le père de mon père, n'était pas assez bon
» pour moi. Pour me punir d'une intention que je consi-
» dère comme sacrilége, j'ai résolu de porter ce même
» gilet jusqu'à ma mort.

» Et si jamais cette pensée, ou une pensée conforme,
» venait à mon fils ou au fils de mon fils, jusqu'au
» dernier de notre race, que celui-là qui nous désavoue
» soit jugé par les hommes comme mauvais frère, et
» par Dieu comme mauvais fils. »

Malgré les amplifications du style, c'était explicite. Jean Lebon en fut atterré.

— Il est trop tard pour me repentir, — s'écria-t-il avec de fiévreuses résolutions.

A mesure que les ciseaux mordaient dans le drap, il

lui semblait entendre ces paroles, sur l'air du *De profondis* :

« Et si jamais cette pensée, ou une pensée conforme,
» venait à mon fils ou au fils de mon fils, jusqu'au der-
» nier de notre race, que celui-là qui nous désavoue
» soit jugé par les hommes comme mauvais frère, et par
» Dieu comme mauvais fils. »

Et il suait à grosses gouttes pendant que le sacrifice s'accomplissait ; sa main allait en zigzag, il se faisait des pans à dents qu'il fallait reprendre en sous-œuvre jusqu'à ce que la ligne droite fût respectée. Cette fois il était à craindre, à force de s'en aller par petits morceaux, que la lévite des Lebon ne devînt courte comme ces tuniques à l'usage des universités d'outre-Rhin. Les fragments s'amoncelaient en tas autour de la table : les larges dessous, les minces dessus, les premiers comme des boas, les seconds comme des serpents de la moindre espèce, tordus, noués, repliés.

— C'est hideux ce que je fais là ! — répétait Jean de plus en plus émotionné ; — la légende dit : « Si jamais » cette pensée... » Il fallait lire d'abord la légende de notre famille... et cette idée ne me serait pas venue ; ou, si elle m'était venue, je l'aurais repoussée bien loin de moi. Pour mon grand-père c'était un sacrilége, pour mon père c'était un crime... et pour moi cela n'est donc rien !... Taille, rogne, émonde, Jean... tu n'es plus Lebon... Pour avoir désavoué les tiens, tu deviens indigne de leur succéder... « tu seras jugé par les hommes comme mauvais frère, et par Dieu comme mauvais fils. »

Le reste de la nuit fut employé par Jean à rajuster le collet, à rallonger les manches, à rafraîchir les parements. La chose faite et passée au fer, il n'osa pas l'essayer, tant il redoutait le coup d'œil qu'il se jetterait. Il fallut bien s'y décider pour les matines ; mais il endossa la tunique sans vérifier l'aspect qu'elle avait. Il courut aux cloches, qu'il secoua terriblement.

Les premiers voisins qui l'aperçurent en cet état se frottèrent les yeux, se croyant encore mal éveillés. Ils allèrent consulter les retardataires. Ce fut bientôt un cri général dans tout Dives ; on s'abordait en se disant :

— Avez-vous vu Jean ?

— Quel Jean ?

— Jean Lebon, parbleu !

— Non, pas encore.

— Allez donc le voir dans la sacristie ; il est indécent.

La sacristie regorgeait de monde. On ne riait pas, on ne parlait pas ; on se tenait la bouche ouverte, en signe de stupéfaction.

— Eh bien ! quoi ? — demanda Lebon, qui se raidissait contre sa honte. — Ne croirait-on pas que je suis une bête curieuse. Qu'ai-je donc de si surprenant ?

Il jouait son rôle avec crânerie.

En passant devant une glace, il s'y découvrit sans se chercher. Il se crut monté sur des échasses. C'étaient ses jambes qui produisaient cette illusion d'optique. A tout prendre, il valait mieux des pans trop longs que des jambes trop longues : les pans n'étaient pas à lui, tandis que les jambes lui appartenaient.

— Monsieur le curé, — dit-il, — je vais à Caen pour *la* remplacer.

— Ah çà ! — dit le prêtre, — vous croyez donc qu'on fait attention à vous ? Restez comme vous êtes, je vous trouve bien. D'ailleurs il ne fallait pas la brûler ; je n'ai pas dormi de la nuit, tellement vous aviez laissé derrière vous l'odeur infecte du drap roussi. Avez-vous rempli les burettes ?

— Oui, monsieur le curé.

Pendant la messe, on se parla bas, on se poussa du coude, on sourit.

Jean pensa qu'il fallait payer d'audace : il se promena sous le porche et sur la place, parmi les foules, toute la journée, jusqu'à ce que la moquerie fût lasse et que la réaction se fût opérée. Il sembla bientôt aux habitants, à force d'avoir vu passer et repasser la tunique, que Jean Lebon n'en avait jamais porté d'autre. L'ancienne redingote devenait un mythe.

Après les vêpres, Jean se jeta dans la voiture de Caen. Quand il revint, à minuit, il portait un paquet enveloppé dans un mouchoir. Il avait la fièvre, et il se mit au lit en claquant des dents.

X

C'était mercredi, c'est-à-dire six jours après la visite faite à Cora.

Sa classe était finie, Jean se dirigea vers Villers. Il avait un panier au bras.

— Hâtons le pas, — dit-il, — si nous ne voulons pas être surpris par la mer montante contre la falaise à pic. La plage n'est pas toujours sûre par ici. Je me rappelle encore l'histoire de ce pauvre diable de Gros-Guillou, qui sauva Picot.

Un jour, en effet, il y avait de cela dix ans, on vint apprendre à Picot, qui demeurait à Beuzeval, que sa mère, habitant Villers, était en train de rendre le dernier soupir. Picot planta là ses engins de pêche et s'élança vers Villers, en suivant les sables, au lieu de prendre le chemin public, beaucoup plus long. Tout alla bien pendant un moment ; il ne s'apercevait pas que la plage se rétrécissait de plus en plus. On était dans la pleine lune, c'est-à-dire que le flot était long, bruyant et rageur. A certain endroit, la ligne de sable devint à peine perceptible. Le flot avançait toujours, en augmentant ses enjambées ; il poussait des herbes marines arrachées violemment aux profondeurs de l'Océan, il les reprenait, les repoussait encore dans son roulis envahisseur, avec des sifflements lugubres auxquels se mêlait le bruit des coquillages colportés. Picot eut bientôt de l'eau jusqu'à la cheville, jusqu'aux genoux, jusqu'à la ceinture. Ce n'était rien de se mouiller ; mais ce qui devenait alarmant c'était d'être ballotté comme une épave et de perdre pied chaque fois qu'une lame le soulevait. Le malheureux ne pouvait plus se tenir debout, le sol s'effondrait sous ses pas. Il essaya de se cramponner à la falaise, ce fut inutilement ; à trois fois différentes il s'y reprit. La falaise, que la haute mer avait polie, ne voulut pas se laisser saisir. Il tira son couteau de sa poche, pour creuser des marches. Il en fit dix qui lui permirent de s'élever de deux mètres. Ce fut un malheur : si le roc eût résisté d'abord à l'acier, il n'eût pas compté sur ce secours et compromis un temps précieux ; il était trop tard pour redescendre. Il attaqua la pierre au-dessus de lui, la lame de son couteau se brisa.

— Ma pauvre mère ! — s'écria-t-il.

Ainsi, pendant qu'une mort horrible le menaçait, par un sublime renoncement il songeait à sa mère qui mourait sans lui.

Une petite barque passait au large. L'homme qui la montait l'aperçut et lui fit des signes télégraphiques qui voulaient dire : « Tiens bon encore un moment ! » Les rames jouèrent à toute volée. Il ne fallait pas penser à recueillir directement le naufragé ; c'eût été folie de le tenter. La barque entra dans une crique voisine ; son conducteur jeta l'ancre sans s'assurer autrement des fonds, et, chargé d'un paquet de cordes, dans l'eau jusqu'au cou, il profita d'une ride de la falaise pour gagner le faîte perpendiculairement à Jacques Picot. Il noua les cordes ensemble, et il les laissa tomber dans l'abîme en les retenant par l'un des bouts. Picot allongea les mains ; il était trop court de quelques pieds. Gros-Guillou le vit ; sans se donner le temps de la réflexion, il attacha solidement le câble au tronc d'un houx, et il se laissa glisser jusqu'au bas dans l'espoir d'allonger la corde de toute la grandeur de son corps. Picot le saisit par les pieds. Il ne s'agissait plus que de remonter.

La mer allait vite. Chaque soubresaut de lame élevait son niveau. Elle gagnait, elle gagnait.

— Grimpe-moi tout le long du corps ! — cria Gros-Guillou. Picot obéit. — Maintenant suis la corde que mon poids rend immobile. Quant tu seras en haut, je remonterai.

— J'y suis, — dit bientôt Picot.

Le tour de l'autre était venu de se sauver. Il tenait le faîte. Encore une brassée et il était hors de danger.

La corde cassa.

On entendit son corps se heurter contre les parois du roc en saillie.

Un cri déchirant s'échappa de la poitrine de Picot. Picot courut au bateau ; la mer l'avait englouti. Picot appela de toutes ses forces. Rien, rien, rien !

— Ta mère se meurt ! — lui dit une voix secrète.

Et il prit la route vicinale, et il se hâta vers Villers, et il eut la triste consolation de fermer les yeux de la bonne femme, et il mit une croix au bout de la falaise, à côté du houx, et il demanda que les débris intacts de la corde fussent laissés là où ils étaient, en guise d'épitaphe pour la mort héroïque de Gros-Guillou.

Le bout de corde durait encore.

Par un surcroît de devoir, Jacques Picot avait mis une corde neuve avec des nœuds auprès de la vieille corde, et il la renouvelait tous les ans, pour le service de ceux qui se trouveraient dans le cas où il s'était trouvé.

Or, Jean Lebon se souvenait de la leçon que la croix de bois redisait sans cesse aux imprudents.

— Doublons le pas ! — répétait-il ; — c'est aujourd'hui grande marée. — A dix ans d'intervalle, allait-on voir s'accomplir le même malheur ? La vague agissait envers Jean Lebon comme elle s'était comportée avec Picot. Elle accourait avec frénésie, en submergeant tout. Là précisément où l'un avait perdu pied, l'autre s'aperçut que le fond manquait. Jean conserva tout son sang-froid ; il gravit les marches creusées par son prédécesseur, et voulut attraper la corde à nœuds. Le vent le faisait voltiger à tort et à travers. — Attendons qu'elle passe à portée de main ; — fit Jean, sans se laisser intimider par ce contre-temps. La mer avait des bruits sourds qui semblaient venir du sous-sol ; elle escaladait ses plus hauts bords, comme pour élargir son lit et se répandre par toute la terre. Elle battait les obstacles à coups de lame, comme les gens de guerre battaient les portes des villes assiégées à coup de bélier, et son écume se dispersait au loin avec les mouettes effarées. La corde s'accrocha contre une saillie. — C'est fini ! — dit Jean. — Il n'y a plus de Gros-Guillou pour me secourir. D'ailleurs je ne voudrais pas de son sacrifice.

Il crut qu'il allait mourir. Il ferma les yeux pour ne pas voir arriver le flot.

Tout à coup il sentit quelque chose qui le souffletait.

C'était la corde que lui rapportait un ressaut du vent.

Cinq minutes plus tard, il coupait en ligne droite vers Villers, à travers les blés. A courte distance du bourg, il ouvrit son panier, en sortit une redingote neuve, faite à sa taille, qu'il échangea contre sa tunique à parements dépareillés ; il mit la tunique dans le panier, et cacha le panier au plus épais dans les buissons.

Jean Lebon n'était plus le même. Cette métamorphose l'embellissait.

La jeune fille l'accueillit comme un ami de la maison, sans fausse honte de ce qu'il venait seul, n'étant ni gênée dans ses politesses, ni préoccupée dans sa parole, ni embarrassée dans son maintien. Elle remarqua la transfiguration de Jean, et lui sut gré d'un changement dont elle s'attribuait le mérite, et qui lui donnait des avantages physiques qu'il n'avait pas dans sa tenue des anciens jours. Elle avait trop de tact pour laisser paraître quelque chose de sa sur-

prise. C'eût été flatteur pour le vêtement, mais désobligeant pour celui qui le portait.

— Quand je vous ai vu, — lui dit-elle, — j'espérais un double plaisir de cette visite, présumant que monsieur Mareuil vous accompagnait.

Jean s'imagina que cela couvrait un reproche pour l'audace d'une démarche qu'il faisait seul.

— J'ai eu tort, — dit-il ; — je vais le chercher.

— Oh ! — dit Cora, — je ne vous accuse pas, monsieur Lebon. Vous m'honorez beaucoup en venant me voir. J'ajouterai même que je vous prie de venir le plus souvent que vous pourrez.

.   .   .   .

Cora n'était pas prude. Sa vie passée dans la retraite, loin des préjugés du monde, la dispensait des dissimulations et des mensonges à l'usage ordinaire des femmes, qui disent le contraire de ce qu'elles pensent pour faire l'opposé de ce qu'elles doivent. Dans aucun Evangile elle n'avait lu qu'il faut repousser la main qui vous a sauvé. Sa reconnaissance était expansive comme son cœur ; elle avait besoin d'éclater. Puis, s'il faut tout dire, elle s'ennuyait. Sans doute la vieille négresse se serait jetée volontiers au feu pour elle, mais ce dévouement, comparable à celui du chien pour son maître, ne lui faisait pas trouver le temps plus court, puisqu'il restait à l'état latent. En un mot, Zabeth était bonne, mais bête. Que pouvait-on dire avec elle, sinon commander le menu du jour ? Jean Lebon lui était infiniment supérieur en tout, et, de plus, Cora devinait qu'il était disposé aux mêmes sacrifices, et beaucoup plus chaleureusement.

On apprend de bonne heure aux enfants à se méfier des impressions qu'ils ressentent et de celles qu'ils provoquent. Les jeunes filles surtout sont élevées dans une telle crainte des sympathies qu'elles feront naître que presque toujours leur cœur s'atrophie à force de se tenir sur la défensive.

Cora n'avait pas eu de famille pour l'accoutumer à ces défiances souvent imaginaires.

Elle livrait naïvement ce qu'elle avait en elle, comme un prodigue, sans rien garder. Il en résultait que sa conversation avec les étrangers. même sur les sujets futiles, prenait un tour original. Son caractère indépendant y joignait une certaine couleur capricieuse d'un charme exquis.

— C'est une noble carrière que la vôtre ! — dit-elle à Jean. Jean hocha la tête, ce qui n'était pas répondre. Il se ménageait une porte ouverte pour le jour où elle apprendrait en quoi consistaient les annexes de sa profession. — Eh ! — reprit Cora, — en dégrossissant les intelligences, vous préparez des hommes pour l'avenir ; vous pétrissez la matière brute. Je devine à votre air que vous trouvez votre mission bien petite. Tout est relatif. Quel état vouliez-vous choisir qui fût plus digne que le vôtre ? Le soldat fait sonner un beau grand sabre sur le pavé, mais il est moucheté de sang ; l'avocat défend la victime, mais je n'ai pas encore appris qu'il refusât son ministère à l'assassin ; le marchand nous vend nos aiguilles, mais il en oublie toujours quelques-unes hors des paquets ; le médecin guérit parfois son malade, mais il commet souvent des erreurs. Voulez-vous que je continue ? — Jean était stupéfait. — Vous ne trompez personne, vous, — poursuivit la jeune fille. — On vous prête un corps, vous rendez une âme. Apprendre à lire c'est apprendre à connaître tout. Le livre est là pour achever votre ouvrage, selon les capacités des esprits ainsi préparés. — C'était la première fois que Jean entendait faire l'apologie de sa profession. Il absorbait cette réhabilitation par tous ses pores. Il écoutait avec des abondances de joie qui donnaient des épanouissements à ses traits. — Il y a l'écrivain, — acheva Cora, — qui émiette ses pensées pour les faire becqueter par la foule ; il y a le savant qui flotte d'abord dans l'inconnu pour apporter ensuite une découverte à nos besoins ; il y a l'artiste, que sais-je encore ? Mais pour que l'artiste, pour que le savant, pour que l'écrivain soient appréciés et compris, il faut que vous soyez à votre pupitre, un doigt sur l'abécédaire. Eux-mêmes que seraient-ils sans vous ? ils ne seraient pas.

Par un retour subit vers les idées en pratique usuelle, Jean se refit les tirades opposées du curé de Dives. La veille encore il lui disait : « Ne vous y trompez pas, monsieur Lebon ; vous n'êtes qu'un simple maître d'école, » et il affectait un ton de mépris.

Était-ce donc que les applications mesquines de la commune avaient faussé le but de l'institution ?

En distinguant l'instituteur, Cora n'obéissait pas au désir d'élever Lebon jusqu'à elle. Elle n'avait pas à faire cet effort, se trouvant au-dessous des autres, désavouée qu'elle était par ses parents. On l'avait nourrie par charité. Que son protecteur disparût, par caprice ou par accident, elle restait seule, à la merci de sa misère. On la considérait comme une tache dans une société qui sait mieux cacher ses fautes habituellement. Loin de développer son orgueil, le bien-être dont on l'entourait lui faisait trouver plus cruel son isolement, puisqu'elle était seule à en profiter. Puis elle n'osait pas trop s'en réjouir, car il pouvait s'envoler comme une fumée. Sa prévoyance lui faisait admirer ceux qui travaillaient pour se nourrir, présumant bien que son tour viendrait d'utiliser ce qu'elle savait.

Jean admirait les trésors qu'il lui découvrait sous des apparences de légèreté. A mesure qu'elle parlait, il sentait son cœur se fondre comme au contact d'un feu sacré. Jusqu'alors il n'avait entrevu la femme qu'à travers la bure, grossière de corps et d'âme, jurant, criant et buvant à la manière des templiers. A Dives, elle se nourrissait de pommes de terre et de cidre ; c'était bien pis dans les fermes, où elle ne se distinguait de l'homme que par le jupon.

Ouvrons une parenthèse à ce propos.

Dans la Normandie, les femmes portent d'affreux bonnets de coton qui leur descendent jusqu'aux sourcils. Je vous laisse à penser la physionomie que cela leur fait. Leurs cheveux, qui devraient constituer un de leurs principaux ornements, disparaissent sous cette chose hideuse qui se tient droit, la mèche en l'air. Le reste du corps est emprisonné dans une gaîne courte, à fond rayé, sans indication de taille, pour se terminer par des bas bleus et de gros sabots garnis de clous. Riches et pauvres, aucune n'échappe à la tradition. On est fermière ou on ne l'est pas. Toute fermière est modelée sur ce patron. Où dénicher la femme là-dedans ?

On a beaucoup parlé des Normandes, de leurs coiffes riches et de leurs bijoux.

Oui, les jours de marché peut-être, deux fois par an, quand il s'agit de se faire voir empaquetées comme des châsses ; mais les trois cent soixante-trois autres jours ?

Il y en a qui fument la pipe, en allaitant deux marmots, un de chaque côté, celui-ci pour leur propre compte, celui-là pour le compte d'une pauvre fille trompée par un soldat de la garnison.

Les amateurs de couleur locale me trouveront un peu brutal. Je viens de meurtrir leurs illusions. Tant pis ! moi, je raconte ce que j'ai vu.

Puisque je tiens ce chapitre, je ne le quitterai pas sans parler aussi des hommes et du commerce qu'ils font presque tous.

Les herbages normands se suivent et se ressemblent. On y compte des bœufs paresseux avec des maîtres fainéants.

Un fermier achète des troupeaux maigres et les conduit dans des enclos où il les laisse sans abri. Tous les matins il va s'assurer si les clôtures sont en place. Sa tournée faite, il se dirige vers un cabaret. Il y rencontre d'autres fermiers avec lesquels il vide une multitude de pots de cidre, pour se mettre en appétit. Après le cidre vient l'eau-de-vie. Et cela dure jusqu'au soir. Il rentre alors chez lui comme il peut, guidé par l'instinct, pour recommencer le lendemain et les jours suivants, jusqu'

ce que ses troupeaux soient mûrs pour la boucherie. Alors il les conduit au marché, les poussant devant lu stimulés par ses chiens sans queue, et il les vend pour revenir avec des élèves nouveaux qu'il engraissera comme les premiers.

C'est là son travail.

L'herbe pousse,

Le bœuf mange,

L'homme boit.

Telle est la recette ; il ne faut, pour cette besogne, ni charrue, ni fumier, ni rien.

Ses enfants feront comme lui ; mais, en attendant, liberté complète ! Ces jeunes espoirs de la patrie se vautrent sans gêne près de la mare où les porcs barbotent avec les dindons et les canards.

Les fermes sont éloignées l'une de l'autre. Dans ce pays exceptionnel, on ne rencontre pas ces agglomérations de toits particulières aux autres contrées. De distance en distance, on aperçoit une église plantée sur une élévation de terrain ; elle est jolie comme une cathédrale en miniature, mais il n'y a pas de maisons autour.

Quant au ciel de la Normandie, il ressemble à s'y méprendre à celui des départements limitrophes dont les chansonniers et les poëtes ne disent rien. On a des orages, de la neige et de la pluie pour alterner avec le soleil, sans compter le vent qui souffle plus fort que partout ailleurs, à cause du voisinage de la mer.

Si les chemins sont pittoresques avec l'encadrement de leurs arbres verts, en revanche ils sont remplis d'eau, ce qui les fait ressembler à des fossés. Ils sont praticables après les sécheresses du mois d'août, pourvu qu'on les suive en souliers de chasse. A cela près, je les déclare les plus ombreux et les plus agréables de l'univers.

Qu'on me pardonne cette digression. Je ferme la parenthèse, pour ne pas trop mécontenter les lecteurs normands.

D'après ce qui précède, on devine que Jean Lebon était ébloui de la beauté virginale et tout en dehors de la jeune fille qui lui dévoilait d'autres horizons. Il avait devant lui le type que son imagination n'avait jamais osé concevoir.

Il se retira charmé. Son émotion se devinait dans l'embarras de ses adieux.

— Allons ! — dit-il, arrivé près du buisson où il avait caché sa défroque, — reprenons la triste livrée des Lebon.

XI

— Monsieur Jean, — lui dit l'adjoint au maire qu'il rencontra, — je vous préviens que le conseil de fabrique n'est pas du tout content de vous.

— Ah ! — dit Jean étonné ; — je fais pourtant de mon mieux pour le satisfaire. Et que me reproche-t-il, monsieur Pertonieux ?

— Il vous reproche de mettre trop de lenteur à l'exécution de tous les services communaux. Vous manquez de verve, monsieur Jean. Vous faites les choses sans doute, mais toujours trop tard ; il en résulte qu'on répète les ordres cinq ou six fois, et que tout le monde s'en plaint ici. Du temps de votre père, tout allait bien, monsieur Jean. Vous comprenez que cet avis est officieux. Ce que j'en dis c'est pour vous éviter une réprimande plus grave de la part de ceux dont dépend votre position.

. . . .

Monsieur Pertonieux était un ancien maître de poste qui remplissait tant bien que mal les fonctions d'adjoint. Il attendait la mort du maire avec impatience. Provisoirement, il intriguait pour poser sa candidature. Sprincipale manœuvre consistait à faire du zèle, afin de prouver qu'il était utile, même indispensable.

Le maire souffrait-il d'une simple migraine, il lui disait :

— Reposez-vous, reposez-vous ! mon activité peut suffire à tout. — Et il avait soin de répéter à ceux qui se trouvaient en rapport avec la mairie : — Que deviendrait-on sans moi ? J'ai de la santé, fort heureusement, et il m'en faut pour venir à bout des responsabilités qui m'incombent. Je suis rompu, Dieu merci ! aux détails de la municipalité ; ils le savent bien.

Adoptant des formes particulières vis-à-vis de ses inférieurs, monsieur Pertonieux n'affectait avec eux que des brusqueries. C'était un moyen d'intimidation comme un autre. De cette manière il évitait d'être discuté par les paysans qui recouraient à son ministère. Son ton bref imposait plus que des allures moelleuses qui pouvaient faire mettre en doute son autorité.

En revanche, il était souple avec ses égaux et plat avec ses supérieurs.

Il savait que Jean n'avait pas les bonnes grâces du curé, ni celles des membres influents de la fabrique ; mais il savait aussi que le conseil municipal, en rivalité constante avec eux, se faisait fort de le protéger.

Comment traiterait-il Jean, lui, Pertonieux ? Emploierait-il un terme moyen pour ménager les deux camps ? il observa la situation. Or il comprit que la paroisse était la plus forte ; aussi surmena-t-il le pauvre Jean pour se réserver des protections dans le parti qui relevait du haut clergé. Si le maire était destitué, ce qui ne pouvait manquer d'arriver un jour ou l'autre, il était évident pour lui que ceux dont il s'était fait le complice ne l'abandonneraient pas en si beau chemin.

Voilà pourquoi monsieur Pertonieux n'avait que des humeurs avec Jean Lebon.

. . . .

— Oui, — poursuivit-il avec une raideur de mauvais augure, — voilà trois semaines, monsieur Jean, qu'on vous a signifié l'état déplorable du lavoir public. Les vases l'encombrent, et vous n'avez encore rien fait pour nous débarrasser des miasmes dangereux qui s'en dégagent. Moi, quand j'étais maître de poste, j'avais soin d'être en règle avec mes fonctions ; aussi ne redoutais-je pas d'être repoussé par les Messageries. Croyez-moi, monsieur Jean, nettoyez demain le lavoir public.

— Les ouvriers sont occupés, — répondit Jean.

— Quels ouvriers ?

— Ceux auxquels je me propose de confier ce petit travail.

— Hein ? j'ai mal entendu, je crois.

— Sans doute, — dit Jean, — on ne m'y contraindra pas personnellement. Pourvu que la chose soit faite, c'est tout ce qu'on peut exiger de moi.

— Et qui payera ?

— Je payerai, monsieur.

— Tiens, tiens, tiens ! mais vous oubliez, mon ami Jean, qu'il ne vous appartient pas de vous soustraire aux obligations qui pèsent sur vous : ce serait le commencement d'une démission. Vous voulez payer quelqu'un pour vous remplacer ! mais alors pourquoi ne pas lui laisser aussi la classe ? à tant que faire, ça serait plus net ; vous n'y pensez pas. D'ailleurs, je suppose un instant qu'on ne trouve rien à reprendre à votre conduite, moralement du moins ; il n'en sera pas moins établi que vos ressources sont assez grandes pour qu'on puisse les réduire sans inconvénient. Voulez-vous ou ne voulez-vous pas qu'on les amoindrisse ?

— Vous savez bien qu'elles suffisent à peine à me nourrir ?

— Voyons, monsieur Jean, raisonnons un peu. De deux choses l'une : ou vous gagnez trop, ou vous ne gagnez pas assez. Si vous ne gagnez pas assez, avec quoi payerez-vous les ouvriers dont vous me parliez tout à l'heure ? Dans le cas contraire, je trouverais, pour ma part, tout naturel qu'on vous supprimât une portion de vos appointements, puisque la masse vous permettrait de vous passer le luxe de suppléants pour les ouvrages qui ne sont pas à votre convenance. Tirez-vous de là, si c'est possible, monsieur Jean.

— Cependant on ne me forcera pas à m'avilir.

— Qu'appelez-vous s'avilir, monsieur Jean ? Quand j'étais maître de poste, je ne craignais pas de me salir les doigts en opérant moi-même le pansement de mes chevaux ; je faisais la lessive des écuries.

— Vous agissiez pour votre compte, vous étiez chez vous.

— Alors, c'est entendu, vous refusez !

— Non ; je demande seulement la liberté dont tout le monde jouit. Qu'est-ce que cela vous fait que le lavoir soit nettoyé par l'un ou par l'autre, pourvu qu'il soit mis dans l'état où vous le voulez ?

— Comment ! ce que cela me fait ? mais cela me fait beaucoup, cela me fait énormément ! On vous a donné des ordres, vous essayez de vous y soustraire ; je ne vois que ça. Ah ! mais, à la fin, je me fâcherai, monsieur Lebon : la patience a des bornes, savez-vous ? Un dernier mot ; si le lavoir n'est pas vidé demain matin... je ne vous dis que ça !

Et il tourna les talons à l'instituteur.

Jean eut envie de pleurer. Il broyait du noir dans son cerveau. Employer son intelligence à ce métier lui paraissait déjà bien assez pénible sans que ce butor y joignît des commandements et des menaces. Il avait fait cent fois des œuvres pires, mais enfermé dans l'église ou dans la mairie. Il lui répugnait de se montrer en spectacle, dans cette équipée, aux écoliers qui se moquaient si souvent de lui. Puis, s'il faut tout dire, il craignait surtout de s'amoindrir, maintenant que sa dignité était relevée par l'intérêt qu'on lui témoignait dans la petite maison de Villers.

Le lendemain, au point du jour, avant que personne fût levé, il se munit d'outils de terrassier, et se rendit au lavoir public, les pieds dans l'eau jusqu'aux genoux, surmontant ses répugnances par un suprême effort de volonté.

A chaque pelletée de vase qu'il rejetait sur les bords de la mare infecte, il se sentait pris de soulèvements de cœur. La seule chose qui le consolait, c'est qu'il accomplissait sa besogne sans témoins. Il se hâtait, pour en finir avant d'être vu. Penché sur son travail, il aperçut bientôt une ombre qui se projetait à côté de lui.

Monsieur Pertonieux le regardait faire, se frottant les mains. Il savait bien qu'il ajoutait par sa présence à l'humiliation que Jean ressentait : c'est pour cela qu'il était venu.

De temps en temps il allongeait un bras, pour montrer un coin du lavoir où la pelle n'était pas entrée.

— Et là ! — disait-il.

— Je ne peux pas tout prendre à la fois.

— Creusez, creusez davantage, monsieur Jean, jusqu'à ce que vous rencontriez la terre ferme. Faisons ça bien puisque nous y sommes. Vous oubliez cet endroit... là vous dis-je .. là, devant vous. Enfoncez la bêche d'abord, que diable ! croyez-vous donc que la boue va s'en aller toute seule !

Il poussait Jean à la résistance.

Si Jean résistait, il allait le dire au conseil de fabrique ; le conseil de fabrique le faisait savoir au conseil municipal. Le conseil municipal riait du conseil de fabrique, et la guerre était déclarée ouvertement entre les conseils. Alors le plus fort balayait le plus faible, et le maire disparaissait dans la bagarre. Oh ! le beau rêve !

Jean essayait d'en finir vite, et il ne le pouvait pas, à cause des observations saugrenues de monsieur l'adjoint.

Les gens sortaient de leur maison en même temps que le soleil y entrait. Or, comme ils étaient encore désœuvrés, ils firent cercle autour de Jean.

L'occasion était belle pour monsieur Pertonieux de leur montrer qu'il avait la direction de cette œuvre d'intérêt public. Il allait, comme la mouche du coche, d'un talus à l'autre, parlant et gesticulant, tantôt accroupi, les pans de son habit barbeau sur ses genoux, pour signaler un endroit mal fait, tantôt debout sur une pierre et prenant sa prise dans la boîte ronde où son tabac était enfermé. Quelle importance il se donnait !

Il criait aux uns :

— Reculez-vous donc, là-bas ! vons voyez bien que vous gênez. — Aux autres : — Vos moissons sont-elle rentrées?—Le malheureux opérateur suait-il à grosses gouttes, monsieur Pertonieux lui disait, en affectant un air narquois : — Ce n'est pas le moyen de vider la mare.

On riait tapageusement.

Monsieur Pertonieux triomphait d'aise ; il visait parfois à l'esprit.

Neuf heures sonnèrent.

— Je m'en vais, — dit Jean.

— C'est impossible, monsieur Lebon, — répondit l'adjoint. — Achevez pendant que vous y êtes ; les infiltrations vous gêneraient un peu plus tard. Bah ! qu'est-ce que cela fait, votre classe un peu retardée ! vos gamins ne s'en plaindront pas. Creusez, creusez. Vous laissez un tas derrière vous... là, là... pas ça... l'autre, mon ami. Ça sent fièrement mauvais ! — Puis, se tournant vers la galerie, il ajouta : — J'aime mieux l'odeur du muguet.

On rit beaucoup de cette boutade : il y avait de quoi !

Personne ne paraissait soupçonner le désordre moral où se trouvait Jean. On ne voyait que sa manœuvre. Il souffrait pourtant assez pour que sa physionomie trahît son mal ; il poursuivit sa tâche, comme un condamné.

Tout à coup on entendit des voix qui disaient tapageusement :

— Vivent les vacances ! *tempora grata !*—Les élèves accouraient, se tenant par la blouse, les uns derrière les autres, comme des canards. Ils se rangèrent autour du lavoir. — C'est papa férule ! — dirent-ils en regardant Lebon à travers les jambes du premier rang.

Ils étaient enchantés de surprendre le maître à cette corvée dont leurs parents pauvres n'auraient pas voulu.

Pour que Jean n'ignorât pas de quels éléments se composait le nouveau public, monsieur Pertonieux eut soin de dire :

— Allons, mes petits amis, ne vous poussez pas tant sur le bord. Vous vous éclabousseriez, et monsieur Lebon n'attendrait pas l'heure de la classe pour vous punir.

— En ce moment une jeune fille passa près de la mare. Une négresse l'accompagnait. Monsieur Pertonieux se re dressa. — Eh bien ! monsieur Jean, — s'écria-t-il, — vous n'en finirez donc pas ce matin ?

Il parlait à tort et à travers, uniquement pour que les étrangères l'entendissent. Jean ne comprit rien à cette apostrophe. Il redressa ses reins penchés. Par un calcul prompt de la pensée, il comprit la direction que les promeneuses venaient de suivre. Elles avaient passé fatalement auprès de lui.

Dans son désespoir, il jeta sa bêche à travers la foule, en ramant des coudes, pour aller s'enfermer chez lui.

— Qui sait ! — se dit-il pour se consoler, — elle ne m'a pas reconnu, peut-être.

Il supposa que la jeune fille, à son retour, pourrait traverser sa rue, et que, poussée par une curiosité bien excusable, elle jetterait sur l'école un regard furtif. Quelques minutes lui suffirent pour faire la toilette extérieure de sa maison. Il aurait voulu joncher le jardin de fleurs et brûler des parfums dans des cassolettes. Il se cacha derrière un rideau, pour tout observer.

Il ne s'était pas trompé.

Cora passa, toujours escortée de la négresse. A travers son voile, elle examina l'école primaire.

XII

Jean éprouva l'impérieux besoin de revoir immédiatement la jeune fille, qui pouvait l'avoir surpris en flagrant délit, la bêche en main. Il saurait bien découvrir, en s'y prenant adroitement, s'il avait été remarqué par elle. Il avait l'espoir qu'elle aurait passé sans remarquer l'homme en bras de chemise qui nettoyait le lavoir public. On marche vite, en ce cas, pour échapper aux influences délétères d'un bourbier remué dans ses profondeurs.

En conséquence, il se munit de son panier, et partit comme un boulet de canon, en droite ligne sur Villers. Cette fois il n'eut pas besoin de recourir à la corde prévoyante de Picot. La mer se contentait d'allonger la langue pour lécher les pieds de la falaise amoureusement.

Il fit sa toilette, comme l'autre fois, dans l'épais buisson. Il avait même poussé la prévoyance jusqu'au miroir de poche, pour rectifier le désordre de sa barbe naissante et de ses cheveux.

Cora prenait le frais sur son perron, un livre à la main. Jean fit des vœux pour que sa lecture l'absorbât au point qu'elle ne le vît pas arriver. Il consentait bien à être aperçu de près ; mais à distance, quand on marche, quand on descend de haut, quand on est grand, il devient bien difficile de se composer une contenance en rapport avec le bon air qu'on désire avoir. Le pas se trouble, le corps perd sa libre allure, et l'on ne sait pas donner un balancement facile à ses bras. Puis sur quel objet reposer ses yeux ? Il râcla les murs des maisons. Sa tactique eut un résultat contraire à celui qu'il en espérait.

Alarmé sans doute de ce qu'il frôlait les marches en saillie au bas desquelles il faisait faction, un chien de garde aboya de toutes ses forces. Les autres chiens s'empressèrent de faire chorus, sans savoir pourquoi.

Cora leva la tête. Jean Lebon était découvert.

Jean fit de la diplomatie. Il se contenta de saluer, comme s'il avait affaire au delà.

— Vous n'entrez pas vous reposer, monsieur Lebon?—lui demanda Cora.

— Merci, mademoiselle. Je vais en commission au bout du bourg. Au retour, si vous daignez me le permettre, j'aurai l'honneur de m'informer de votre santé.—Il n'avait pas pensé qu'on allait le voir de dos, dans une rue droite qui lui parut avoir deux lieues de long. On l'examinerait à l'aise, sans qu'il sût positivement qu'on l'observât. Il maudit la maladresse de son moyen. La rue était mal pavée, ou plutôt elle n'était pas pavée du tout, avec les cailloux qui l'obstruaient. Jean voulut se tenir d'aplomb ; mais plus il s'appliquait à observer les lois de l'équilibre, et plus il se compromettait sous tous les rapports, en aisance principalement. Il se connaissait de face, et il prenait son parti de sa tournure ; quelle mine avait-il de dos? Il chercha des rues parallèles où faire retraite ; il n'en trouva pas. Les chiens, avertis par la vigilance de leur camarade, venaient le flairer avec une méfiance que ses timidités augmentaient encore. — J'achèterai une canne, — se dit Jean. — C'est de l'occupation pour les mains oisives, on la fait tourner.—Que n'eût-il pas donné, en ce moment pour connaître la façon de se dandiner agréablement. — J'achèterai le traité des bonnes manières, — reprit Jean.

. . . .

Avant qu'il fût au bout de la rue, il avait projeté des dépenses folles pour tout ce qui pouvait le servir dans le sens des audaces à conquérir. Le supplice devenait intolérable, il tourna la tête.

Cora n'était plus sur son perron.

Ce n'était donc pas la peine de tant s'effrayer ! Il fit volte-face, et cette fois, comme il ne redoutait plus l'inspection de la jeune fille, il marcha naturellement, comme tous les jours.

Selon leur tactique habituelle, les chiens. qui l'avaient flairé sournoisement quand il avait peur, n'osèrent plus s'approcher de lui lorsqu'ils le virent déterminé. Ils se contentèrent de le surveiller, depuis les portes où ils s'étaient prudemment retranchés.

Jean ne remarqua pas un mouvement imperceptible de la jalousie, au premier étage, chez Cora qui n'avait pas cessé de l'accompagner de son regard. Il entra tout droit.

Après les échanges de politesses obligées, Jean s'assit, son chapeau dans ses jambes.

— Vous étiez à Dives, ce matin, mademoiselle ? — dit-il avec trop d'empressement peut-être.

— Oui ; l'on m'avait parlé de l'église gothique, à tour carrée, classée parmi les monuments historiques, et de l'auberge de *Guillaume le Conquérant*. Je ne les connaissais ni l'une ni l'autre.

— Et quelle impression en avez-vous rapportée ?

— L'auberge est malpropre, et l'église n'est pas bien tenue.

— Vous avez acheté cher le droit d'être difficile, — risqua Jean ; il vous a fallu passer contre le lavoir qu'on nettoyait.

— En étiez vous donc incommodé depuis vos croisées, demanda Cora.

Les traits de Jean Lebon se détendirent, et sa poitrine se débarrassa délicieusement du gros soupir qui la gonflait. Sa préoccupation cessait ; il sourit comme le *Saint Jérôme* du Vatican.

Il reprit d'un ton dégagé :

— Vous avez dû voir le fameux christ.

— Quel christ ?

— Celui qui figure sur le maître-autel.

— Oui, je crois. N'a-t-il pas une mine assez piteuse ?

— Puisque vous l'avez vu, mademoiselle, vous voudrez bien me permettre de vous raconter la légende qui s'y rattache. Vous excuserez alors son mauvais état de conservation.

— J'adore les légendes, monsieur Lebon.

— A cette époque, mademoiselle, il y a trois siècles environ, les habitants de Dives et ceux de Cabourg vivaient en bonne intelligence, quoiqu'ils fussent voisins et séparés seulement par une rivière, qui aux marées basses devenait ruisseau, comme aujourd'hui. Lorsqu'un incendie éclatait d'un côté, ceux de l'autre bord accouraient avec un louable empressement pour arrêter les progrès du feu. C'était une touchante confraternité, citée comme exemple à toutes les communes des environs, qui prétendaient que les Divais avaient un bien vilain caractère. Un jour, deux pêcheurs de Dives, ne se sentant pas assez forts pour tirer leurs filets chargés, appelèrent à leur aide deux pêcheurs de Cabourg qui flânaient par là. Impossible d'en venir à bout. On fit signe à deux nouveaux pêcheurs de Cabourg, puis à deux autres de Dives. Ils étaient huit, quatre de Dives, quatre de Cabourg. Ils amenèrent un christ que la mer roulait depuis bien longtemps, s'il fallait du moins s'en rapporter aux oxydes qui l'avaient rongé.

— Il y eut dispute, n'est-ce pas ?

— Mieux que cela, mademoiselle. Ceux de Dives prétendirent que la trouvaille leur appartenait légitimement, puisque leurs filets l'avaient dégagée ; ceux de Cabourg affirmèrent que l'objet était leur propriété, puisqu'il était extrait des sables de leur territoire. On se battit à outrance jusqu'à ce qu'il ne restât plus que deux hommes debout, un de Cabourg, un de Dives, qui se menacèrent de leur couteau. La lutte avait été longue. Il arrivait du renfort en nombre égal aux combattants. Les camps se formèrent, et la mêlée devint générale.

— Ce qui prouve, — interrompit Cora, — qu'on ne s'était pas tout à fait trompé quand on prétendait que ces habitants de Dives avaient un bien mauvais caractère.

Il est vrai que les habitants de Cabourg ne valaient guère mieux. Ensuite, monsieur Jean ?

— Ensuite, mademoiselle, il y eut quinze morts de chaque côté.

— Trente en tout ; c'est pas mal joli pour un morceau de fer endommagé.

— Cependant, — poursuivit Lebon, — on était allé prévenir les curés dont les paroissiens s'exterminaient. Ils se regardèrent de travers quand ils eurent examiné l'objet en litige. Le curé de Dives le revendiquait, en faisant valoir les raisons imaginées par les brebis de son troupeau...

— Vous appelez cela des brebis ?

— C'est le mot consacré, mademoiselle. Le curé de Cabourg le réclamait aussi, s'en rapportant aux arguments de ses paroissiens.

— Dit-on s'ils en vinrent aux mains ?

— Chaque prêtre demanda la trêve, pour avoir le temps de se consulter.

— Et que décidèrent-ils ?

— Qu'il fallait rapporter le christ à la mer, bien loin, et que, cette fois, il reviendrait à celui qui le repêcherait. Seulement, pour qu'on ne remarquât pas l'endroit, il fut arrêté d'un commun accord qu'une barque isolée l'irait immerger, montée par un seul homme de Dives. Celui-là, naturellement, serait exclu de la recherche, et s'isolerait pour ne pas fournir d'indication. On choisit le soir pour accomplir l'œuvre, sous le fallacieux prétexte que l'on ne pourrait suivre de l'œil l'opération; en réalité pour tricher au jeu.

— Oh ! non ; pas pour tricher. J'espère d'ailleurs que le curé n'était pour rien dans la tricherie.

— Je vous demande pardon, mademoiselle ; l'histoire le dit. D'ailleurs il s'agissait d'un christ ; tous les moyens devenaient bons pour se le procurer. Docile aux insinuations de son curé, le batelier avait attaché une ficelle au bras du christ. Il plongea le christ dans la mer, avec un hourra que répétèrent les curieux assemblés sur a falaise. La lune donnait. On suivait tous les mouvements de l'opérateur, pour s'en faire des indications. Toutefois on ne remarqua pas que maître Floques (c'était le patron) liait, en passant, le bout opposé de la ficelle à la grosse bouée du chenal. Le lendemain, au point du jour, toutes les barques de Dives et de Cabourg étaient à flot. On lançait les filets dans toutes les directions, avec des cris de triomphe anticipé chaque fois qu'on amenait une lourde pierre. Maître Floques s'était enfermé chez lui pour qu'on ne le soupçonnât pas de connivence. Cependant, vous vous en doutez, un Divais avait été mis au courant des faits.

— Par qui, monsieur Jean ?

— Par le curé, mademoiselle. Il avait choisi son confident parmi les plus vieux pour qu'on le surveillât moins, ne se méfiant pas de sa vigueur. C'était un traînard. Il dénoua donc la ficelle de la bouée, et, tout en feignant de se pencher sur la mer pour tirer à lui ses filets, il attira le christ doucettement. Quand il l'eut mis presque à fleur d'eau, il lui détacha le bras, lâcha l'attache, et s'écria de toute la force de ses poumons : « Au secours ! au secours ! je crois le tenir ! » Ses camarades firent force de rames. Et voilà comment le fameux christ se trouve dans l'église gothique de Dives. Je dois ajouter que ceux de Cabourg ont su depuis la tromperie. Ce christ leur pèse sur le cœur ; ils ne l'ont pas encore digéré. Comme ils ne peuvent pas s'en prendre à lui, c'est aux Divais qu'ils s'en prennent. C'est là le motif de la vendetta que ceux de Cabourg ont déclarée à ceux de Dives, qui la leur rendent usurairement.

— Cette légende m'intéresse, monsieur Jean. En savez-vous beaucoup d'autres dans le même goût ?

— Il y a celle des Vaches-Noires, celle de Ouistreham, celle du Manoir.

— Vous me les direz, n'est-ce pas ?

— Quand vous voudrez, mademoiselle.

— A la première visite que vous me ferez.

— Je suis à vos ordres.

— A propos, monsieur Jean, j'ai vu votre école, — reprit Cora. Que pensait-elle de cette maison indigne, elle qui trouvait sacré le ministère de l'instituteur ? Jean attendit anxieusement qu'elle achevât sa phrase ébauchée. — La maison n'est pas belle, — poursuivit Cora, — mais vous savez l'enjoliver. J'en conclus que la commune se comporte avec vous comme une marâtre, et que vous vous comportez vis-à-vis d'elle comme un bon fils. Elle aura des remords, un jour ou l'autre... espérons-le. — Se moquait elle ? Elle acheva : — Vous savez que monsieur Mareuil, votre voisin, occupe un chalet qui conviendrait à trois familles. Il est tout seul ; le premier étage lui suffit. Il trouve que les appartements sont vides, que le jardin est désert ; or, comme il aime le mouvement et le bruit, il me disait ce matin même que, s'il osait, il vous offrirait le rez-de-chaussée, avec la jouissance de la pelouse pour les marmots. — Jean allait l'interrompre. Elle augmenta la vitesse de son débit. — Les charges seront lourdes pour vous, monsieur Lebon ; car monsieur Mareuil y met des conditions que je trouve dures. Suivez bien mon raisonnement : il habite Dives six mois de l'année; le reste du temps, tout est fermé. Or il se trouve que, pendant l'hiver, l'humidité pénètre partout, à ce point que l'été ne parvient pas à sécher les murs. Les herbes folles s'emparent des allées, d'octobre en avril. C'est une grosse affaire, quand on arrive, de sécher les plâtres par ici, de ratisser les allées par là, sans compter les toits abandonnés qui s'effondrent faute de réparations en temps opportun. Eh bien ! monsieur Lebon, il s'agirait simplement, en échange de ses gracieusetés apparentes, de soigner cela toute l'année, dans un intérêt de conservation. Monsieur Mareuil est un ancien négociant ; vous voyez qu'il s'entend à la gestion de ses affaires. C'est un surveillant qu'il lui faudrait. Vous réfléchirez aux charges.

— Que feriez-vous à ma place ? — demanda Jean.

— Je refuserais.

— N'est-ce pas, mademoiselle ?

— Oui, parce que je ne connaîtrais pas assez monsieur Mareuil pour me sentir capable de ce dévouement. C'est une responsabilité.

— Certainement, mademoiselle.

— C'est une grande responsabilité, qui vous oblige à des soins constants. J'ai voulu vous décharger des sacrifices pécuniaires que cet arrangement pouvait entraîner. Monsieur Mareuil n'a pas cédé. Je le répète, à votre place, je refuserais. On n'a trouvé personne, jusqu'à présent, qui voulût s'arranger de ces conditions.

— Monsieur Mareuil a déjà cherché quelqu'un ?

— Voilà deux ans qu'il s'en occupe. Les résistances qu'il rencontre ne m'étonnent pas ; il faut aimer un propriétaire intéressé pour adopter ce bail léonin.

— J'accepte, — dit Jean.

— C'est un tort, monsieur Lebon. D'ailleurs, rien ne presse. Vous avez jusqu'au mois d'octobre pour vous décider. Vous réfléchirez aux obligations qu'on vous impose.

— N'avez-vous pas dit que c'était une preuve de dévouement ?

— Si fait, et des meilleures.

— Alors il m'appartient de me prononcer immédiatement.

— Sans peser les responsabilités ?

— Que me fait cela ?

— Ni les dépenses obligatoires ?

— Pas davantage.

— Je vous remercie, monsieur Lebon, — dit Cora ; — c'est un témoignage précieux d'affection que vous nous donnez. — Monsieur Mareuil avait dit, la veille, à Cora qu'elle ne saurait pas faire accueillir cette offre à Jean, dont la fierté se soulèverait. Elle triomphait, grâce au subterfuge que sa diplomatie féminine avait inventé.

— Ce qui me console pour vous, — acheva-t-elle, — c'est que vos marmots s'en trouveront bien. Ils veulent courir, grimper aux arbres, décrocher des fruits. Vous fermerez les yeux sur les petits larcins, en faveur de la gymnastique. Vous devez adorer tous ces chérubins, quoiqu'ils mettent leurs doigts dans leur nez, qu'ils soient crottés jusqu'à l'échine, et que leurs bonnets ne paraissent pas toujours d'une entière blancheur, ni leur figure lutine, ni leurs mains pattues. Je donnerais bien quelque chose pour leur entendre dire la leçon, avec les timbres opposés de leur voix. Ils ont déjà des supercheries, je m'en doute, pour excuser les choses qu'ils devraient savoir et qu'ils ne savent pas. Leurs livres sont barbouillés d'encre, leurs cahiers maculés de suie ; les billes sonnent dans leurs poches ; il y a des clous sous leurs sabots qui sont fendus dans tous les sens, avec des lames de fer-blanc pour leur donner une apparence de solidité. Leurs cheveux jaunes s'échappent en mèches floconneuses. Leurs joues sont rondes et rouges comme des pommes d'api. Ils mentent, ils raisonnent, ils se pillent entre eux, ils se dénoncent, ils se trichent au jeu, ils se battent. C'est amusant !

— Je m'aperçois, mademoiselle, que vous vous les représentez bien tels qu'ils sont, modèles en raccourci de leurs pères, qui possèdent en masse leurs défauts sans avoir toujours leurs qualités. C'est un petit monde en effet, où l'on se pousse déjà pour empiéter sur le voisin. Les forts se jettent sur les faibles, qui le leur rendent de loin en agaceries. Pour un qui vit à l'écart avec ses pensées, on en compte vingt qui se remuent pour le dominer. Le despotisme germe en eux ; c'est lui qui se développe le premier. Ils jouent à l'homme, comme les hommes jouent à l'enfant. Tout leur est bon pour acquérir ce qu'ils convoitent, dussent-ils attendre le sommeil confiant du possesseur et brûler ensuite la chose enviée. C'est à réformer le sens moral que je m'applique ; mais j'ai trop à faire pour y réussir complètement. Ils n'écoutent pas cette leçon. Ils sont Normands, et ruminent déjà des procès. Cette semaine il y en avait un qui disait à l'autre : « Si tu ne me donnes pas ta vieille balle, je dirai que ta balle neuve est à moi. » L'autre répondit : « Nous plaiderons. » Le premier battit le second, et vint me dire qu'on l'avait battu. Pour appuyer sa déclaration, il me montrait une égratignure.

— Elle devait être du mois dernier.

— C'est très-probable ; mais je n'y regardai pas de si près. Il produisait quatre témoins.

— Oui, je devine ; ils étaient recrutés parmi ceux qui n'avaient pas de balle neuve.

— Auxquels s'adjoignaient ceux qui n'avaient pas de vieille balle.

— Et votre justice se trompa ?

— En effet.

— Encore un Lesurques ! mais au moins vous ne fîtes pas mourir le faux coupable.

— Je me contentai de le punir paternellement, après avoir exigé la restitution de l'objet soustrait.

— Et qu'arriva-t-il ?

— Quand le prétendu coupable eut purgé sa peine, il sacrifia sa vieille balle pour r'avoir la neuve.

— Il valait mieux la sacrifier au commencement ; et comment s'y prit-il pour cela ?

— Il alla trouver les faux témoins et leur tint à peu près ce langage (je l'ai su depuis) : « Je vous donne celle-là si vous me faites restituer l'autre. » Ils vinrent à ma barre, et m'assurèrent que leur religion avait été surprise. Ils étaient prêts à en mettre leurs mains au feu. J'appelai le traître qui se troubla. Je réhabilitai Lesurques...

— Mais tout ne finit pas là ? J'aperçois une pomme de discorde entre les témoins complaisants.

— Ils se rouèrent de coups, chacun voulant se l'approprier.

— Il fallait la faire disparaître dans votre poche.

— Je n'en eus pas le temps. Ils la déchiraient avec leurs ongles pour en avoir de petits morceaux, qui leur rappelaient des volées données et reçues. C'est égal, je les aime tout de même, avec leur courage de lionceaux distraits.

. . . .

La soirée se passa de la sorte, en causerie familière. Jean se sentait doucement ému. Il lui semblait connaître Cora depuis sa naissance, sans pourtant qu'elle fût sa sœur.

Il s'en alla fort allègrement jusqu'au buisson qui couvrait ses dépouilles opimes.

Ses dépouilles opimes avaient disparu avec le panier qui les contenait.

— C'est ici, pourtant ! — dit Jean.

Il se dressa sur ses pointes, pour s'assurer qu'il ne se trompait pas de haie. Pas d'autres haies autour de lui. Il plongea souvent ses mains dans les épines, aux mêmes endroits. Vide complet. Il soupira trois fois, bien fort. Il ne regrettait pas exagérément sa tunique pour ce qu'elle valait, mais pour le besoin qu'il avait d'elle, dans une commune où ses moindres actions étaient commentées.

Que dirait-on de lui, le lendemain, en lui voyant sa redingote neuve ?

Hue ! *la Grise !* — dit une voix à côté de lui.

C'était le curé de Dives qui revenait de chez le curé d'Auberville, avec lequel il avait dîné.

Jean se cacha dans les tamaris.

XIII

I était dix heures du matin. On entendait les enfants tapager à la cantonade, près de leur école. Leur sabbat menaçait de tourner en émeute. Jean s'avança vers eux pour leur commander plus de tenue.

Le petit Planchet, qui avait volé les pommes de la mère Yvon, était affublé d'une redingote beaucoup trop longue pour sa taille, dont les pans balayaient la boue des ruisseaux. Ses camarades lui couraient après, le tirant par ses manches à la Pierrot, lui rabattant son collet jusque sur les yeux, bourrant ses poches de détritus. Et on lui jetait de la chaux vive, et on le déchirait dans tous les sens. Il riait aux éclats des bousculades et des horions.

— Par ici, Planchet ! — lui criait-on ; — v'là le fossé. Faut sauter dedans. — Une cane et des canetons occupaient l'eau bourbeuse du fossé. L'on eut vite fait de les disperser, sanglants et meurtris, à coups de pierre. — V'là l'eau libre, Planchet ! — reprenait-on. — Viens-t'en barboter. Ohé ! Planchet !

Selon ses habitudes de maraude, le petit Planchet avait trouvé le panier de Jean Lebon. Comme il ne lui connaissait pas de propriétaire, il s'en était emparé, le cachant jusqu'au lendemain.

Or, comme il trouvait que la tunique avait certaines analogies avec celle de l'instituteur, il lui parut fort ingénieux de l'endosser pour jouer au maître d'école avec les gamins émerveillés. Il n'avait pas prévu les lacérations du dénoûment.

Pour tout autre que Jean, la chose était méconnaissable, avec les taillades déjà faites. Il la reconnut pourtant. Elle était perdue pour lui ; il ne s'agissait plus que de dissimuler son chagrin, pour qu'on ne soupçonnât pas sa supercherie.

Il la retira de la circulation, et la jeta dans un puits tari.

Et il sifflota quelques refrains.

On le voit, son émancipation intellectuelle avait fait du chemin depuis le jour où, après avoir consulté le livre rouge de ses aïeux, il dépeçait tout ému la lévite traditionnelle du premier Lebon.

XIV

— Oui, chère folle, — disait monsieur Mareuil parlant à Cora ; — j'admire ta tactique, devant laquelle les vieux diplomates amèneraient leur pavillon. Il me semblait impossible de faire accepter à Jean le bénéfice de mon chalet, avec les ressources que l'on peut tirer de ses dépendances. Un mot de toi l'a décidé. J'en suis heureux. C'est une dette que nous acquittons.

— J'ai plaidé le faux pour l'amener doucement au vrai.

— Oui, tu as fait comme ces généraux expérimentés qui feignent de sortir d'une place pour entraîner l'ennemi dans une embuscade. Tu pourrais dire comme César...

— Que disait César ?

— *Veni, vidi, vici !*

— En français, en français ! je vous prie, si cela ne vous désoblige pas trop. D'abord que signifie *veni ?*

— Lebon est venu.

— Et *vidi ?*

— Je l'ai vu.

— Et *vici ?*

— Je l'ai forcé d'accepter le chalet de monsieur Mareuil.

— Alors du temps de César il y avait déjà des Jean Lebon ?

— Il y a toujours eu de braves garçons prêts à donner leur dévouement aux autres sans espoir d'en tirer profit. Il est de ceux-là. Avant de connaître l'acte de courage qui me le fait aimer, puisque c'est à lui que je dois ta vie, j'avais remarqué déjà cette existence modeste qui se cache dans ses bonnes œuvres, comme si les meilleurs sentiments humains avaient leur pudeur. Il m'intéressait par pressentiment. Aujourd'hui que j'ai pris des informations, je le considère comme une victime, et je l'affectionne sincèrement. Il est la dupe de ceux qui ne savent pas comprendre ses timidités, et qui le mettent sur le compte de la niaiserie ; on le croit sot et on l'exploite, il souffre et se tait. Cependant c'est une grande intelligence ; par malheur, elle est concentrée.

— Il lui manque peut-être le courage moral.

— Pour se rebeller ! eh ! il le possède comme l'autre ; mais il comprend son état passif. Il faut qu'il subisse toutes les servitudes légitimées par des précédents ; on lui fait déjà la guerre quand il les accepte avec une apparente résignation, on le casserait s'il essayait de se révolter : il faut avoir une position indépendante pour oser se plaindre des abus de pouvoir dont on est victime.

— Cora devint triste. Elle avait quelque chose à dire, elle n'osait pas. Monsieur Mareuil la connaissait dans tous les replis de ces abandons et de ces réticences. Il lui vint en aide. — Allons, chère belle ! — lui dit-il en la stimulant, — as-tu des questions spéciales à me poser ? Je suis prêt à répondre, ayant étudié le sujet à fond.

— L'autre jour, comme je passais à Dives, j'ai vu monsieur Lebon qui...

— Qui, quoi ?

— Qui s'était mis dans l'eau...

— Ah ! je sais, — interrompit monsieur Mareuil ; — il nettoyait le lavoir public. Oui, chère Cora, tu l'as surpris par le côté vil de ses fonctions. Ne le lui dis pas, ça lui ferait peine inutilement.

Cora rougit de ce qu'on suspectait sa délicatesse quand elle avait fait un mensonge pour détourner les craintes de Jean.

— Comment se peut-il, — demanda-t-elle, — qu'on assujettisse les instituteurs à ces durs travaux ?

— On leur en impose bien d'autres ! J'ai voulu savoir jusqu'à quel point on pouvait pousser vis-à-vis d'eux l'oubli des dernières convenances, et je me suis procuré l'ouvrage spécial de monsieur Lorain, un inspecteur chargé de visiter nos écoles des départements. Ce livre est écrit sans phrases; il s'adresse aux chambres, qui dans ce moment font quelques efforts pour améliorer le corps de l'enseignement. Veux-tu que je t'en lise quelques passages?

— Bien volontiers.

— J'ouvre au hasard. Écoute cela, page 63 :

« Deux candidats sont sur les rangs pour obtenir le titre d'instituteur communal. C'est au conseil municipal qu'appartient la présentation. L'un d'eux est un pauvre hère qui n'a aucune naissance mais assez d'instruction, de la conduite, en un mot qui jouit de l'estime générale et qui conviendrait à merveille; l'autre est un ignorant tout à fait incapable de faire prospérer l'école; qui sait? peut-être même médiocrement considéré dans son pays; mais il a une maison à lui et quelques morceaux de terre. Qu'est-ce à dire? Faut-il maintenant être riche pour se faire maître d'école? vous allez voir que la chose n'est pas inutile.

« Jean, » dit-on au second candidat, « tu ne vaux pas » grand'chose pour être instituteur; et, s'il faut te don- » ner les deux cents francs que nous venons de voter, » nous préférons ton compétiteur; mais il y a moyen de » s'arranger; si tu veux, par exemple, fournir gratis la » salle d'école et nous dispenser de faire pour ton loge- » ment de nouveaux frais, l'école est à toi. » Il est rare que de pareil arguments ne soient pas victorieux. « Mon » ami, » dit-on à l'autre, « nous sommes bien fâchés, mais » nous avons trouvé quelqu'un qui fait notre affaire. »

» D'autres fois, selon les besoins de la localité, selon les circonstances particulières, les engagements sont diffé- rents; mais, dans toutes ces transactions directement contraires à la loi, ce sont toujours les véritables intérêts de l'instruction qui sont sacrifiés. Par exemple, on fait à l'instituteur un payement simulé de deux cents francs, mais il en abandonne la moitié, plus ou moins, que l'on emploie à une autre destination.

» Cependant on n'est pas toujours assez heureux pour trouver dans une commune un homme à son aise qui veuille bien faire un pareil métier ou de semblables concessions. D'ailleurs, les arrêtés du ministre ayant décidé que nul ne pouvait déposséder de son titre et de ses droits l'instituteur que la loi avait trouvé jouissant de quelques avantages faits par le conseil municipal, il a bien fallu conserver un grand nombre de malheureux qui ne pouvaient offrir une maison ni rien céder de leurs honoraires. Ceux-là, nous avons vu comment on trouvait moyen de leur ravir d'une main le bienfait qu'on était obligé de leur lâcher de l'autre, en abaissant le prix des élèves payants, dont en même temps on diminue le nombre pour les comprendre dans la catégorie des indigents. Le titre d'instituteur communal est devenu par là, dans quel- ques endroits, une ruine véritable, une destitution dé- guisée, et je ne serais pas étonné que plus d'une fois un conseil, embarrassé de la présence d'un instituteur qu'il ne pouvait légalement déposséder, eût imaginé cet expé- dient, qui ne serait pas maladroit.

» Toujours poursuivis par cette nécessité de se récu- pérer de la somme exorbitante de deux cents francs qu'il fallait donner à l'instituteur, bien des conseils muni- cipaux ont voulu comprendre au moins dans cette allocation une foule de fonctions différentes qui seules suffiraient pour absorber son temps. Il faut qu'il soit fossoyeur, tambour, *qu'il nettoie le lavoir public,*—appuya monsieur Mareuil,—qu'il monte l'horloge, qu'il cumule les fonctions de chantre et de sacristain, qu'il paye les hos- ties, blanchisse le linge de l'autel et fournisse les balais. Comme dans les pays où l'instituteur exerçait toutes ces charges avant la loi il fallait bien lui faire un traite- ment spécial, on n'a pas grand'chose à y ajouter, par forme de supplément, pour en composer son traitement communal. Quelquefois même les autorités n'ont pas

craint de lui déclarer que de tous ses emplois celui d'instituteur leur était le moins nécessaire. »

Monsieur Mareuil ferma violemment le livre.

— C'est navrant, — dit-il; — cela soulève le cœur en même temps que la raison. Et il y a quatre cents pages ainsi, toutes parsemées de preuves, qui sont officielles à cause du caractère et de mission de l'écrivain. Je ne sais pas si les chambres en seront émues, mais j'affirme que je ne peux pas lire ces détails sans en éprouver de la confusion et du dégoût.—Cora ne dit rien; elle réflé- chissait. — A quoi penses-tu? — lui demanda monsieur Mareuil.

— Je pense que, dans les villes, les instituteurs sont plus heureux.

— C'est vrai, chère belle; seulement il n'appartient pas à tout le monde de faire les frais d'une institution. Cela coûte cher : il faut payer le matériel et la clientèle, évalués toujours par les vendeurs bien au delà de leur valeur vénale. Ce sont des charges, comme celles des notaires et des avoués, que le titulaire riche ne cède qu'à beaux deniers comptants. Aussi le successeur, pour s'y retrouver, invente-t-il des bénéfices souvent suspects. Permets-moi de te raconter un souvenir de ma première jeunesse. A Rouen, dans le collège où j'étais, mes casquettes disparaissaient environ douze fois par an. Un beau matin, en me réveillant, je ne les trouvais plus où je les avais mises la veille. Le maître se fâchait; il écrivait à mes parents que je n'étais pas soigneux, et il me fournissait d'autres casquettes pour remplacer celles que j'avais égarées. Tu devines facilement ce que mes casquettes devenaient : soustraites par ceux qui m'accu- saient de distraction, elles allaient alimenter le fonds de réserve.

— Oh ! je sais, je sais ! — appuya Cora ;—c'est comme ma maîtresse de pension, qui nous faisait payer les car- reaux cassés. Les mêmes carreaux figuraient sur toutes les notes. Un carreau rapportait un franc cinquante par tête ; or, comme nous étions soixante-dix, j'en con- clus, si mes calculs ne me trompent pas, que cela faisait cent cinq francs pour madame Bussinet, qui était bossue, soit dit entre parenthèses, et qui collait sur la vitre brisée du papier huilé; la même chose pour les bancs boiteux. C'est le Pactole. On nous comptait à chacune six francs de bois par quinzaine, et le poêle de faïence faisait comme nous, il grelottait.

Monsieur Mareuil reprit :

— Quand je t'ai proposé d'offrir le chalet à monsieur Lebon, je venais de lire l'ouvrage dont je t'ai communiqué quelques fragments. Or, en rapprochant les citations du livre des choses réelles, j'ai cru comprendre que l'avenir de Jean était menacé, d'autant plus qu'une circonstance fortuite m'a mis sur la trace d'une petite machination dirigée contre lui. Le curé de Dives était à cheval (il passe sa vie à cheval, c'est un exercice qui lui fait du bien); auprès de lui chevauchait un ancien fermier nommé Dozuté. L'ex-fermier est un homme rond, plus ignorant qu'une carpe, qui mange comme quatre et boit comme huit. » Heu ! heu ! » disait-il, « ma maison serait bien commode, monsieur le curé. Deux arpents de jardin pour les p'tits. Ça n'est pas que je sois savant, mais on sait lire chez les Dozuté. Ça suffit, ça. » Le curé de Dives répondait : « — On s'en occupe, monsieur Dozuté. » Le reste se perdit dans l'éloignement. J'étais édifié.

La jeune fille s'assit à côté de monsieur Mareuil et lui prit les mains :

— Vous êtes bon ! — dit-elle.

— Les injustices me révoltent. D'ailleurs, il s'agit de celui qui t'a servi de guide dans le Désert. Nous serions ingrats de l'oublier.

En ce moment on entendit la négresse qui criait:

— Viens donc voir, mamz'elle Cora ! le merle bat le sansonnet. Pauvre petit ! Viens les séparer. Viens donc, tout de suite ! mamz'elle Cora. La ! c'est fini, il se tait, le vilain méchant. Ne te dérange pas, mamz'elle Cora :

Voilà le sansonnet qui se venge. Attrapez, monsieur le merle ; c'est bien fait !

— Alors,—reprit monsieur Mareuil,—il fallait s'armer de toutes pièces pour lutter contre le bonhomme Dozuté. Son jardin a deux arpents, affirme-t-il ; le mien en a cinq. Sa maison est proprette, mon chalet coquet. Que dire à cela ?

— Le sansonnet se venge, — répondit Cora : — c'est bien fait ! Zabeth vous l'a dit.

—Tu comprends,—ajouta monsieur Mareuil,—que, une fois installé chez moi, jo m'arrangerai pour qu'il profite des avantages de la position. Il aura les légumes, les fruits, et le droit de pêche dans l'étang. Faut-il accepter, par-dessus le marché, les fonctions souvent offertes de membre du conseil municipal, pour paralyser les hostilités ?

—Mamz'elle Cora, mamz'elle Cora, — cria la négresse, — voilà le sansonnet qui rosse le merle ! C'est amusant. Tape, mon mignon ! tape-lui dessus ! Viens-t'en donc voir, mamz'elle Cora !

— Vous l'entendez, Cora, Zabeth donne la réplique à vos questions. Maintenant,—reprit monsieur Mareuil pour changer de conversation,—je vous apprendrai, mademoiselle, que j'attends pour vous un king's-Charles ; vous en avez manifesté le désir. Nous l'aurons ce soir, demain au plus tard.

— C'est vrai, je suis une volontaire, ou du moins je l'étais quand je vous ai dit que la société d'un chien me distrairait ; mais il y a dix jours de cela.

— As-tu déjà changé d'avis ? est-ce une autre race qu'il te faut ?

— Je ne veux plus de chien.

— Ah !

— Non, parce que, avant de vous imposer de nouveaux sacrifices, j'ai besoin de connaître votre décision.

— Le mois que tu m'as donné pour me prononcer commence à peine.

— Aussi vous laisserai-je le temps convenu ; mais vous ne trouverez pas mauvais que je m'abstienne d'ici là de toute réclamation anticipée. Vous garderez le chien jusqu'à l'expiration du terme dit ; vous le conserverez toujours, dans le cas d'une solution peu conforme à mes plus chers vœux. Dans le cas contraire, vous me l'apporterez, et je vous embrasserai tous les deux, lui pour la bonne nouvelle dont sa présence témoignera, vous pour le mouvement généreux que vous aurez eu. Oh ! ne protestez pas. Vous n'êtes pas mon parent, monsieur Mareuil. Les sacrifices que je vous cause datent de loin, je le sais ; mais, pour ces sortes de choses, il n'y a jamais de droits acquis par la prescription. J'ai réfléchi beaucoup depuis quelque temps. Chaque objet que vous me donnez est un tort causé naturellement à ceux qui devraient vous composer une famille. Je prends leur place dans vos affections ; c'est un vol déjà ; n'y joignons pas un autre genre de détournement, pour lequel, plus tard, on m'attaquerait en m'accusant de rapacité.

— Veux-tu me permettre une objection ?

— Certainement.

— Je suppose que je t'amène le chien quand les délais seront expirés. Bien. Nous déménageons. Je t'appelle ma nièce ; tu me nommes ton oncle. Nous logeons ensemble. Tout est pour le mieux. Mais, je te le demande, cela changera-t-il nos positions respectives ? Tu vois bien, chère belle, que tes scrupules de conscience resteront les mêmes.

— C'est juste, — fit Cora pensive. — J'ajouterai même que la circonstance sera plus embarrassante pour moi. Comme je suis, j'ai l'air d'user de vos amitiés égarées ; comme nous serions, je paraîtrais en abuser.

— Conservons donc nos rapports dans l'état actuel.

— Oh ! non ; les étrangères répéteraient ce qu'elles ont dit plusieurs fois déjà. J'en mourrais de honte ou de désespoir. Tenez e mieux serait, je crois, de rompre

immédiatement. Notre cœur en serait ulcéré, mais nous aurions la satisfaction mutuelle du devoir rempli. Je travaillerais pour oublier. Vous trouveriez facilement une jeune fille qui s'accommoderait de votre bienveillance, et qui me serait préférable sous tous les rapports. Je vous parais cruelle en parlant ainsi ; c'est du courage, rien de plus.

— Mais, petite malheureuse ! que deviendras-tu ?

— Je vous l'ai dit, je travaillerai. Le travail ennoblit les mains. Voyez monsieur Lebon ; eh bien ! faut-il l'avouer ? je préfère ce qu'il est à ce qu'il sera. Si je vous laisse faire pour améliorer sa position, c'est que vous m'avez assuré qu'il peut y perdre ce qu'il a. Quand je l'ai vu manier une bêche indigne, je l'ai plaint sans doute, mais je me suis sentie plus à plaindre que lui, moi qui vivais de désœuvrement et... d'aumône.

— Tu me fais mal, Cora. Si tu savais à quel point tu me blesses, tu retirerais ce dernier mot, qui me déchire.

— Je n'ai pas l'intention de vous affliger. Vous me traitez comme si j'étais votre nièce, et par moments vous me parlez comme si j'étais votre fille. A cette heure même que je vous bouleverse, vous avez des regards d'une indulgence sans pareille. Que suis-je donc pour vous ? il y a un voile entre nous deux. Déchirez ce voile, je vous en supplie, pour que j'y voie clair. Je deviendrais folle dans l'obscurité. La nuit a des terreurs pour moi. C'est à ce point que je m'éveille quelquefois pour rallumer toutes mes bougies. Otez le voile, ôtez le voile, car j'ai peur !—Monsieur Mareuil se leva subitement, en proie à des tentations contraires. Il sentit qu'il payait trop cher une faute longtemps expiée ; mais il n'osa pas tout avouer, de crainte d'avoir à rougir devant sa fille qu'il idolâtrait. — Vous êtes ému ? — reprit Cora.

— Je suis impressionnable. La moindre scène me prend par les nerfs.

— Demain, — dit Cora, — vous ne me trouverez plus dans ce pays. — Elle devinait qu'un combat terrible se livrait dans le cœur de monsieur Mareuil, entre ce qu'il devait et ce qu'il pouvait. Elle se faisait impitoyable, pour provoquer une explication de laquelle sortirait enfin la vérité. Ce n'était plus vivre que de rester comme elle était, à la merci de la première injure venue. Deux aventurières l'avaient insultée ; il y avait eu peut-être des échos pour répéter leur parole accusatrice. Le remords l'agitait, non point pour ce qu'elle avait fait, mais pour ce qu'elle paraissait faire. Il fallait sortir à tout prix de la situation. — Vous ne me chercherez pas,—poursuivit-elle, —ce serait inutilement. J'aurai quitté mon nom, chose facile, car je n'en ai pas ; j'aurai quitté ma négresse, ma pauvre Zabeth, que je vous recommande, pour ne pas l'associer aux hésitations de mes premiers pas.

Monsieur Mareuil lui saisit impétueusement les mains comme s'il voulait s'y cramponner.

— Et si j'étais ton père ? — lui dit-il avec explosion.

Cora se suspendit à son cou, tout émerveillée, lui essuyant les yeux avec ses baisers. Tout à coup ses bras se délièrent et elle s'affaissa sur le parquet.

— Ah mon Dieu ! mon Dieu ! — cria la négresse, que monsieur Mareuil avait appelée. — Reviens à toi, mamz'elle Cora ! C'est moi, c'est Zabeth, ta petite négresse qui veux tes sourires. Tiens, voilà des sels ; tiens, voilà de l'eau, voilà de l'air... Ouvrez la fenêtre, monsieur Mareuil. Reviens donc à toi, mamz'elle Cora !

XV

Il était minuit. Une lampe brûlait chez Jean Lebon. La flamme tremblotait au bout de la mèche, cherchant les saillies des meubles pour y accrocher ses faibles lueurs. La silhouette des bancs s'estompait mal sur des fonds obscurs, et les poutrelles confuses du plafond s'allongeaient comme autant de bêtes informes suspendues pour épouvanter l'imagination. Le poêle lui-même, avec les courbes de ses tuyaux, représentait assez bien une hydre accroupie dont les sept têtes se divisaient au bout d'un long cou.

Jean ne dormait pas ; il pesait le pour et le contre d'une démarche qu'il voulait tenter. Il se leva presque en tâtonnant, quoique ses yeux fussent accoutumés aux lueurs incertaines de la lampe.

Il s'arma d'une clef finement ouvrée, et se dirigea vers un bahut dissimulé dans un renfoncement du mur, à l'angle d'une cheminée qui ne servait pas. Le bahut faisait l'office de banc, pour les écoliers en punition.

Jean l'ouvrit, après avoir tourné les boutons secrets qui dégageaient les ressorts de la serrure. Une sorte de cuvette comme on en met aux malles s'offrit d'abord à ses regards. Elle était pleine de vieux souliers, des souliers de morts, ayant appartenu à tous les Lebon, depuis la mode des boucles jusqu'à celle des lacets de cuir. Si quelque étranger eût soulevé le couvercle du coffre, il l'eût aussitôt laissé retomber pour échapper à l'odeur des moisissures qui s'en exhalait. Jean ne manifesta pas le moindre dégoût. C'étaient les reliques de ses aïeux. Il enleva la cuvette, qu'il déposa par terre, à côté de lui. Le fond était rempli de petits sacs ornés d'étiquettes jaunes et fanées. Jean tremblait de tous ses membres en y portant des mains exploratrices.

— Comptons, — dit-il. — Je ne sais pas ce que je possède. — C'était l'épargne des Lebon, qu'on ne devait vérifier que dans les circonstances extrêmes. Il vida les sacs, qui contenaient des pièces à l'effigie de tous les gouvernements depuis 1600, pièces jaunes, blanches, brunes, or, argent et gros sous. Il y avait même des assignats, qui rappelaient les époques révolutionnaires. La valeur générale était difficile à bien établir, certaines monnaies ayant subi des dépréciations à cause des titres modifiés. A mesure qu'il avait vérifié le contenu d'un sac, en écrivant les chiffres sur un tableau noir avec de la craie, il le ficelait avec précaution, pour le remettre au même endroit. Il ne lui restait plus à faire que les comptes généraux, par catégories, et à les assembler en une addition qui lui donnerait la valeur approximative des espèces renfermées dans l'ancien bahut. — Trente-deux mille sept cent quarante-huit francs, douze sous, quatorze deniers ! — s'écria-t-il, les yeux démesurément ouverts. — C'est à moi cela ! Voilà deux cents ans que nos économies s'entassent dans ce coffre-fort. — Et, plein d'enthousiasme, il ajouta : — Il m'est permis de me déclarer. — Et sa figure s'illumina. — Je l'aime !—acheva-t-il comme éperdu.—Rien ne saurait me distraire de cet amour. J'ai lutté, je me sens vaincu, je n'en puis plus à présent. Demain matin j'irai chercher ma mort ou ma vie ; je m'adresserai directement à Cora. Quel nom facile à prononcer ! Parfois une voix secrète me dit que j'aurai bientôt le droit de le répéter tout le long du jour, et l'instant d'après une autre voix mystérieuse me conseille de le désapprendre, comme s'il n'était pas créé pour moi. Alors des épouvantes me passent jusque dans le cœur, pour devenir aussitôt des frénésies ; il me semble que je voudrais mettre le feu à tous les coins de la terre. Je me sens maintenant sous la bonne influence. Oh ! il me tarde qu'il fasse jour ! — Il poursuivit, en consultant le tableau ; — Trente-deux mille sept cent

quarante-huit francs ! J'arrangerai bien gentiment une maisonnette à côté de l'école, où seront enfermés tous mes bonheurs ; j'aurai du satin pour elle, des édredons et des tapis sur les parquets ; des glaces partout, pour la voir souvent. Je ne lui parlerai jamais qu'à genoux, comme à une idole. Les joies pour elle, à moi les chagrins, que je tairai.

Il s'exaltait dans son idéal.

Pendant une heure, il suivit son rêve.

Quand il voulut refermer le coffre, il remarqua des papiers dans une épaisseur. C'était le testament du premier Lebon. Le testament portait seulement ces mots :

« Mon fils et le fils de mon fils, jusqu'au dernier de
« ma race, n'entreprendra rien sans consulter le livre
« rouge, où toutes mes pensées et toutes les formules du
« devoir sont contenues. »

— C'est vrai ! — dit Jean ; — recourons au livre, saura bien me conseiller.

Il prit le livre pour y relire le journal de ses aïeux. début ne lui apprit rien qui se rapportât à la situation. Tout à coup il devint effroyablement pâle. Un des passages disait ceci :

« Je vais mourir. Je laisse à mon fils les économies
« que j'ai faites en m'imposant mille privations. Mon fils
« y joindra les siennes. Le fils de mon fils fera comme
« nous, ainsi de suite jusqu'au bout. Ce lot est sacré.
« C'est un dépôt pour les maladies. Et si l'un des miens
« y touchait en santé, parce qu'il voudrait s'élever au-
« dessus de nous, que celui-là, quel qu'il soit, perverti
« jusque dans sa moelle ou seulement égaré, reniant
« l'exemple des siens comme un mauvais fils, sente
« le reproche des hommes et la main de Dieu peser
« sur lui. »

C'était absolu. Jean Lebon en fut atterré.

— Eh bien !—dit-il,—je me tairai quant à la fortune, en me rabattant sur les sentiments. La fortune, d'ailleurs, n'a rien à voir dans les démarches de cette nature. Il serait vil de compter sur elle pour réussir. C'est une injure que je ferais à mon idole si j'osais seulement y faire allusion. Oui, mais pourtant le bien-être que je lui voulais, auquel sa nature d'élite peut prétendre, qui doit être le rudiment de son bonheur ? Si fait, je m'en servirai, — continua-t-il en se redressant comme s'il entendait provoquer quelqu'un.—Cet argent est à moi, bien à moi, très à moi, par la logique des successions. Il serait niais de me préoccuper davantage des pronostics fâcheux du livre en un temps où les mœurs n'étaient pas les mêmes, où tout était routine et préjugés.—Jean gesticulait beaucoup, pour s'enhardir dans sa résistance aux volontés du premier parent. Le couvercle du coffre s'abattit subitement, avec un bruit de ferraille. Il courut à la serrure, qui s'était refermée seule, la clef dedans. Il devint livide et tomba sur ses genoux. — J'ai méconnu l'autorité des miens, — s'écria-t-il, les bras levés, — Dieu m'avertit en mettant ce couvercle entre mes devoirs et mes tentations. Que Dieu me pardonne mon sacrilège ! Cet avoir est perdu pour moi.

Il savait bien qu'il n'oserait pas crocheter cette serrure, ou frapper ce couvercle à coups de marteau.

Las d'émotions, il s'endormit tout habillé sur le sol raboteux et nu.

Un rayon de soleil, qui pénétra dans cet intérieur par les écarts du contrevent, vint réchauffer ses mains engourdies. Il fut réveillé par la sensation.

Et, pour ne pas réfléchir, il se jeta hors de chez lui, courant vers Villers, à moitié fou.

Le sable avait des rosées. Le brouillard s'enlevait comme une vapeur, en venant s'accrocher aux aspérités de la falaise. Jean bouillait d'abord, bientôt il eut froid.

N'importe ! il n'était plus temps de se rétracter ; il fallait être fixé sur son sort, en bien ou en mal. L'attente le désespérait.

Il frappa du poing contre la porte de Cora. La vieille négresse vint ouvrir.

— Partie ! — dit-elle.

— Pour où ? — demanda Lebon.

— Pour sa promenade du matin.

— De quel côté la trouverai-je, s'il vous plaît ?

— Elle n'a rien dit.

Jean s'élança vers le pic le plus élevé, qui devait lui servir d'observatoire, pour explorer du regard les environs. Il aperçut une forme blanche dans la direction de Saint-Pierre-Azif. Il se hâta de s'en rapprocher.

— C'est vous ? — dit Cora.

— Oui, mademoiselle ; je suis malheureux, et je viens vous dire la cause de mon chagrin.

Il voulait éviter les préliminaires, pour que l'hésitation n'eût pas le temps de le prendre, et voilà que sa résolution était ébranlée.

— Oh ! attendez, attendez ! — interrompit Cora rayonnante : — les bonnes nouvelles passent avant les mauvaises. Quand vous saurez ce que je vais vous dire, vous m'apprendrez autrement ce que vous avez à me raconter. Votre nuage se dissipera. — Puis elle dit avec une étonnante volubilité : — C'était mon père !... monsieur Mareuil était mon père ! il me le cachait pour des raisons encore inconnues. Il me les dira, vous les saurez après moi, monsieur Lebon. Comprenez-vous ? J'étais orpheline, je me croyais orpheline... Rien autour de moi que je pusse aimer ouvertement. Tout est changé par suite de cette subite révélation. Monsieur Mareuil est mon père !... Dans ces derniers jours, je m'en doutais bien un peu, mais je n'osais pas encore y croire. Il me l'a dit. Tout sourit maintenant autour de moi... La nature est plus belle, le ciel plus pur, le soleil plus chaud. Je me sens tellement heureuse, monsieur Lebon, que je voudrais du bonheur aux autres. Ne soyez pas triste, monsieur Lebon, ou je me figurerais que ce qui m'intéresse ne vous touche pas. Vous pleurez ?... C'est de joie, n'est-ce pas ?... Vous êtes un ami... donnez-moi la main. — Dans les désespérances de son amour, Jean laissa prendre sa main glacée. Cora se sentit de force à la réchauffer ; elle reprit : — J'avais les soucis de mon isolement et les inquiétudes de ma position. Je suis à présent comme tout le monde. Il m'offrira son bras, je serai fière de lui, car il est bon. Nous irons ensemble partout, nous ne nous quitterons plus ; je le soignerai. Nous ferons du bien aux pauvres. Je ne veux plus qu'on verse des larmes autour de moi... Mais on dirait que mes élans vous blessent : vous ne m'aimez donc pas, monsieur Lebon ?

— Je vous préférais comme vous étiez, — dit-il avec des amertumes dans le cœur.

— Ne dites pas cela, monsieur Jean. J'étais malheureuse.

— C'est peut-être parce que vous étiez malheureuse que je me sentais porté vers vous, mademoiselle. Vous n'avez plus besoin de moi... Que serai-je dans votre vie maintenant changée ?

— Ce que vous étiez auparavant. — Jean était accouru, tourmenté par un besoin immense d'éclater. Et il gardait pour lui ses impressions quand un mot d'elle le stimulait aux aveux trop longtemps gardés. L'occasion était d'autant plus favorable que, dans la situation d'esprit où se trouvait Cora, ne partageât-elle pas ses sentiments, elle les accueillerait du moins avec indulgence, disposée à tout voir et à tout entendre à travers le prisme de ses illusions. Il fallut moins d'une seconde, le temps d'un éclair, à Jean pour qu'il se sentît pris d'un frissonnement. Cette jeune fille devenait riche tout d'un coup par le fait qu'on lui révélait. Jusqu'alors il n'avait rien dit ; s'il parlait, ne croirait-on pas qu'il essayait de spéculer ? Son âme était comme emprisonnée dans un étau.

Il résolut de se taire et de garder son amour profondément enseveli dans son cœur. — Eh bien ! — lui dit Cora, que son bonheur rendait expansive, — vous ne répondez pas à ma question ?

— Quelle question, mademoiselle ?

— Je vous ai demandé, je crois, si vous ne m'aimiez pas assez pour partager mes félicités.

— Je m'en réjouis pour vous, mademoiselle.

— Vous me dites cela comme s'il s'agissait d'un enterrement.

— Chacun ses impressions ! — fit Jean avec brusquerie.

Malgré les contentements égoïstes qui l'absorbaient, Cora n'était pas de celles qu'on pût tromper. Elle ne se méprit pas sur la signification du mot brutal qu'on lui jetait. Elle savait bien que Jean l'aimait, et il y avait plusieurs jours qu'elle attendait sa déclaration pour l'encourager dans ses projets, approuvés tout bas. Il lui appartenait essentiellement, aujourd'hui qu'elle était rentrée dans le droit commun, de prendre une initiative qu'il repoussait par délicatesse.

— Si fait, — lui dit-elle, — vous m'aimez, monsieur Jean, depuis que vous m'avez vue la première fois. Pourquoi le cacher ?

— Je ne cache rien.

— Eh ! tenez, — reprit-elle d'un air enjoué, — toutes vos dissimulations n'aboutissent qu'à me prouver que vous êtes fier. En ce moment vous faites des efforts presque surhumains pour mentir à vos sentiments. Qui sait même si vous n'essayez pas de vous prouver que je vous suis insupportable et que vous me détestez profondément.

— Je ne vous déteste pas, et je ne fais aucun effort pour me prouver que vous m'êtes insupportable.

— Encore une fois, donnez-moi la main !

Jean mit ses mains dans ses poches, pour qu'on ne s'aperçût pas de leur tremblement.

— Vous refusez ?

— Je refuse.

— La raison, s'il vous plaît ? — Jean prit son chapeau, dont il se couvrit, en faisant un brusque mouvement de retraite. Une larme s'était mise à trembloter au bord de ses cils. Cette larme bête fit de l'effet à Cora, puisque c'était elle qui la causait. — Laissons cela, — dit-elle, — puisque cette conversation vous embarrasse. Vous me pardonnerez de vous avoir si longtemps occupé de moi. Quand vous êtes venu tout à l'heure, marchant à grands pas, car je vous ai suivi des yeux dans toutes les courses que vous avez faites, monsieur Lebon, vous m'avez abordée d'un ton décidé, pour m'annoncer de gros chagrins. Quels sont ces chagrins ?

— Vous les écouteriez d'un air distrait. D'ailleurs il ne se peut plus que je vous entretienne de ce qui m'est personnel. J'arriverais comme une tache d'huile sur une robe de pur satin. Vous avez vos plaisirs, je garde mes peines. Vous êtes maintenant dans l'ivresse d'un bonheur dont vous êtes digne. Tout s'épanouit en vous, l'idée et le cœur. Bonjour, mademoiselle..

— Vous voulez donc que je vous contraigne ?

— A quoi, mademoiselle ?

— A me tenir compagnie pour un moment, à vous asseoir sur ce tertre à côté de moi.

Jean se laissa tomber sur l'herbe, avec un geste de violent dépit.

— Et puis ? — dit-il.

— Et puis, monsieur Jean, comme je sais ce que vous avez (j'y remédierai), vous allez me raconter la légende des Vaches Noires, ce qui nous aidera tous les deux à attendre mon père plus patiemment.

— Vous l'attendez donc ?

— Oui.

— A quelle heure ?

— A neuf heures un quart.

— Vous n'avez plus que dix minutes, — fit Jean. — Ce ne sera pas long, mademoiselle. Je m'en vais.

— Ah ! vous appelez cela court, dix minutes ! Vous n'avez donc jamais attendu quelqu'un d'aimé ?

Les sourcils de Jean se froncèrent, et ses yeux eurent des éclairs.

— Oh ! soyez tranquille, — dit-il avec maussaderie, — il aura soin d'avancer sa montre avec le doigt.

— Avez-vous avancé la vôtre quelquefois ?

— Jamais, mademoiselle ; ou, si je l'ai fait, c'était pour m'en repentir.

— Vous êtes sauvage, ce matin. Et ma légende, monsieur Jean ?

— Je la dirais mal.

— Bah ! elle doit être assez attachante pour se passer de vains ornements. Je vous en prie, dites-la moi.

Jean raconta tout d'une pièce, en commençant sur un ton bourru :

« Il y avait une fois un mendiant qui traversait ce pays, la besace au dos. Il s'en allait de ferme en ferme, demandant des mies de pain qu'il trempait d'eau pour ses vieilles mâchoires édentées. Quand il avait à passer devant une église, il traversait les herbages pour l'éviter, si vite même qu'il s'écorchait les mains dans les buissons, ce dont tout le monde s'étonnait. On est économe dans la Normandie, et peu généreux par conséquent. Les mies manquaient quelquefois à l'appétit du vieux mendiant. Un jour qu'il était à jeun, il aperçut des vaches blanches dans un grand pré.

« — Les belles vaches ! – s'écria-t-il.

« Il voulut en prendre une par la queue ; mais le propriétaire méfiant l'avait suifée. Le mendiant, qui crut la tenir, tira fortement à lui. La queue lui glissa dans les doigts comme une anguille. Il tomba sur les reins et se fit grand mal.

« — Tant pis pour le voleur ! — lui dit le propriétaire, qui se garda bien de le ramasser.

« — Je ne prétendais pas te la voler, — fit le mendiant de mauvaise humeur. — C'est dans ton seul intérêt que j'opérais.

« — Prouve-le-moi ! — dit le fermier, — ou je t'assomme à coups de bâton.

« — Combien te coûtent-elles à nourrir ?

« — J'en ai trente. Il y en a trois qui passent à faire vivre les autres, tous les ans, à cause de la valeur des herbes qu'elles consomment.

« — Eh bien ! si tu veux me les confier, je leur ferai brouter les sables de la mer. C'est gratis cela. Leur lait doublera.

« — Laisse-moi donc tranquille avec tes sables qui engraissent les vaches et qui leur font rapporter beaucoup de lait. Tu n'es qu'un fou.

« — Prête-moi la plus maigre ; que risques-tu ? Tu verras ce soir.

« Le fermier consentit. On choisit une vache qui n'avait que la peau sur les os. Elle mangea du sable toute la journée. La nuit venue, elle pesait cent livres de plus que le matin, et donnait de la crème en telle abondance que dix cruches n'y suffirent pas. Le lendemain, elle pesait deux cents livres de plus que la veille, et donna vingt pintes d'excellent lait.

« — C'est bien ! — pensa le paysan ; — j'ai remarqué l'endroit précis. Je vais me débarrasser de l'affreux mendiant, qui ne manquerait pas de me réclamer un salaire, et je conduirai là tout mon troupeau.

« Le mendiant lui tournait le dos.

« Il lui enfonça son couteau jusqu'au manche entre les épaules, de manière à ce que la lame sortît de l'autre côté, de biais, vers la gauche, après avoir traversé le cœur.

« — Qu'est-ce que cela ? — fit le mendiant. Et il tira le couteau sur le devant, par la pointe, très-délicatement entre deux doigts. Le manche passa par la plaie. Il rendit le tout au métayer. — Une autre fois, — lui dit-il, — tu n'oublieras pas de m'avertir. Cela vous fait une sensation. Du reste, je te remercie ; j'avais le hoquet, cette surprise m'en a guéri. — Le couteau n'avait pas de sang et il gardait sa rouille ancienne. — Pouah ! — fit le mendiant avec dégoût ; — il était sale. Une autre fois, tu le nettoieras avant de t'en servir à cet usage, qui demande quelques précautions. Attends, je vais le fourbir. — Et il se plongea dans la poitrine, dans les jambes, partout où il y avait des chairs, en le frottant comme on fait d'une épée qu'on enfonce en terre pour l'aiguiser et pour le polir. Puis il tira la langue, et s'en servit comme d'un torchon pour essuyer la lame, dans laquelle ensuite il se mira. — Tiens, mon ami, — dit-il au fermier, — je te rends la chose ; tu vois que je suis bonnête ; j'aurais pu m'échapper avec, puisque tu m'avais pris pour une gaîne. Faut-il que j'aille chercher les autres vaches ?

« — Comme vous voudrez, — répondit le pauvre diable, dont les dents claquaient. — Vous savez bien que vous êtes le maître ici. Le mendiant alla quérir les vingt-neuf vaches qui lui manquaient. Au bout d'une semaine, elles avaient tant mangé de sable, tant mangé de sable, qu'elles étaient devenues hautes et grosses comme des éléphants. Quand on s'approchait pour les traire, le lait formait de grandes mares où l'on n'avait plus qu'à puiser avec des seaux. — Je vois ce que c'est, — pensa le paysan, — un goupillon fera mieux mon affaire qu'un couteau.

« Il courut à la sacristie, acheta deux bouteilles d'eau bénite, et revint au galop sur le bord de la mer, où il avait laissé le mendiant en train de ronfler. Il lui versa de l'eau bénite dans l'oreille gauche qui était en l'air. Cela produisit l'effet de plomb fondu. Le mendiant bondit jusque sur le sommet de la falaise, et il prit des pierres noires qu'il jeta successivement aux vaches blanches. A mesure que les vaches blanches étaient atteintes, sans qu'il en manquât une, elles se pétrifiaient et prenaient la couleur des pierres noires. La mer montait. Elle les couvrit bientôt, en s'y brisant comme elle fait contre des rochers. Le fermier furieux consulta les bouteilles : il y restait encore assez d'eau bénite pour mettre en fuite le mendiant. Il grimpa sur la falaise, à l'endroit actuel du Désert, qui était alors un grand pré tout émaillé de jolies fleurs, afin de poursuivre l'ennemi de l'humanité. A peine en haut, des craquements épouvantables se firent entendre. La falaise en fut bouleversée de fond en comble ; des vases infectes se révélèrent où était le pré. L'homme s'enfonça dans les marais jusqu'à la ceinture, puis jusqu'au cou, morceau par morceau, et sa tête disparut au fond.

« Et Satan rit à gorge déployée ; et il escalada le plus haut pic, et tout son corps devint d'argile, et deux jets de flamme s'échappèrent de ses yeux, dans un brouillard de fumée soufrée. On voit encore sa forme vague au bout du pic. Elle occasionne des distractions aux imprudents qui s'aventurent dans le Désert. On assure aussi que la victime tire les imprudents par les pieds, pour s'en faire une société dans la tourbière au fond de laquelle il s'ennuie seul depuis deux mille ans. »

Cora se rappelait les dangers qu'elle avait courus dans ces parages, et son imagination surexcitée s'en augmentait encore la gravité.

— Sans vous, — dit-elle, — monsieur Jean, le fermier enfoui m'aurait entraînée, et nous ne causerions pas, vous et moi, tranquillement, à l'heure qu'il est. Quelle heure est-il ?

— Neuf heures et quart. — Et il ajouta très-aigrement, en appuyant sur le pronom. — Il se fait attendre.

Sa phrase n'était pas finie qu'on aperçut monsieur Mareuil.

Jean se sauva, tout effarouché.

XVI

Dans la précipitation de sa course et la préoccupation de son esprit, il n'aperçut pas sur le chemin, à sa gauche, deux cavaliers qui le dépassèrent. La voix de l'un était pourtant bien faite pour attirer son attention.

— Hue ! — disait-elle, — hue donc, *la Grise!* Qu'as-tu ce matin ? tu ne marches pas !

La voix de l'autre ripostait :

— Elle va mieux habituellement, mon cher confrère ; surtout à cette heure-ci, vous étant à jeun. Elle est sans excuse. Au retour, je ne dis pas ; on déjeune bien chez Dozuté.

Le curé de Dives était allé chercher le curé de Viller pour le conduire chez l'ancien fermier, futur successeur de Jean Lebon. L'invitation datait de huit jours, ce qui donnait naturellement à penser que le repas serait d'autant plus copieux qu'on avait eu le temps de le préparer. Voilà pourquoi le curé de Dives trouvait que son cheval n'avançait pas, quoiqu'il eût son allure accoutumée, à laquelle il lui était impossible de rien changer.

Autant le curé de Dives était court et gras, autant celui de Villers était long et maigre. Les deux extrêmes se touchaient.

— Vous avez donc une maladie ? — demanda le premier en jetant au second un regard tout apitoyé.

— Non, Dieu merci ! mais j'ai le tort de me laisser agiter trop facilement. Le moindre accident me bouleverse.

— Il faut en prendre et en laisser.

— Je prends tout pour mon propre compte. Or, comme les sensations mauvaises sont plus nombreuses que les bonnes, il en résulte que je suis souvent impressionné d'une façon désagréable.

— Mangez-vous bien ?

— Très-rarement.

— Il faut manger avec appétit ; c'est une manière de dompter les nerfs.

— Je ne peux pas. Je vais suivant ma petite faim.

— En ce cas, je vous tiens pour incurable, mon cher confrère. Quand notre estomac fonctionne, nous sommes moins sujets aux défaillances ; ne lui laissons aucun repos ; c'est une question de vie ou de mort. On prétend que le travail l'use, cela se peut ; seulement il y met le temps ; tandis que, au contraire, ses paresses nous occasionnent des atrophies. Imaginez qu'il y a deux choses en nous qui se combattent incessamment : l'esprit et la chair ; l'un dompte l'autre. Si c'est la chair qui triomphe, l'âme s'engourdit ; si c'est l'esprit, le corps s'étiole. Le mieux serait de les mettre en parfait accord. Pas moyen ; alors on choisit. Vous avez adopté le mauvais lot. Dormez-vous ?

— Peu.

— Moi je dors admirablement.

— J'envie votre sort.

— Il vaudrait mieux vous en faire un pareil. Hue, *la Grise!* hue donc, ma mignonne ! monsieur Dozuté te traite aussi.

— Eh ! — reprit le curé de Villers, — comment voulez-vous que je résiste aux coups qui m'atteignent du matin au soir, je dirai presque aussi du soir au matin. C'est un malade qui va mourir et qui me fait appeler par l'entremise de son père au désespoir. Je pleure avec eux.

— Passez-moi le mot, je vous trouve naïf de prendre votre part d'un chagrin qui n'est pas le vôtre. Pleureraient-ils si vous étiez à leur place ?

— Je n'ose pas l'espérer.

— Écoutez, mon cher confrère, nous devons être comme le médecin. Il apporte ses médicaments ; nous apportons nos consolations. A cette différence près nous nous ressemblons. Vous figurez-vous un docteur sensible, coupant un bras d'une main émue ? Il ferait mal l'opération. Eh bien ! c'est la même chose pour nous. Cette tête est faible, nous avons besoin de la remonter. Comment voulez-vous qu'on s'y prenne autrement qu'avec son sang-froid ? Pour trouver les mots à propos, selon la situation intellectuelle du sujet, il est indispensable de s'appartenir. Je les console très-bien, moi, et cependant je ne pleure pas, ce qui me donne sur vous une incontestable supériorité.

— Oui, je ne dis pas ; mais il faut pouvoir.

— Vouloir c'est pouvoir. Eh ! tenez ! personne peut-être n'est plus en butte que moi, journellement, aux mesquines taquineries communales. Notre maire est un ignorant ; son conseil municipal en masse est aussi stupide que lui. C'est tout au plus si, entre eux tous, ils sauraient rédiger à peu près convenablement un procès-verbal. Le tiers environ signerait avec une croix. Ne se sont-ils pas avisés pourtant de lancer leur mairie contre mon église ! je n'ai plus d'hommes à mes offices, et les femmes jeunes ne viennent pas. La violence de mes ripostes égale la rudesse de leurs attaques. Je réponds à leurs décrets pas des mandements. Nous verrons bien qui triomphera. Je les réduirai, dussé-je user leur patience. Hue, *la Grise !*

— J'aurais été dompté du premier coup.

— Il n'y a pas de quoi s'en flatter. Je ne vous engage même pas à le dire haut. Que deviendrait notre sainte mère l'Église si nous désertions notre devoir ? Luttons, luttons, mon cher confrère ; c'est pour leur bonheur que nous opérons. Il faut les rendre heureux, malgré les résistances qu'ils nous opposent pour nous tâter quelquefois le pouls. Un moindre fait, pour vous éclairer : A l'époque des dernières processions, j'avais commandé les tambours pour midi précis. A midi juste ils attaquaient leurs roulements acharnés, sans s'informer si le saint office était achevé. Je tenais le ciboire, que j'ai vidé tout d'un trait. Puis j'ai fait dire aux tambours d'attendre. Il ont continué leurs roulements. Je suis sorti pour les mettre à la raison. Le dimanche suivant, j'ai posé mes conclusions, afin d'éviter le retour d'un pareil scandale ; soupçonnez-vous ce qu'ils ont fait ?

— Ils ne sont pas venus du tout.

— Ils sont venus, au contraire ; mais, comme je leur avais dit de m'accorder le quart d'heure de grâce, ils ont attendu midi un quart, quoique ma messe fût achevée depuis dix minutes, me laissant sous le porche, auprès de mon dais, prêt à partir. En ce moment, monseigneur suit cette affaire dans les bureaux de la préfecture. Il ne s'agit de rien moins que de destituer le maire et ses conseillers.

— Et si on ne les destituait pas, votre autorité serait méconnue.

— On les destituera, je vous le promets. Je suppose un instant qu'on hésite à la préfecture, pour laisser au ministre de l'intérieur le temps de se prononcer. Le ministre des cultes est prévenu. Allons plus loin : j'admets qu'on refuse de me donner satisfaction. En ce cas je fermerai mon église pendant trois mois, six s'il le faut, jusqu'à ce que mon petit monde soit amendé. Oh ! ne vous récriez pas, je suis doyen ; je l'ai déjà fait une première fois sans que personne en étonnât. On s'en plaignit au maire, voilà tout ; mais je me soucie du maire comme une chèvre d'un chien mort.

— Et à quel propos cette fermeture, monsieur le doyen ?

— Ah ! voilà : j'avais mis aux arrêts, dans ma sacristie, une petite fille récalcitrante au catéchisme. Je l'y laissai sept ou huit heures, je crois. Elle eut peur et froid. Ses parents poussèrent les hauts cris. Je laissai crier. Quelques jours après, je fis agenouiller un enfant sur ses sabots, les bras levés, pour ne pas avoir écouté la messe avec assez de recueillement. Le père du petit se joignit au père de la petite pour venir m'injurier jusque dans mon presbytère. Beaucoup d'autres pères en étaient. Cela fit esclandre, et, pour les punir, j'entrepris un voyage dans les Pyrénées, en emportant toutes les clefs.

— C'était obéir à la colère de vos sens.

— Vous trouvez ? Au retour, j'exigeai des excuses. Mais, pour en revenir à notre point de départ, j'aurais bien encore un autre moyen de vaincre les résistances de la commune. Je disais donc que, si l'on refusait de me donner satisfaction, je me ferais justice moi-même.

— Et comment cela, monsieur le curé.

— Je repousserais l'ordre, par exemple, d'inhumer les morts. Je n'ai pas d'injonctions à recevoir du maire, pour ce qui est des enterrements. Et ce conflit irait plus loin. Défendons nos droits. Hue, *la Grise !*

— Chez nous, — dit timidement le curé de Villers, — ces désaccords ne se sont pas encore produits, et je m'en félicite sincèrement.

— C'est que sans doute vous avez toléré leurs empiétements.

— Nous nous faisons des concessions mutuelles.

— Pas de concessions, monsieur le curé ! ils sont comme la roue d'un engrenage : donnez-leur le bout de votre robe, ils auront bientôt fait de tout dévorer. Nous sommes un corps indépendant et ne devons connaître que nos supérieurs. Rien des laïques ! Le moment approche où cette guerre sourde doit éclater visière levée. La foi de nos troupeaux se dérange ; l'esprit d'insubordination gagne du terrain. Hier c'étaient les villes qui nous bravaient, sous prétexte de libéralisme ; aujourd'hui les campagnes parlent à leur tour de tolérance religieuse. Demain le désordre sera général. Les protestants dressent des temples, les juifs élèvent des synagogues, les grecs bâtissent des églises schismatiques, les musulmans font des mosquées. Ne nous laissons pas endormir dans une trompeuse sécurité. Ayons des missions partout ; ne cédons pas un pouce de notre terrain, cherchons au contraire à l'agrandir. C'est la loi de Dieu, du vrai Dieu, du nôtre. Promettez-moi de vous défendre *unguibus et rostro*, si la chose est nécessaire. Il y va de votre pouvoir.

— J'aurais peur d'insurger les libres penseurs.

— Peur ! vous n'y pensez pas. Soulevez-les, ameutez-les contre nous, c'est un moyen de les réduire. Quand ils sauront ce que pèse notre droite, ils se courberont pour en éviter la lourdeur : il faut souffleter l'anarchie. On se rebelle une fois, deux fois, trois tout au plus ; puis on se sent dompté ; l'on cesse alors de guerroyer.

— La persuasion serait préférable ; c'est par elle que j'essaye de rattacher les gens égarés.

— Et combien en ramenez-vous sur cent, par exemple ;

— Dix tout au plus ; mais c'est une victoire dont je suis fier.

— J'en conquiers quatre-vingt-dix-neuf avec mon moyen. J'oblige le centième à s'expatrier.

— Ils ne doivent pas être convaincus.

— Qu'est-ce que cela me fait, qu'ils le soient ou non, s'ils agissent comme s'ils l'étaient ! Les apparences sauvent tout. Quand une église est pleine, les passants ne s'informent pas s'il n'y a là que des croyants et si les oraisons sont sincères. Ils se découvrent avec respect, tant cette prière unanime leur en impose.

— Ne m'avez-vous pas dit, mon chère confrère, que vous n'aviez que les vieilles femmes ?

— C'est vrai ; mais c'est une transition. Qu'on change le maire et tous les hommes me reviendront.

— Que gagnez-vous à ce désaccord ?

— J'y gagne de faire nommer un maire dévot. Les dévotions se mesureront sur la sienne. Avant un mois tous les hommes se confesseront.

— Et puis ?

— Et puis la commune nous appartiendra politiquement et moralement. Elle traverse une période de

doute, et j'en profite pour l'effrayer. A chaque acciden qui se produit, je dis au prône que la main de Dieu s'appesantit sur de grands coupables. Les mères m'écoutent, et vont colporter cela dans les causeries de la veillée.

— Mais c'est tout simplement introduire la désunion dans les familles.

— Allons donc ! les jeunes protestent, mais ils se sentent ébranlés. Le fait est là. L'autre jour, la foudre est tombée sur mon clocher. Les émancipés en ont beaucoup ri. J'ai pris texte de ce malheur public pour leur affirmer que Dieu mécontent allait démolir sa propre maison ainsi délaissée, ne voulant plus compter les désertions. Ils sont venus tous, le lendemain, vieux et jeunes, hommes et femmes, maire compris, sauf à renouveler leur résistance quelque temps après. Ils sont ébranlés ; frappons le grand coup. Il nous faut les communes, monsieur le curé. Hue, *la Grise !* avec les communes nous avons les départements ; nous avons la France, les colonies, l'étranger. L'Église devient puissante, comme aux siècles de son ancienne domination. Elle est tout, elle absorbe tout, depuis l'individu jusqu'au gouvernement civil. On la consulte pour les choses de la politique comme pour les choses de la conscience. Hors de l'Église point de salut.

— Je crains, — fit le curé de Villers, — d'après ces maximes, de n'avoir pas bien compris mon sacerdoce.

— Changez de tactique.

— C'est vainement que j'essayerais. Je vais ma route, fort seulement de mes convictions que je n'impose pas, que je conseille, heureux de glaner par-ci par-là quelques épis dans des champs incultes. J'attends le reste de celui qui se charge de donner la force à notre cerveau.

— Vous attendrez longtemps, monsieur le curé. Hue, *la Grise !* Hue donc, ma mignonne ! je ne dois pas beaucoup peser, car je sens des creux partout en moi. Hue ! Tout à l'heure, — poursuivit-il, — vous avez dû remarquer un grand garçon, laissé derrière nous malgré la promptitude de son pas. C'est l'instituteur primaire de Dives, un encore que je casserai... il raisonne trop.

— Sa figure est douce ; son air triste et préoccupé m'a serré le cœur.

Au début de la lutte d'extermination qu'il avait entreprise, le curé de Dives avait encore des ménagements pour Jean Lebon, dont la soumission le désarmait. S'il le rudoyait fréquemment, pour se conformer aux instructions qu'il avait reçues, ce n'était pas sans le plaindre mentalement. Mais, depuis, Jean avait essayé de montrer qu'il possédait une dignité. La fermeté du prêtre s'était accrue de la résistance, et il avait écarté ses scrupules de conscience à mesure qu'il avançait vers le but qu'il fallait atteindre. Il n'y mettait plus de ménagements.

Il reprit donc, avec un sentiment d'indignation vraie :

— Un songe-creux ! un pauvre diable sans sou ni maille qui donne une leçon en la faisant courte, et qui va rêver dans la falaise en regardant courir la mer. Monsieur se croit trop grand seigneur sans doute pour accepter sans murmurer les obligations de son état. Il maugrée toujours, depuis quelque temps surtout ; il s'habille comme les bourgeois ; il va, vient, sans cesse ; on le rencontre sur toutes les routes, principalement sur celle-ci. Quelque amourette probablement. Je m'informerai ; je veux savoir. Avant une semaine j'aurai son acte de destitution. Je n'aime pas les songe-creux.

— C'est singulier ! — répondit le curé de Villers, — mais il m'intéresse ce garçon, avec sa mine renversée. Il doit souffrir. Toute souffrance provoque en moi des sympathies.

— Souffrir ! Oui, par l'orgueil. Un petit homme, c'est-à-dire un long, qui se met l'imagination à la torture pour se prouver qu'il est quelque chose parce qu'il apprend l'abécédaire à des marmots. Et dans quels livres ! dans des livres dangereux : ils le sont tous. On appelle cela préparer les hommes pour l'avenir. Un bel avenir, en effet, pour celui qui se nourrira de la substance des philosophes, qui cherchera le pourquoi des choses, qui discutera des questions de dogme, qui voudra voir le dessous du maître-autel, le dedans de l'ostensoir, l'envers de la cassolette, et qui viendra nous dire ensuite que ce sont des planches, des pains à cacheter, de la colophane. Ce Jean Lebon m'exaspère avec ses bouquins profanes. Hue, *la Grise !* Nous allons déjeuner chez son successeur.

— Vous n'y pensez pas, — interrompit le curé de Villers, — monsieur Dozuté sait à peine lire.

— N'est-ce pas assez ? Au moins les écoliers viendront à l'église deux fois par jour, et je serai chargé de leur moral.

— Alors vous allez causer à table des projets que vous avez formés de remplacer votre instituteur ?

— Très-probablement, quoique le fermier soit d'une grande discrétion à ce sujet.

— Permettez-moi de me retirer, — dit le curé de Villers en raccourcissant la bride de son cheval.—Je ne voudrais pas avoir l'air de m'associer par ma présence à cette action que je désavoue.

— C'est donc que vous m'accusez ?

— Je ne vais pas jusque-là, mon cher confrère ; mais, n'ayant pas les mêmes raisons que vous pour faire de la peine à ce malheureux, vous trouverez tout naturel que je m'abstienne de figurer à vos discusssions.

— J'avais compté sur vous pour attester *de auditu* la parfaite moralité de Dozuté.

— Pardonnez-moi ; mais je reviens sur mes pas. Aussi bien, j'aurais fait une pauvre figure à ce déjeuner long-temps médité. Vous m'excuserez en disant que je suis légèrement indisposé ; c'est vrai d'ailleurs ; je ne me sens pas très-bien portant, et l'odeur des mets m'est insuppor-table lorsque je suis dans ces conditions.

Un cheval arrivait au triple galop. Ses flancs étaient déchirés par l'éperon, et son encolure était labourée par une canne en bois noueux.

L'ancien fermier accourait avec sa bonne grosse figure épanouie, ses favoris en côtelette, sa blouse bleue, son bonnet de coton et ses grandes guêtres de coutil gris.

— Arrivez donc, sacrés paresseux ! — dit-il en cachant sa pipe. — Hé, hé ! j'ai dit sacrés paresseux, mais en bonne part. Je ne jure jamais. Sacrés veut dire saint pour moi. Vous êtes deux saints. Sacrés c'est la même chose. Çà cuit, là-bas. On battait l'omelette quand je suis parti. Faut manger ça chaud ou il n'y a pas de plaisir. J'ai mis les petits plats dans les grands. Hé, hé ! on n'a pas tou-jours l'honneur de recevoir de si bons vivants à sa table... J'ai dit bons vivants, mais en bonne part, sauf votre res-pect, messieurs les curés. Houp, houp ! je repars bien vite, excusez-moi, pour dire deux mots à la ménagère. Vous trouverez ça prêt. Faut manger chaud !

Et comme on ne pouvait pas le voir, il remit sa pipe fumante entre ses dents ; et comme on ne pouvait pas l'entendre, il jura trois fois, de plus en plus fort, pour se tenir en haleine, et se priver de juremen ts autant que possible durant les heures du déjeuner.

— Plus moyen de s'en dédire ! — fit le curé de Dives en souriant. — Vous êtes des nôtres.

— Promettez-moi du moins qu'il ne sera pas question de celui que vous allez exproprier...

— Pour cause d'utilité publique ! C'est convenu : l'on se taira ; mais, en échange de ce sacrifice, vous vous en-gagez à ne pas dédaigner le festin de Balthazar qu'on va nous servir.

— J'y tâcherai.

— Voyez-vous, mon cher confrère, je le répète, il y a deux choses en nous, l'âme et le corps...

Et sa voix se perdit dans l'allée touffue qui conduisait à l'habitation de l'ancien fermier.

XVI

Cora se sentait pleinement heureuse ; au lieu de mener une existence faite de dissimulations et de tristesses, elle allait marcher en plein soleil, la parole haute et l'esprit altier. Elle avait quelqu'un pour la protéger contre les mauvais calculs de la médisance. Elle pourrait ouvrir ses croisées toutes grandes sans redouter les indiscrétions, n'ayant pas à cacher son isolement. Elle n'était plus hors la loi puisqu'elle retrouvait son père qui la faisait rentrer dans le droit commun.

Qu'un jeune homme soit jeté dans le monde sans sou-tien, personne ne songe à lui demander ses titres généa-logiques. Qu'il travaille, qu'il se rende utile aux autres, sans négliger ses propres intérêts, c'est tout ce que la société réclame de lui. J'ajouterai même que, loin de le repousser parce qu'il est un enfant trouvé, l'accueil qu'on lui fait est d'autant meilleur qu'il pourrait devenir nuisible s'il restait dans son abandon. La faute de ses parents est personnelle ; on ne l'en accable pas, ce qui serait une injustice, et on le met à l'œuvre pour le juger. Cette bienveillance le touche ; il s'en rend digne le plus souvent, et, quand il est homme, il se marie pour adorer les siens, auxquels il veut éviter les douleurs qu'il a si longtemps subies.

La femme est traitée différemment. D'où vient-elle ? il faut le dire pour provoquer une sympathie. On l'accuse de son délaissement ; on va plus loin, on s'en méfie. A quelle école a-t-elle puisé les principes qui lui serviront de régulateur ? Elle n'avait pas de famille pour les ensei-gner, donc elle ne sait pas discerner le bien du mal. L'exemple est là. La chute l'attend au bout du chemin : c'est inévitable, on l'affirme ; c'est fatal, on en jurerait. Puis, pour l'aider dans sa culbute, il ne manque pas de provocations. C'est à qui profitera le premier de sa situa-tion anormale. Son cœur s'alanguit dans la solitude ; les désœuvrés s'attellent à lui pour la jeter hors de ses voies, par le mensonge, par la promesse, par tous les moyens en leur pouvoir. Résiste-t-elle, on la soupçonne d'avoir succombé : elle n'a pas même le mérite de sa vertu. On a des proverbes pour la renverser. On n'en veut pas comme institutrice ni comme demoiselle de compagnie, ni pour ceci ni pour cela qui soit honnête. C'est de la pâture prête pour l'amusement. Elle ne se défendra pas, ou se défendra mal. Vite, à l'assaut !

Enfant, elle a eu des rêves. Son père était prince, duc pour le moins ; elle est ingénieuse à découvrir des indices qui la confirment dans la croyance qu'elle s'est faite. Il y avait des marques mystérieuses aux coins de ses langes. Elle les a conservés pour les étudier souvent. Elle dé-couvre des couronnes effacées dans le moindre contour de la broderie. Et elle attend la calèche armoriée qui doit venir un jour la chercher avec de grands beaux la-quais dorés et poudrés.

Si par hasard elle rencontre un garçon de cœur qui se laisse émouvoir par sa position, il y a cent à parier contre un qu'il n'aura pas les efforts impuissants pour la soutenir. Elle l'épousera peut-être, mais pour souf-frir. Elle l'aimera sans doute, ne serait-ce que par recon-naissance ; seulement, son rêve brillant lui reviendra. Ce n'était pas l'homme qu'il fallait à ses éblouissantes aspi-rations.

Quel sort que le sien ! du mépris anticipé, de l'indiffé-rence dans tous les cas, et de la misère par-dessus le marché.

Décidément, l'habit vaut mieux que la robe ; il serait facile de le prouver sans nul effort paradoxal.

Pour avoir approfondi le problème de sa destinée, Cora ne voyait plus rien à souhaiter, maintenant que les anciennes obscurités s'étaient éclaircies. Le soleil entrait à pleins rayons dans sa vie.

Il lui restait un doute quant à sa mère.

Après la fuite précipitée de Jean, elle dit à monsieur Mareuil entre deux baisers :

— Et *elle?*

— Qui, elle ?

— Vous savez bien, cher petit père... Oh ! que c'est bon de parler ainsi... Cher petit père ! cher petit père ! Je le répéterais toute la journée. Mais je reprends : vous savez bien que je veux parler de celle qui manque encore à notre bonheur.

— Écoute, mon enfant, — répondit monsieur Mareuil en attirant sa fille dans ses bras, — je t'avais demandé un mois pour me prononcer au sujet des choses que tu désirais ardemment connaître. Ce n'était pas au hasard que j'agissais ainsi.

— Un mois, cher petit père ; mais c'était la moitié d'une éternité dans les conditions où notre conversation précédente nous avait placés. Un mois c'était long ! Et il était de trente et un jours, le méchant !

— Depuis quelque temps j'avais écrit en Amérique, et j'attendais la réponse pour t'en informer. Si ta mère vivait encore et qu'elle fût libre, il m'appartenait de réparer les torts du passé. En accomplissant mon devoir honnêtement, j'acquerrais le droit de ne plus rougir devant toi d'une faute qui pesait sur ma conscience comme un remords. Ne m'en demande pas davantage pour le moment, en ce qui concerne du moins l'histoire de ta naissance. Tu connaîtras les détails plus tard.

— Oui ; mais cela ne dit pas si la réponse vous est parvenue.

— Je l'ai depuis ce matin, — répondit monsieur Mareuil avec une parole austère.

— Faut-il pleurer ou se réjouir ?

— Tiens, lis toi-même.

Il ouvrit la lettre, et la tendit à Cora qui lut :

« Cher et ancien correspondant, vous nous questionnez
» au sujet de mademoiselle Virginie Dupouy, dont vous
» voulez absolument connaître, par le retour de paquebot,
» la position actuelle et le domicile. Votre honorée arrivait
» mal, au moment où la récolte du coton absorbait tout
» notre temps ; et vous savez que, dans ce pays, le temps
» est de la monnaie. Nous avons appris pourtant, en re-
» montant aux sources, que cette famille n'habite plus la
» Caroline depuis quinze ans. Son départ de la colonie
» date précisément de la mort subite de la personne en
» question, emportée par un accès de fièvre jaune. Ci-
» joint un extrait de l'acte mortuaire, pour faire foi, dont
» le coût est de quinze dollars. Nous y ajoutons quinze
» autres dollars pour peines et soins. Total, trente dollars
» dont nous vous créditons sur nos livres.

» Agréez, cher et ancien correspondant, l'assurance
» de parfaite considération avec laquelle nous avons
» l'honneur d'être

» Vos respectueux et dévoués,

» MILNE fils, MORAND frères et Cᵉ. »

« *P. S.* Nous profitons de cette occasion pour vous
» informer, au cas où vous reprendriez les affaires, que
» notre sieur Morand jeune a la signature sociale, par
» acte authentique passé pardevant le notaire de la
» compagnie. Les cotons sont en hausse. »

Cora eut des larmes pour sa mère morte, quoique elle ne l'eût pas connue et que son deuil datât de loin.

— Ne parlons plus de cela, — dit monsieur Mareuil.— C'est peut-être un bonheur pour nous.

La jeune fille comprit que sa mère était coupable deux fois, pour l'avoir mise au monde et pour l'avoir abandonnée. Insister davantage était offenser la délicatesse de monsieur Mareuil. Elle se tut pendant un moment ; puis elle reprit, en refoulant ses sentiments :

— Eh bien ! quand déménageons-nous, cher petit père ?

— Mon plan est fait. Nous quitterons ce pays la semaine prochaine, pour n'y plus revenir jamais.

— Ah !

— Nous irons d'abord à Paris, dans un nouvel appartement, sauf à nous faire ensuite, où tu voudras, un autre nid pour nos étés.

— Ah ! — répéta Cora.

— Mes projets te déplaisent donc !

— Non, cher petit père. Tout ce que vous organiserez me semblera bon. Seulement je vous avouerai que je tenais doublement à ce pays, parce que c'est d'ici que va compter ma vie changée...

— Et?

— Et qu'enfin ce pays me plaît.

— La réflexion nous conseille de faire autrement. On s'étonnerait de nous voir réunis là où on nous a vus séparés, et les commentaires iraient leur train. En changeant de résidence, tout va de soi. C'est ainsi du moins que ta sagesse me le conseillait il y a quelques jours.

— Vous avez raison, cher petit père, et je n'ai pas tort. Je ferai ce que vous voudrez que je fasse. Vous êtes le maître, et l'esclave ne demande pas mieux que d'obéir à votre fouet. Oh ! quelle existence bénie nous allons mener ! Quoique les cotons soient en hausse, je vous mettrai dans du coton. Tant pis si vos correspondants vous envoient de grosses notes à payer, des dollars pour leur marchandise, des dollars pour leurs peines et soins, le tout aligné sur leurs livres à votre débit.

— Chère enfant ! — dit monsieur Mareuil tout attendri.

— Vous trouverez vos pantoufles prêtes ; c'est moi qui vous donnerai votre canne pour sortir ; je ferai tout ce qui concernera notre maison ; car je suis jalouse même de Zabeth, et je ne voudrais pas lui laisser un petit morceau de votre reconnaissance et de votre affection. —Un nuage passa devant les yeux de monsieur Mareuil.—N'est-ce donc pas bien arrangé comme cela ? — dit Cora qui lui prit les mains.

— Trop bien, peut-être.

— Comment trop bien ?

— Oui, parce que ce bonheur sera transitoire.

— Et qui pourrait le déranger ?

— Un avenir prochain, chère fillette. Un jour viendra bientôt où mes amitiés ne suffiront plus à ton grand cœur ; c'est ta destinée de te marier ; maintenant que te voilà ornée d'un père noble, il ne manque plus qu'un premier sujet pour remplir le rôle du jeune amoureux.

— Bah ! s'il accepte la mission facile d'être votre fils, nous serons un de plus à vous aimer.

— Hélas ! chère bonne, tu ne sais pas que les gendres sont rarement des fils. Ils essaieraient inutilement de le devenir. Au bout de trois mois, quelquefois moins, rarement plus, ils s'aperçoivent que les cheveux blancs font des taches dans leur intérieur. Les vieux toussent et bougonnent ; souvent même, et sans s'en douter, ils se font moralistes. Leur maussaderie provient de ce que la différence des âges ne leur permet pas de partager vos illusions. Je le sais si bien, je le sens si bien, que je prendrai le parti plus honorable de prendre ma retraite avant qu'on demande ma démission.

— Est-ce fini? — demanda Cora.

— J'aurais encore beaucoup de choses à dire sur ce sujet ; mais j'en trouve assez pour cette fois.

— Alors, à mon tour, — fit Cora rayonnante. — Apprenez d'abord, monsieur le grognon, qu'un gendre qui vous traiterait sur ce pied-là ne serait pas digne d'être mon mari. S'il m'aime, et il m'aimera pour m'épouser, il faudra bien qu'il vous aime aussi. Apprenez ensuite, cher petit père, que vous ne toussez pas, que votre caractère est régulier, que vous n'êtes pas gênant aux autres, et que, pour ce qui est de la morale, c'est nous au contraire qui vous la ferons. Seulement nous tâcherons qu'elle soit douce, en ne l'appliquant qu'aux choses précieuses de votre santé. Je voudrais bien voir, acheva-t-elle en se redressant, que mon futur maître vous manquât à ce point de ne pas vous choyer selon vos mérites ; soyez tranquille à cet égard ; j'ai du sang de la Caroline du Sud dans les veines ; la petite créole se réveillerait. Il est donc entendu qu'*il* se mettra directement en rapport avec vos correspondants, messieurs Milne fils, Morand frères et compagnie, association respectable dont le sieur Morand jeune fait partie, puisqu'il a la signature sociale ; et les cotons auront beau hausser et exhausser, ce sera comme s'ils étaient en baisse. Il les fera venir par balles pour vous y fourrer. Que de dollars nous dépenserons, au train dont marchent les notes des deux Morand et de messieurs Milne fils et compagnie.

— Je te crois sincère ; tu le veux ainsi ; mais, chère évaporée, ton mari s'émancipera. C'est la loi générale. Entre ton père et ton mari, tu n'auras pas la liberté du choix ; quand une fille change de condition, c'est que les grands parents ont fait leur temps. J'ajouterai même que cette règle, si dure qu'elle paraisse aux délaissés, trahit une sagesse de la nature. Le cœur a des devoirs qui se révèlent à chaque étape qu'on atteint. Je n'entends pas médire ; mais toi-même, pauvre chère fille, quand tu comprendras que ton mari se lasse de la vie commune, tu seras la première à faire valoir les charmes de l'indépendance. Dieu a bien organisé ce qu'il a créé.

— Je soutiens au contraire, cher petit père, qu'un monde ainsi fait serait mal fait. Comment ! vous voulez que j'oublie en quelques heures vingt années de sollicitudes ? Et vos peines et soins ? cela doit compter pour quelque chose ; demandez plutôt à messieurs Milne fils, Morand frères et compagnie.

— Mon enfant, insista monsieur Mareuil, mes appréhensions ne me trompent pas. Vous nous aimez pour le besoin que vous avez de nous. Que deviendriez-vous sans notre dévouement qui vous soutient ? il vous faut un tuteur toujours attentif, qui vous évite les accidents et garde les soucis pour lui. L'égoïsme est de moitié dans nos sentiments. Puis, pour tout dire, les amitiés que vous ressentez pour nous ne sont pas de celles qui peuvent suffire à vos vingt ans. Il vient d'autres affections plus vives qui les amoindrissent, quand elles ne les paralysent pas complétement. Sans cela la jeune fille ne quitterait pas le toit paternel où elle serait heureuse, et l'humanité se trouverait hors de ses voies. L'amant tue le père. J'ai fait ainsi vis-à-vis des miens, tu feras ainsi vis-à-vis de moi. J'aurais mauvaise grâce de me plaindre, puisque je me suis rendu ton complice en te traçant par mon exemple la conduite que tu dois tenir.

— Je ferai mentir le proverbe.

— Non, chère fille. Ce serait mal à toi de l'essayer.

— Comment cela ?

— C'est que tu y mettrais des hypocrisies.

— Qui vivra verra.

— Comme j'espère vivre encore quelque temps, je verrai tes désaffections progressives, ma pauvre enfant. Tu commenceras par mettre mon couvert à tous tes dîners ; puis tu t'apercevras que ma présence est un embarras pour vos tête-à-tête, et tu oublieras de me reprocher toutes les réserves que j'y mettrai ; et un jour mon assiette ne figurera plus à votre table. « Ton père ne vient plus ! » dira ton mari. « Ma foi ! cela le regarde, » lui répondras-tu ; « laissons-le bouder. »

— Et dans quel code est-ce écrit cela ?

— Dans le code universel qui règle les rapports des enfants et de la famille.

— Il est joli, le code !

— Il te semble monstrueux parce que tu ne l'as pas encore ouvert. Tu regardes les choses à travers le prisme de tes jeunes générosités.

— Cela vous est-il indifférent, cher petit père, que nous changions de conversation ? vous me posez de tristes axiomes, sans admettre la moindre exception. Que voulez-vous que je réponde ? j'ajourne ma riposte, pour l'appu-

yer de preuves convaincantes qui vous fermeront la bouche et vous ouvriront autrement les yeux. — Et elle ajouta d'une voix câline : — C'est donc convenu : nous déménageons, sans que vous regrettiez personne dans ce pays ?

— Si fait, je regretterai quelqu'un.

— Et quel sera ce mortel privilégié ?

— Jean Lebon, — appuya monsieur Mareuil en ne perdant pas sa fille de vue.

Cora conserva sa contenance assurée.

— Bah ! — dit-elle, — nous l'abandonnerons comme les autres. Il deviendra ce qu'il pourra. Un de plus, un de moins dans le sacrifice, qu'est-ce que cela nous fait à tous deux ?

— J'arrangerai son existence, pour la lui faire meilleure, avec votre permission, bien entendu, mademoiselle.

— Il refusera de se laisser faire.

— Nous y mettrons des formes. Tu me serviras au besoin de négociateur. Tes preuves d'habileté sont connues. — Le terrain devenait brûlant. Cora s'observa davantage encore. — Qu'en penses-tu ? — demanda le père.

— Rien du tout, répondit la fille.

— Tu mens ! — fit monsieur Mareuil en embrassant tendrement Cora ; — tu dissimules avec moi déjà. Quand je te disais que tu mettrais des restrictions mentales aux choses de notre intimité ! Tu débutes même avant l'heure.

— Je vous assure que je ne feins pas.

— Oh ! peut-on persister ainsi, mademoiselle la dissimulée ! Ah çà ! crois-tu donc que la vue de ton père soit assez affaiblie pour qu'il ne distingue plus à trois pas devant lui ? Tenez, mademoiselle, je vais vous raconter un petit roman. M'écoutez-vous ?

— Vous le savez bien.

— Il y avait une fois...

— Mais c'est un conte ! — dit Cora.

— Je vous en prie, n'interrompez pas. Je reprends : Il y avait une fois une jeune fille qui demeurait dans un village, au bord de la mer. Comme elle était seule...

— Avec sa négresse, — ajouta Cora.

— Comme elle était seule avec sa négresse, elle s'ennuyait.

— C'est une histoire ancienne, cher petit père, et je la connais bien mieux que vous, puisque j'ai vécu dans l'intimité de votre héroïne.

— Or, la jeune fille avait tous les défauts de son despotisme, qu'elle savait se faire pardonner du reste à force d'enjouement et de tendresse. Un jour qu'elle avait commis une imprudence, avec mille chances mauvaises contre une bonne, elle rencontra, par hasard, une main généreuse pour la secourir. Cette main faisait partie d'un corps ridicule, et la moqueuse en rit d'abord, ne pouvant pas se défendre de remarquer le côté grotesque de la providence qui lui venait en aide. Ses moqueries se changèrent bientôt en gratitude, parce que la providence en question se dégrossit et s'habilla mieux. La métamorphose devint complète en moins de temps qu'il n'en faut à la chrysalide pour se transformer en papillon. C'était chaque fois un sacrifice nouveau que l'ex-comique faisait à celle qui lui révélait d'autres horizons. Pour elle il accomplissait héroïquement une foule de petits sacrifices qui devaient coûter beaucoup à son pieux respect pour la mémoire de tous les siens. Elle était bien trop perspicace pour ne pas comprendre ces hésitations et ces luttes, et ne pas suivre avec intérêt la marche progressive de ces sentiments. Ah ! ah ! petite sournoise, je tiens le fil, et je dévide votre écheveau ! vous m'écoutez dire, et vous me regardez faire, sans m'arrêter avec un mot railleur. Vous attendez la conclusion !

— Je la devine.

— Vous pourriez vous tromper.

— Voulez-vous que j'achève pour vous ?

— J'y consens.

— Vous irez trouver mon ex-comique, comme vous l'appelez ; vous mettrez vos relations personnelles à son service, pour lui faire obtenir de l'avancement ; au besoin vous serez assez généreux pour l'aider de votre bourse discrètement, lorsqu'il s'agira de lui procurer une institution plus digne de son caractère et de ses talents. Et vous vous tiendrez pour quitte envers lui.

— Après ?

— C'est tout.

— J'ai bien envie de t'étrangler, — dit monsieur Mareuil, — pour avoir disposé si parcimonieusement de mes intentions, quand ce que tu me fais faire ressemble si peu à ce que tu voudrais dire je fisse.

— Je trouve cela bien suffisant.

— Alors, ma chère enfant, nous exécuterons ton programme de point en point. Je ne veux pas te contrarier.

— Aviez-vous donc un autre programme ?

— Non, non. Je suis un père égoïste et myope ; c'est convenu.

Cora n'y put résister davantage. Dans l'explosion de sa reconnaissance elle se suspendit au cou de monsieur Mareuil, qu'elle couvrit de ses baisers.

— N'est-ce pas, — dit-elle, — vous irez le voir les bras ouverts ? nous froisserons l'usage, puisque la démarche viendra de nous.

— N'aurais-je pas l'air de chercher un débouché pour le principal et le meilleur produit de ma maison ?

— Qu'importe cela ? jamais il n'oserait reparaître ici. Je le connais. Alors qu'il me savait dans le malheur il avait imaginé de me faire une place dans sa maison, comme j'en avais une déjà dans son cœur. Sans la circonstance de mon élévation subite, il allait s'ouvrir à moi de l'arrangement qu'il avait conçu. Mon bonheur l'a fait trébucher ; son œil a pris des teintes sombres, et il est parti tout bouleversé, pour en gémir dans son pauvre coin. Il voulait demander la main de l'orpheline, et nous lui refuserions celle de la jeune fille un peu dotée ! Arrangez cela, cher petit père, et vous verrez qu'un gendre peut très-bien devenir un fils. Si vous n'y mettez pas d'empressement, c'est que la hausse des cotons vous fait peur, et que vous ne voulez pas que votre note par dollars grossisse sur les livres commerciaux de messieurs Milne fils, Morand frères et compagnie... Bah ! vous marchanderez, et vous obtiendrez une concession, en opérant sur des masses que nous nous chargerons de consommer à votre profit.

— C'est bien, petite volontaire, — répondit monsieur Mareuil avec émotion ; — on vous rapportera la réponse demain, dans la matinée.

XVIII

Le moment était venu d'avoir la réponse, et l'impatience gagnait Cora.

Par tempérament, elle n'était pas de celles qui savent attendre. Elle se mit à détester les aiguilles de sa pendule qui marchaient d'un mouvement si régulier. Comme elle se souvenait du précepte de Jean, qui consistait à pousser les aiguilles avec le doigt, elle eut fortement envie d'en faire usage. Elle se contenta de frapper le parquet de son pied mutin.

La femme ordinairement reçoit plus qu'elle ne donne, quand elle aimerait mieux offrir beaucoup plus qu'elle ne reçoit. Elle a ses grâces, je le sais bien, et les mille trésors de sa sensibilité, qui sont des avantages sans contre-poids ; mais l'homme n'a pas l'habitude d'apprécier ces choses à leur valeur. Il les accepte comme appoint. Par exception, Cora prenait une initiative qu'elle saurait se faire pardonner à force d'affection et de dévouement, il lui tardait d'avoir la preuve que Lebon était averti, qu'il acceptait, qu'il était heureux. Il se mêlait des appréhensions à son attente. S'il refusait, par excès de susceptibilité ! L'heure s'écoulait lentement, et mon-

sieur Mareuil ne paraissait pas. Fallait-il donc mal augurer de ce retard ?

— Parbleu ! — se dit Cora, — je sais le chemin. Allons au-devant de lui. — Et aussitôt elle appela : — Zabeth ! Zabeth !

— Que veux-tu, mamz'elle Cora ?

— Je sors pour me promener. Si mon père venait par les sables, tu lui diras que je suis sur la route, à cent pas d'ici ?

— C'est convenu, mamz'elle Cora. Prends ton ombrelle ; il fait bien chaud, et ça brûlerait tes jolis yeux. Voilà ton ombrelle grise, mamz'elle Cora. Tu l'ouvriras, au moins, sans la porter sur ton épaule avec le soleil sur ta figure. C'est bon à moi d'aller au feu. Moi, je suis noire ; toi, tu es blanche, mamz'elle Cora. Tu me le promets ?

— Oui, ma bonne Zabeth.

— A ton retour tu trouveras le déjeuner prêt. Je ne te dis pas ce que j'ai fait. Tu verras, tu verras. Devines-tu la surprise que je te prépare ?

— Je sais que tu m'aimes bien et que tu me gâtes.

Elle embrassa la négresse qui lui rendit ses caresses. Zabeth reprit :

— Tu ne devines pas ? je ne veux pas te le dire. C'est pourtant la chose que tu préfères. Devines-tu ? Tu ne le sauras pas. Je me suis promis de me taire. Tu en as mangé le mois dernier. — Il ne fallait pas descendre de la pythonisse de Cumes pour comprendre ce que la négresse avait tant de peine à dissimuler ; cependant Cora feignit de ne pas savoir, afin de lui laisser le mérite de son initiative. — Tu en as mangé le mois dernier ; — reprit la négresse d'un air qu'elle essaya de rendre fin. — Je ne veux pas te dire ce que c'est, mamz'elle Cora. Ton père aime ça. Il a dit même que nulle part on ne les faisait si bien qu'ici. Tu ne devineras jamais... C'est blanc.

— Ce sont des croquettes de riz, — risqua Cora pour faire supposer que sa pénétration était en défaut.

— Pas ça ! pas ça, — s'écria triomphalement Zabeth, en frappant ses mains l'une contre l'autre. — Tu n'y es pas, mamz'elle Cora. C'est blanc, ça nage, et ça se sert dans un grand plat. Adieu ! voilà ton ombrelle. Ne me pousse pas : je ne veux pas te dire ce que c'est. — A peine la jeune fille eut-elle mis le pied sur le troisième pavé de la rue, que Zabeth cria, comme si elle se parlait à elle-même, mais assez fort en réalité pour qu'on l'entendît dans tout le quartier : — Des œufs à la neige, des œufs à la neige ! je ne l'ai pas dit. Ça lui fera plaisir que je les serve sans l'avoir dit. Je l'aime tant, mamz'elle Cora !

Sortie du bourg, Cora voulut composer un bouquet rustique, pour en orner les vases de sa cheminée. Elle cueillit les coquelicots et les bluets qui bordaient la route, sur la lisière des champs de blé. Elle en eut bientôt une gerbe. Il ne s'agissait plus que de les arranger avec de grandes herbes qui retomberaient tout autour comme les branches d'un saule pleureur.

— Maintenant, — dit elle, — comment attacher cela ? — Elle avait posé son ombrelle ouverte sur le chemin sans se rappeler la recommandation de la négresse, et le soleil la frappait en plein visage, ce qui lui donnait des tons resplendissants. Elle était admirable ainsi. Ses traits radieux défiaient la comparaison ; un peintre qui l'eût reproduite comme elle était, avec ses effets de lumière et d'ombre, aurait fait un chef-d'œuvre sans s'en douter. Pas un souffle de brise ne dérangeait la parfaite harmonie de sa toilette et de ses cheveux. Son âme chantait une hymne en faveur de la création. Que lui manquait-il ? Elle était jeune, elle se sentait belle, triplement aimée, de trois façons différentes, par son père, par Zabeth, par Jean, gâtée par les deux premiers, prête à le devenir par le dernier ; elle était gaie comme l'alouette dans les sillons ; tout lui souriait à la fois. Le monde s'ouvrait enfin pour elle et lui préparait des réceptions qui seraient des fêtes. Ses pieds ne touchaient presque plus à la terre ; il lui semblait qu'avec un léger effort elle pourrait s'envoler vers le ciel comme les oiseaux. — Comment attacher mon bouquet? — reprit-elle en promenant ses regards autour d'elle. Elle aperçut des joncs jaunis sur l'arête d'un fossé tari. — Voilà mon affaire! — dit-elle en sautant de joie; — le besoin rend industrieux. — Elle passa son bouquet dans sa main gauche, et plongea sa main droite dans les joncs, pour en arracher le plus grand brin. Tout à coup elle éprouva de vives douleurs au bout d'un doigt. — Aïe! — fit-elle en se reculant; — je me suis piquée.—Et, se rapprochant de la touffe, elle ajouta : — Des orties sans doute; mais non, il n'y en a pas. D'ailleurs les orties ne font pas saigner. C'est une épine probablement; cherchons-la pour lui couper le bout du nez; au moins, de cette façon, elle ne recommencera plus ses calembredaines. Pas plus d'épines que d'orties? Mais c'est que cela vous fait fait un mal affreux! C'est comme si j'avais touché des charbons ardents. Qu'est-ce donc! Ah! je sais! une guêpe... vilaine bête! Bon! je la vois... elle flâne tranquillement, comme si sa conscience ne lui reprochait rien. Approchez, mademoiselle, que je vous rende un coup de mouchoir en échange du mal que vous m'avez fait. Vous vous méfiez, n'est-ce pas? Oh! je vous attraperai tout de même. Vous avez vos ailes, j'ai mes pieds. Ce n'est pas la peine de tant vous faire prier. La vengeance est, dit-on, le plaisir des dieux; il sera bien permis à une simple mortelle de vous punir de l'avoir si brutalement attaquée quand elle ne vous provoquait pas.— Elle courut après la guêpe, qui se posait dans le calice des fleurs et s'échappait à tire-d'ailes, chaque fois que la jeune fille était sur le point de l'atteindre et de la frapper. Cora s'arrête bientôt essoufflée, pour regarder son doigt gonflé.—Une plaie! — dit-elle; — c'est une morsure. Les guêpes piquent et ne mordent pas. Je vais rentrer à la maison pour me faire panser, ou plutôt pour me panser moi-même, car la pauvre Zabeth pousserait des cris à réveiller les morts du département. Mon doigt grossit à vue d'œil. J'ai du feu dedans. O mon Dieu! mon Dieu, que je souffre donc! le bras lui-même est endolori. Le sang devient noir et la plaie bleuit. Je sens un mouvement de fièvre qui me gagne, et j'ai des pressentiments de défaillance dans le cœur. Je n'ai jamais connu ce genre de mal.—Elle se dirigea vers la touffe de joncs, dont elle écarta les barbes avec son pied. Une vipère s'en éloigna précipitamment. Cora pâlit. — Mon père! — cria-t-elle; — Jean, Jean!... au secours!... la tête me tourne... je me meurs!

Et elle tomba comme foudroyée.

Combien de temps resta-t-elle ainsi? C'est ce qu'il nous serait impossible de préciser.

Sa peau était soulevée par de petits globes mobiles comme la surface des eaux en ébullition.

La bouche ouverte et les yeux vitreux, elle était agitée de soubresauts convulsifs, provoqués par un sourd travail de fermentation.

Un rouge-gorge voletait dans les branches du sureau voisin, en répétant son refrain joyeux.

Des libellules passaient comme des éclairs, en faisant miroiter leurs vives couleurs.

La mer berçait les mouettes au loin.

Un mulot sortit de la haie en s'approchant à pas inquiets de ce corps couché. Quand il en fut assez près, il se dressa le nez au vent. Puis il se sauva tout affolé, comme s'il craignait une contagion.

Et des corbeaux accoururent qui multiplièrent leurs ombres sur les gazons verts.

XIX

Deux hommes cheminaient, à courte distance de l'endroit où cette scène s'était accomplie.

— Hâtons-nous,—disait le plus jeune; —je suis pressé de la voir, monsieur Mareuil.

— Patience, patience, mon ami Jean! vos jambes valent mieux que les miennes. Dans dix minutes nous y serons. Je ne suis pas moins désireux que vous de l'embrasser; mais, de grâce, ne m'essoufflez pas; j'ai tant de choses à dire!

Le sentier qu'ils suivaient décrivait une courbe.

Ils tournèrent l'angle brusquement.

Jean fit un bond en poussant un cri de terreur, et il se jeta désespérément sur Cora pour sucer la plaie qu'elle avait au doigt.

Il était trop tard. Rien n'y pouvait. Le venin avait fait fait son œuvre.

Alors il se leva; puis, s'approchant de monsieur Mareuil, il lui dit d'un air égaré :

— C'est à vous la faute! il fallait me laisser courir.

Il prit la jeune fille dans ses bras, et il l'emporta tout effaré pour la déposer sur son lit, pendant qu'il irait chercher le médecin.

— Eh bien? — dit-il au docteur entraîné par lui. Le médecin hocha la tête.—Morte, n'est-ce pas?—questionna Jean.

— Hélas!

Jean s'échappa la tête nue et les yeux hagards.

Il rencontra des terrassiers de Dives, qui, le voyant en cet état, voulurent l'arrêter, le croyant fou. Il les écarta durement, en en jetant un de chaque côté dans les fossés. Plus loin, il y avait un cheval qui broutait l'herbe courte, sur le bord d'un pré. Jean sauta sur son dos, sans selle ni bride, pour le lancer à fond de train vers la maison d'école, où il avait hâte d'arriver.

Il mit les verrous en dedans, chez lui, laissant le cheval en liberté.

Les écoliers trouvèrent les portes fermées, et, en attendant qu'elles s'ouvrissent, ils allèrent jouer dans un clos voisin.

A la nuit tombante, le curé se présenta dans la cour de Jean.

— Êtes-vous là, monsieur Lebon? — demanda-t-il en frappant du doigt contre le volet.

— Que me voulez-vous? — répondit Jean depuis la croisée.

— On enterre demain une personne de qualité. Préparez la fosse. J'ai marqué la place avec des piquets.

— C'est bon, — fit Jean.

Monsieur Mareuil avait voulu que Cora fût ensevelie à Dives, dans le voisinage de son chalet.

La lune se levait radieuse, et l'air était chargé de l'émanation des fleurs, comme si la nature se jouait de nos misères et de nos deuils.

Pour la première fois de sa vie, Jean ne se révolta pas contre les tâches pénibles du fossoyeur. Il était résigné, en apparence du moins. Il chargea ses outils sur ses épaules, et s'en alla droit au cimetière. La tranchée fut faite en quelques minutes, tant il y mit d'acharnement.

Et il s'assit au bord, les bras croisés sur ses genoux, sa tête posée sur ses bras, dans une complète immobilité.

Le curé de Dives éprouva le besoin de s'assurer si l'ouvrage était achevé. Il arriva, tout empesé de morale, en marchant d'un pas de procession.

Il surprit Jean dans sa posture consternée.

— Vous êtes fatigué? — lui demanda-t-il. Comme Jeanne répondait pas, il fit le tour de la fosse en homme qui s'y connaît et qui tient à passer son inspection. — J'ai

choisi cet endroit, le mieux exposé,—se dit-il à lui-même,
— parce que le père est riche et fera construire un beau
monument. J'attendais une occasion favorable pour en
disposer. Cela fera bien contre mon église. J'aurai soin
de veiller au *style*, qui doit être en rapport avec le genre
gothique du porche et des tours carrées. Il faudra lui
donner une certaine importance comme développement,
pour masquer les croix informes du fond. De là à là, —
continuait-il en indiquant la mesure avec le bout de sa
canne,—la façade au fond de la grande allée.—Ah ! nous
aurons un joli cimetière ! Sept tombeaux élégants, et huit
ou dix autres qui font assez bonne figure. Quand le notaire mourra, je lui réserve l'emplacement parallèle.
Quant à cette butte contre la porte d'entrée, elle est pour
le vieux comte de la Morandière, qui la payera ce qu'elle
vaut, à cause de la belle vue et du bon air.—Il avisa des
parasites qui grimpaient autour d'un fût de colonne. —
C'est une idée ! — dit-il en marchant vers eux au clair de
lune pour en étudier la physionomie. — J'en ferai mettre
autour des croix isolées, dont la mine a besoin d'être légèrement ragaillardie. C'est un voile pour les nudités. —
Il se dirigea vers un terrain vague, à l'angle du mur. —
Combien de mètres a cela ? — se demanda-t-il. Et il l'ar-
penta dans les deux sens. — Douze mètres de long sur
quatorze de large. Combien quatorze fois douze ? quatre
fois douze quarante-huit, je pose douze au-dessous, et
j'additionne huit ; quatre et deux six ; total cent soixante-
huit mètres. A deux mètres par concessions septennales,
plus l'intervalle d'un demi-mètre pour les sentiers sépa-
ratifs, cela représente la place de quarante-deux fosses
environ. A moins d'épidémie j'en ai pour cent ans, en
y ajoutant les parcelles qui me rentreront, au fur et à
mesure des extinctions de propriété. C'est drôle ! il a
l'air petit, et cependant, avec le mouvement des baux à
terme, il dépasse la nature de nos besoins. A la rigueur,
je pourrais en vendre une portion, qui ferait bien l'affaire
de Jacques Lenoir. Eh, eh ! il a des écus, Jacques Lenoir ! Il payerait ça d'autant plus cher que son jardin at-
tenant est exigu. Puis, il aurait d'excellente terre pour
ses plants. C'est chose à voir. De cette façon, tout notre
espace serait habité, moins une petite réserve pour les
en cas, et notre cimetière serait un bijou. — Après avoir
parcouru les allées, il revint à son point de départ, par
la diagonale. Jean était à la même place, comme une
statue qui personnifierait la douleur.—Mais qu'avez-vous
donc ?—demanda le curé de Dives en le secouant.

Le malheureux releva sa tête pâlie.

— Vous voyez bien que je souffre ! — répondit-il.

— En ce cas, mon ami, vous seriez beaucoup mieux
chez vous.

— C'est vrai, — dit Jean sans bouger de place.

— Voulez-vous mon bras pour vous soutenir ?

— Merci, j'irai seul.

Le curé de Dives se félicita de ce refus. Il lui semblait
pénible de rendre un service à Jean, qu'il essayait de déposséder. La reconnaissance engage autant celui qui l'é-
prouve que celui qui la fait naître. On ne trahit pas ses
obligés.

— Alors, mon ami,—reprit le prêtre,—ôtez-vous de là.

— Jean se leva comme un automate qui n'a plus conscience de ses actions. — Il est gris, ma parole d'honneur !
—murmura le curé de Dives, avec un haussement significatif d'épaules. Et il ajouta, quand Jean fut parti : —
C'est égal ! on déjeune trop bien chez Dozuté. J'ai des
aigreurs sur l'estomac ; quoique je n'aie pas beaucoup
mangé, ça me pèse encore. Je vais commander du thé.

XX

Nous ne raconterons pas les épisodes obligés de l'enterrement ; qui de nous ne connaît ces cérémonies, d'où
l'on revient l'âme à l'envers ! C'est une caisse que l'on
cloue, c'est une église tendue de noir ; ce sont des chants
qui semblent sortir de la dalle, des cierges qui brûlent ;
c'est un goupillon que les mains se passent ; puis un dernier mot, puis une pelletée de terre, puis rien.

Qu'il nous soit permis seulement de rapporter les con-
versations tenues à voix basse derrière les huit porteurs
qui se relayaient.

Comme il s'agisseit d'un convoi de première classe,
l'administration avait eu soin de convoquer les principaux habitants de Villers, où la jeune fille était morte, et
de Dives, où se faisait son enterrement. Presque personne
ne manquait à l'appel. Les invités s'étaient dit qu'en un
cas pareil (ce dont Dieu les garde !) ils seraient bien aises
d'avoir une foule nombreuse pour les escorter ; ils ajoutaient à la question du devoir les séductions de la flâne-
rie ; c'était pour eux un jour de congé, qu'ils auraient soin
de gaspiller à leur fantaisie, sans qu'on s'étonnât d'une
paresse légitimée par une obligation de convenance. En
conséquence, on comptait cinquante rangs de gens en
deuil, à quatre de front. Tous étaient habillés de noir.
On avait distribué des crêpes et des gants : les crêpes
avaient été noués autour des bras gauche ; les gants, offerts dépliés, étaient entrés dans les poches, pour en sortir une autre fois, à propos d'un baptême ou d'un mariage, alors que leurs possesseurs pourraient passer pour
les avoir achetés de leurs deniers.

Ceux qui n'avaient pas reçu de lettre d'avis étaient sur
leur porte, avec un air provocateur, bien décidés à ne
pas laisser circuler un ridicule sans le signaler à haute
voix. Ils préparaient même des murmures sur le passage
de l'adjoint, duquel émanait la liste des privilégiés.

En tête marchait un enfant de chœur, portant une
croix qui branlait au bout de son manche de métal
blanchi.

Le curé de Dives précédait le cercueil, où l'on voyait
une couronne de fleurs d'oranger.

La foule suivait dans une tenue qu'un observateur su-
perficiel aurait prise volontiers pour un recueillement
religieux.

Mêlons-nous aux groupes pour écouter.

Je vois d'abord au premier rang les pharmaciens de
Caen, venus par hasard, qui profitent de toutes les occasions officielles pour se rapprocher, afin de laisser croire
qu'ils vivent dans des rapports d'excellente confraternité.
A leur gauche et à leur droite sont des maîtres boulangers, mus par un sentiment analogue, feignant aussi de
s'estimer.

— Sait-on, — demanda l'un des pharmaciens, — de
quelle maladie le sujet est mort ?

— On prétend, mon cher confrère, qu'une vipère a fait
le coup. *Vipera berus.*

— Croyez ça, et buvez de l'eau, — fit le boulanger de
droite.

— On suppose, en effet, — appuya le boulanger de
gauche, — que la demoiselle s'est empoisonnée.

— C'est bien un peu ce que je pensais ; car nous avons
la thériaque pour amortir l'effet du venin. Cet opiat est
un remède souverain, fût-il administré quelques heures
seulement après l'accident. Il y a quelque chose là-dessous. A-t-on fait l'autopsie du corps ?

— Ah ! ouichtre ! quelque amourette, probablement.

— On le dit ; on ajoute même que la demoiselle était
sur le point de devenir mère.

— Double crime alors,—fit un des pharmaciens. — J'ai
presque envie de m'en aller.

— Nous sommes censés tout ignorer, mon cher confrère. On n'a pas fait d'enquête, que je sache. Notre responsablité se trouve couverte par l'impunité. C'est égal, vous me permettrez bien de dire, j'espère, que ces comédies sont monstrueuses. De deux choses l'une, ou elle s'est empoisonnée, ou elle ne s'est pas empoisonnée. L'autopsie l'aurait dit. Je m'étonne qu'on ne l'ait pas faite.

— Et à qui la confier ? — reprit le confrère. — A monsieur Buisson ? un âne bâté qui envoie presque tous ses malades *ad patres*. Quand au pharmacien de Villers, qui se prétend un peu médecin, je le défie de conduire une opération passablement. Il a bien assez à faire, le pauvre homme ! de se tromper dans la préparation de ses remèdes. Et puis qui nous dit,—acheva-t-il en baissant la voix,—qu'il n'a pas fourni lui-même la mixture, au mépris des ordonnances et du règlement. Il est intéressé, monsieur Duvoy.

Rabattons-nous sur le secoud rang, qui trouvera peut-être des choses meilleures dans sa charité.

Premier interlocuteur :

— Monsieur Mareuil avait pris le parti de s'en déclarer le père, afin d'arrêter les propos qui circulaient. On commençait à mettre des points sur les *i*.

Deuxième interlocuteur :

— Oui, son père comme vous et moi. Dans tous les cas, il a mis du temps à jeter de la poudre aux yeux, depuis trois ans que cela durait.

Troisième interlocuteur :

— C'était un scandale public. Tout Villers en était révolté. La petite était assez jolie, à ce qu'il paraît.

Quatrième interlocuteur :

— On le serait à moins : elle avait une affreuse négresse pour lui servir de repoussoir.

Après avoir consommé les mêmes calomnies, les compères de l'autre rang en étaient progressivement arrivés aux petites méchancetés de détail. Les coups d'épingle après les coups de poignard.

— Eh ! disait l'un,— avez-vous vu le papa Bidois ? il a mis son habit de noce. Quarante ans de date, rien que cela ! le col fait bourrelet et les pans sont taillés en queue de morue.

— Et donc le père Mathieu, qui n'ose bouger dans sa grande redingote bleue, de la famille à celle de tous les Lebon. On croirait qu'il est empalé.

— Tout ça ne vaut pas maître Robiquet, notre huissier, qui s'est mis en costume de garde national, comme s'il s'agissait d'enterrer un ancien de sa compagnie.

— Et vous croyez qu'il est plus pittoresque que Fourrichon ? Passez-moi le mot, Fourrichon a l'air d'une girafe, avec son long cou ; et d'un singe, avec ses longs bras. Mais est-il long, mais est-il long ! Notre chapeau ne le gêne pas pour admirer les fleurs d'oranger si bien placées sur le drap mortuaire, qui est blanc par-dessus le marché.

Nous tairons les autres dialogues, tous modelés sur ce patron.

Au cimetière on trouva Jean.

Jean était debout auprès de la fosse, le regard au fond.

Les porteurs firent descendre la boîte avec des cordes, dans le lit creusé pour la recevoir.

Jean tomba trois fois sur ses genoux, comme s'il glissait.

— Est-il maladroit ! — dirent les porteurs.

Le prêtre marmotta lentement sa dernière prière ; puis les assistants prirent de la terre dans leurs mains et la jetèrent sur le cercueil. Le suppléant referma le trou.

La foule se dispersa par petits groupes pour se retrouver bientôt au port de Dives, à l'auberge de *Guillaume le Conquérant*. On parlait haut. C'était à qui crierait le plus. La servante en perdait la tête.

— Amenez un tonneau de cidre ! — hurla Fourrichon, l'homme au long corps.

— Deux tonneaux ! — insista le père Bidois qui avait mis son habit de noce.

— Trois tonneaux ! — appuya le garde national dont les épaulettes tombaient en avant et dont le shako pendait en arrière.

On se contenta de leur rouler une barrique, et comme les verres n'y suffisaient pas, ils burent à même, avec un pipeau. Quand ils furent gris, ce qui ne tarda guère, ils se querellèrent à propos de tout. Les pharmaciens s'accusèrent réciproquement de ne vendre que des drogues dangereuses. Les boulangers se firent le reproche mutuel d'oublier la levûre dans leur mauvais pain, la même chose entre charbonniers, entre charrons, entre tous les rivaux des divers corps d'état de Dives, de Villers et de Beuzeval. Les coups suivirent de près les injures. Des combattants restèrent en grand nombre sur le carreau de l'hôtellerie. Les plus chanceux s'en retournèrent le soir clopin-clopant, avec l'œil poché, chantant victoire par les chemins.

XXI

La cérémonie funèbre achevée, Jean était rentré chez lui pour mettre la clef de sa porte en dedans.

— A nous deux, maintenant ! — avait-il dit en passant ses mains dans ses cheveux, moins pour les redressser que pour frotter ses tempes qui battaient fort.

Il avait voulu d'abord se tuer ; mais il avait pensé qu'il devait son faible ministère à sa chère morte, et il avait remis sa détermination après l'heure de l'enterrement. Rien à présent ne pouvait plus l'empêcher d'exécuter son fatal projet. Toutefois, avant de choisir un genre de suicide prompt, il consulta le livre de ses aïeux, comme témoignage de dernier respect pour leur mémoire. Il n'aurait plus besoin du livre : il pouvait bien le regarder, dans la crise suprême qu'il traversait. Il le feuilleta quelques instants avant de découvrir un passsage qui se rapportât à ses impressions.

Il lut ces lignes à l'encre rouge dans le journal du premier Lebon :

« J'ai traversé bien des chagrins, et il m'est venu plus
» d'une fois à la pensée de rompre violemment le fil de
» ma vie ; mais j'existais depuis si longtemps que j'avais
» fini par en prendre l'habitude. Je résistai donc. Si mon
» fils ou le fils de mon fils, jusqu'au dernier de ma race,
» se sentait atteint par un malheur, qu'il se souvienne
» de ce que j'ai dépensé de courage pour me soustraire à
» la tentation. Notre existence n'est pas à nous : elle est à
» Dieu qui nous la donne, et qui, nous l'ayant donnée, a
» seul le droit de la retirer. Si quelqu'un des miens étai
» jamais assez lâche pour fuir devant le devoir, que celui-
» là soit repoussé par les hommes dans son corps, et par
» Dieu dans son âme, éternellement. »

Si la prédiction fatidique se réalisait, Jean resterait sans sépulture et serait séparé toujours de celle qu' désirait trouver dans un monde quelconque, fût-il plus fécond que le nôtre en rudes épreuves et en impitoyables calamités.

— Non ! — dit-il, — il ne m'appartient pas de me tuer. Seulement je voudrais mourir. — Il sentit des embrasements terribles dans sa poitrine. — Le mal me vient, — s'écria-t-il ; — j'ai bu du poison en suçant la plaie. Je n'y pensais pas ; les ravages internes se font sentir. Oh si je pouvais finir comme elle ! ce n'est pas se suicider cela. J'accomplissais au contraire un acte de renoncement réputé sublime. Laissons faire celui qui dirige tout. Il n'osera pas me sauver. Je ne lui ai rien fait en aucun temps, pourquoi me punirait-il en me guérissant?

— Et il laissa le venin s'engendrer, avec une courageuse

résignation. Cependant il eut un scrupule, duquel pouvait dépendre son rapprochement ou son éloignement futur de Cora. Il se savait empoisonné. En ne tentant rien pour neutraliser l'effet du poison, ne devenait-il pas complice du feu sourd qui le ravageait? On frappa contre son volet. — Qui est là? — demanda-t-il.

— C'est moi, le docteur! — lui répondit-on. — Le curé m'a dit que vous aviez besoin de secours, et je vous en apporte. Je suis monsieur Lancelot fils. — Il fit entrer le médecin. Monsieur Lancelot fils suppléait son père, quand s'agissait d'un cas peu grave. Rien n'égalait son aplomb. Il se prétendait infaillible, et il se serait fait couper en mille morceaux plutôt que de revenir sur ses erreurs. Aussi les pompes funèbres le considéraient-elles comme un de leurs pourvoyeurs les plus actifs. Il tâta le pouls du sujet, et déclara, selon les pressentiments qui lui venaient du curé, que l'eau-de-vie de cidre était pour beaucoup dans cette légère indisposition. Jean s'en défendit énergiquement, déclarant à plusieurs reprises la véritable cause de son malaise. L'Esculape n'en voulut rien croire, et persista dans la conviction fausse qu'il s'était formée. Il ne prescrivit aucune ordonnance, assurant qu'un bon sommeil y suffirait. Jean insista pour le mettre sur la voie du remède. — Dormez, dormez! — dit le docteur avec un air fin.

Il attribuait la déclaration de Jean au délire occasionné par son ivresse. Seulement, comme il s'était aperçu que Jean Lebon accueillait mal son pronostic, il se garda bien de le répéter; il poussa même la condescendance jusqu'à le flatter dans sa croyance, pour ne pas trop l'exaspérer.

— Alors, — dit Jean, — vous êtes sûr qu'il n'y a rien à faire?

— C'est clair comme le jour.

Jean, resté seul, eut un sourire, mais déchirant. Des teintes bleuâtres marbraient ses joues. Ses membres craquaient aux jointures. Il se dirigea vers son lit, qu'il trouva difficilement, tant étaient vives et rapprochées les lueurs qui lui passaient devant les yeux. Ses dents claquaient.

Il profita du dernier rayon de soleil qui pénétrait chez lui par un soupirail vitré, pour relire la phrase du code qui lui servait d'article de foi :

« Notre existence n'est pas à nous, elle est à Dieu qui
» nous la donne, et qui, nous l'ayant donnée, a seul le
» droit de la retirer. Si quelqu'un des miens était jamais
» assez lâche pour fuir devant le devoir, que celui-là soit
» repoussé par les hommes dans son corps, et par Dieu
» dans son âme, éternellement. »

— Le livre dit vrai! — répéta Jean. — Une crise violente le prit, et il se tourna vers la ruelle en murmurant: — Il n'y a rien à faire, à ce qu'il paraît.

Il savait bien, au fond, qu'il y avait une tricherie; mais il en laissait toutes les responsabilités au médecin. N'avait-il pas souvent insisté? Il était libre avec sa conscience, et, s'il avait à comparaître devant un juge suprême, il lui serait facile de se disculper. Il avait réclamé le remède en disant les causes du mal; le praticien s'était refusé trois fois à la prescription du médicament qu'il sollicitait.

Comme le rayon de soleil se retirait de la chambre en laissant après lui des obscurités, Jean alluma sa veilleuse, et mit un miroir en face de lui pour se regarder à tout instant. Il se fit peur avec ses veines gonflées et ses yeux qui s'enfonçaient dans leur orbite. Il ferma ses paupières appesanties.

En moins d'un quart d'heure, il vit passer dans son souvenir depuis sa première jeunesse jusqu'aux temps actuels. Enfant, il n'avait connu que la férule paternelle, toujours prompte à s'abattre sur la pointe des doigts rapprochés; homme, il n'avait récolté que des misères et des tristesses. Bafoué par les uns, méprisé par les autres, méconnu par tous, il avait vidé la coupe de fiel jusqu'au fond du vase, sans que ces amertumes eussent jamais de compensations. Pour une fois qu'il avait entrevu l'ange qui pouvait l'emporter dans des régions plus près du ciel, il avait été rejeté violemment à terre, où sa pauvre tête s'était brisée.

Il rêva que l'ange lui tendait les mains pour le relever; et il aperçut Cora, dans une auréole de poussière d'or, qui lui souriait; elle l'appelait par son nom, et il la suivait, aux sons d'une musique céleste, vers une volée de séraphins.

Son rêve fut court.

La veilleuse brûlait avec des tremblotements, et sa lumière mal affermie cherchait des aspérités où se poser, mais elle ne pouvait se dégager d'une atmosphère chargée de fumée. Grâce aux reflets du miroir qui lui faisait face, le lit était éclairé, mais faiblement. Un drap restait seul, qui paraissait couvrir un mort dont les genoux et les pieds faisaient saillie.

— Elle devait être ainsi l'autre nuit! — dit Jean.

Pas un bruit ne venait le distraire de ses préoccupations et de ses douleurs. C'était à peine si, prêtant l'oreille, on pouvait entendre des araignées filant leur toile dans les recoins, avec la cadence régulière de balanciers. Jean se sentit seul. Ses pensées se reportèrent encore sur les malheurs successifs qui lui faisaient des isolements. Il allait mourir sans qu'une main amie lui fermât les yeux, plus à plaindre que le criminel dans son cachot, la veille de l'exécution. Le condamné, du moins, est visité par le gardien qui répond de lui, par l'aumônier des dernières prières, par les aides chargés de la fatale toilette, par tous ceux qui ne refusent rien à sa volonté. Puis, quand il marche à l'échafaud, il a pour ranimer son courage les regards d'une foule anxieuse, disposée à l'indulgence sinon à la sympathie. Lui n'avait rien, et il souffrait, et il était dans toute la force de l'âge, et il succombait loin des commisérations et des secours. On commenterait sa mort, et, comme on n'aurait pas vu son agonie, chacun s'armerait de pierres pour les jeter à sa mémoire, sans pitié pour son martyre qu'on ignorerait.

Cette hostilité posthume l'épouvanta.

Il eut un moment l'idée d'écrire ses impressions à mesure qu'il les éprouvait; mais, pour leur donner un intérêt, il aurait fallu livrer le motif qui les lui causait. C'était trahir le secret qu'il voulait garder par delà la tombe. Il aima mieux s'exposer aux blessures du premier venu.

— Que me fait cela? — se demanda-t-il. — Les hommes ne me doivent rien. La justice n'est pas de ce monde. Les êtres marchent vers le but qu'ils se sont tracé. Le moyen consiste à marcher vite en renversant tous ses rivaux. J'étais des traînards, et si je tombe c'est naturel. Je n'ai pas droit d'accusation. Dieu nous pose sur la terre en nous laissant le soin de nous diriger. S'il s'occupait de notre vie, comme elle est composée d'embûches et que les bonnes chances sont au plus hardi, au mépris du juste et du vrai, il serait coupable de ne pas aider les mieux doués, toujours destinés à succomber parce qu'ils ne sont jamais prêts au combat. Le même principe régit tout : la force seule mène au but. Qu'on ensemence un vaste champ; un grain lèvera d'abord qui se fera la tige haute pour prendre le soleil de ses voisins. Deux marchands s'installent dans la même rue; le succès est au plus adroit : quand l'un aura tué le commerce de l'autre, il saura bien s'en enorgueillir, et ses auditeurs battront des mains. Il s'agit donc d'aiguiser ses armes et d'être agressif. Je n'avais pas d'armes, même défensives; le premier coup m'a démonté. Je ne regrette rien. Le jouet ne regrette pas les mains rudes qui le maniaient. — Le corps de Jean Lebon existait à peine, tout éprouvé par les fréquences de la maladie. L'âme prenait des énergies factices comparables aux vives lueurs d'un foyer dont les aliments vont s'épuiser. — La mort, — dit-il, c'est le commencement d'une autre vie. On ne meurt pas, on se transforme. L'univers est un composé de choses qui furent différemment qu'elles ne sont. En absorbant les matières dont on se nourrit, on ne fait que confirmer cette vérité. On s'assimile ceci ou cela, qui ne cesse pas d'exister pour avoir changé de condition. L'herbe verdit sur les tombes beaucoup mieux que partout ailleurs ; elle s'engraisse de notre essence. Ainsi de suite pour tout. Voilà pour la chair. La même émigration s'opère quant à notre âme. L'âme c'est la quintessence de l'être, l'électricité, le foyer de feu ; elle ne se perd pas : elle passe dans un autre élément qui se forme et qui, sans elle, serait incomplet. Tout est pondéré dans la création : il y a une somme de substances corporelles et une somme équivalente de substances éthérées, n'allant jamais l'une sans l'autre. Demain je serai devenu je ne sais quoi ; je ne ferai que quitter l'enveloppe actuelle, que je n'ai pas à pleurer, n'ayant pas eu de joies procurées par elle. Mon esprit retrouvera l'esprit de Cora, parce qu'ils sauront tous deux se chercher. J'ai foi dans leur avenir. Aussi je ne sais plus si je souffre ou si je ne souffre pas. Qu'est-ce que le mal que j'endure relativement à l'éternité de bonheur qui m'attend ?

Il fut rappelé violemment à la réalité par des spasmes qui le reprenaient avec une nouvelle intensité.

La vieille servante toussa dans la soupente où elle couchait.

. . . .

Jean fit mille efforts pour maîtriser ses mouvements involontaires. Il craignait que la vieille femme devinât sa situation et descendît pour le soulager. Il n'avait rien à espérer des remèdes, et il ne voulait pas de témoin à son agonie.

— Dieu, — reprit-il, — ne peut pas être ce qu'on croit qu'il est, occupé constamment à réparer les brèches de la création. Il serait plus à plaindre que ces architectes qui voient s'écrouler les édifices qu'ils ont construits. D'ailleurs, s'il était possible qu'il travaillât à l'organisation perpétuelle de son univers, c'est que son œuvre serait mal faite, puisqu'il serait toujours obligé de la compléter. Comme je le pressens, il est plus vaste. Il est la vie universelle. Il existe par tout ce qui est. Son intelligence, c'est l'intelligence en bloc. Tous les esprits font le sien. Ainsi pour le corps ; il n'a pas de forme, il ne saurait en avoir. Sa forme est multiple : il est le ciel, il est la terre. Ame et corps, il embrase tout, il résume tout, il est tout. Peu m'importe donc d'être cette parcelle de lui, ou celle-là, ou cette autre encore. Je ne cesserai jamais d'exister, parce que, si je cessais d'exister, c'est qu'il y aurait un vide quelque part, c'est qu'il y aurait un néant. Ma raison s'y oppose ; car ce néant pourrait s'étendre assez, au bout des siècles, pour envahir l'espace entier. Et Dieu serait

alors effacé. — Des gens passèrent en chantant, au point du jour. Ils se rendaient à leurs travaux. — Allez ! — dit Jean ; — mon sort vaut mieux que le vôtre. Ma tâche est finie. Chantez, chantez, pour vous étourdir sur vos malheurs ! Croyez-vous gais parce que vous faites beaucoup de bruit et que vous oubliez de regarder ce qui se passe autour de vous ! Allez à la terre, et remuez-la pour lui demander qu'elle vous nourrisse avec ses ruisseaux et son pain dur ! En échange, vous lui devez votre sueur. Ma carrrière est faite, la vôtre commence. N'entrebâillez pas mon volet pour contempler cet intérieur, vous reculeriez épouvantés ; et cependant je ne changerais pas mon lot pour le vôtre. Oh ! je vous plains ! — Le délire s'empara de lui ; pendant une heure il divagua. Quand le sentiment lui revint, il s'arrangea bien la tête sur son oreiller pour mourir convenablement. Il amena le drap sur sa figure. — Ne leur laissons rien à faire, — murmura-t-il. Et il s'allongea, se raidissant. — Cora, Cora ! — dit-il, — je vais à toi !

XXII

— Hue, *la Grise !* — disait le curé de Dives en se dirigeant vers la maison fermée de Jean Lebon.

Il avait reçu, la veille au soir, l'avis de destitution de Jean, et il arrivait gaillardement pour l'en informer.

L'ancien fermier Dozuté suivait le même chemin en sens inverse. Il conduisait une charrette, à grand renfort de jurements. Il savait qu'il était désigné comme nouvel instituteur, et il accourait prendre possession du mobilier de l'école, dont les Lebon jouissaient depuis deux cents ans.

A courte distance, un homme allait tristement à pied. C'était monsieur Mareuil, qui formait le projet d'adopter Jean.

Ils se présentèrent à la porte en même temps.

— Barricadé ! — cria Dozuté ; — ouvrez-nous donc, sacré paresseux !

Et comme personne ne lui répondait, d'un mouvement d'épaule il jeta la porte hors de ses gonds.

— Mort sans confession ! — dit le curé qui se signa.

— Sacrebleu ! — dit l'ancien fermier écartant les bras.

— Pauvre Jean ! — dit monsieur Mareuil dans l'attitude du désespoir.

Monsieur Mareuil s'assit au chevet du lit ; Dozuté fit tourner sa charrette vide, et le curé de Dives remonta sur son cheval, en répétant plus fort que jamais :

— Hue, *la Grise !* hue donc, ma mignonne ! nous déjeunons chez Margilé.

FIN DE JEAN LEBON.

TABLE

DES OUVRAGES CONTENUS DANS CE VOLUME.

FIN DE LA TABLE DE LA TRENTE-CINQUIÈME SÉRIE

Paris. — Imprimerie J. Voisvenel, rue Chauchat, 14.

www.ingramcontent.com/pod-product-compliance
Ingram Content Group UK Ltd.
Pitfield, Milton Keynes, MK11 3LW, UK
UKHW021436090726
13657UKWH00003B/1117

9 782019 652555